庫

プークが丘の妖精パック

キプリング

金原瑞人・三辺律子訳

光文社

Title : PUCK OF POOK'S HILL
1906
Author : Rudyard Kipling

『プークが丘の妖精パック』　目次

プークが丘の妖精パック

ウィーランドの剣

パックの歌

このでこぼこ道をごらん
小麦畑を突き抜けていく道を
ほら、あれが大砲をひいていったわだちの跡
その大砲がフィリップ王の艦隊を打ち負かしたんだ
カタカタ鳴っている小さな水車を見てよ
小川で忙しそうに回っている
せっせと麦をひいて税金を払ってきたのさ
土地台帳が作られたときからね

あの静かなオークの森を見てごらん
その横の、おそろしい海峡も
ほら、あそこがサクソン人の敗れた場所
ハロルド王が亡くなった、その日のことさ

風の吹きすさぶ平野を見たかい？
ライの門から広がる大平原を
ほら、あの平野へデーン人は逃げていったんだ
アルフレッド王の艦隊がやってきたからさ

このだだっ広くてさびしい牧草地をごらん
赤茶色の牛たちが草を食《は》んでいるだろう？
ああ、かつてここに多くの民の住む都があったんだよ
ロンドンがその町並みを誇るよりもっとまえからね

それからほら、雨のあとに浮きあがる
塚や水路や壁のあとが見えるかい？
ほら、あれこそ軍団《レギオン》の野営地のあった場所
シーザーがゴールから海をわたってきたときのことさ

見えるかい？　丘陵《ダウンズ》の上に
見え隠れしながら、影のように伸びる跡が？
ほら、あれは石器時代の人間が造った壁さ
すばらしい町を守るためにね

道も砦《とりで》も都もなくなり
塩の湿地も今は麦畑
大昔の戦争も、平和も、芸術ももうない、
イングランドが生まれたのだ！

彼女《イングランド》は、土がちがう
水も、木も、空気さえ
マーリンの魔法の国
ぼくやきみが暮らす国

子どもたちは〈野外劇場〉にいって、三頭の牝牛を観客に、『夏の夜の夢』を演じた。ふたりにも覚えやすいように、シェイクスピアの長い戯曲をおとうさんに短く書き直してもらい、それからおかあさんにも手伝ってもらって、何度も練習してセリフを暗記した。劇は、頭を驢馬《ろば》に変えられた織工のニック・ボトムが茂みから出てくるところから始まる。そして、ぐっすり眠っている妖精の女王タイテーニアを見つけるのだ。そのあとは、ボトムが三人の妖精たちに頭をかいてくれとか、ハチミツを持ってきてくれと頼む場面まで飛んで、最後、タイテーニアの腕の中で眠ってしまうところで、幕となる。ダンは妖精のパックとニック・ボトムと、三人の妖精の役をするので、とがった耳のついた布の帽子をかぶってパックに、クリスマスの贈り物の筒《クラッカー》に入っていた驢馬の耳のついた紙帽子を（破れないように）のせてボトムになることにしていた。ユーナは、オダマキの花輪をかぶり、ジギタリスの杖を持って、タイテーニアになった。

〈野外劇場〉は、ロングスリップと呼ばれている牧草地にあった。牧草地の一角を流れる用水路が、畑を二つか三つ越えた先にある水車小屋まで水を運んでいる。その用水路が折れ曲がったところに、草が一段と濃くなった大きな古い〈妖精の輪《フェアリー・リング》〉があった。そこが舞台で、用水路の土手の、柳やハシバミやゲルダーローズの生い茂った一画が、出番がくるまで待つ場所になる。〈野外劇場〉を見た大人は、シェイクスピア本人だって、これ以上の場所は思いつかないだろうな、と言った。もちろん本当に夏至《げし》の夜に劇を披露するのは許してもらえなかったので、子どもたちは、その前の日の夕方、お茶をすませてから、ゆで卵とバスオリヴァーのビスケットと封筒に入れた塩を持って、迫ってくる夕闇の中を〈野外劇場〉へ向かった。牧草地につくと、乳しぼりをすませた三頭の牝牛が、草を食いちぎりながら嚙む音がきこえてきた。水車が、裸足《はだし》で硬い地面を駆けていくような音を立てて回り、門柱に止まったカッコウが、六月のまだたどたどしい声で「カッコウ、カコッ、カッコウ、カコッ」と鳴いている。カワセミがせわしく用水路と牧草地の反対側を流れる小川の間を行き来している。けれど、あとはどんよりした眠気を誘う静けさに覆われ、シモツケソウと乾いた草の香りが漂っていた。

劇はとてもうまくいった。ダンは、パックのセリフも、ボトムのセリフも、三人の妖精のセリフも、ぜんぶ覚えていたし、ユーナもタイテーニアのセリフをひと言も忘れずに言うことができた。タイテーニアが妖精たちに、「アンズに、熟れたイチジクに、キイチゴ……」をボトムにあげなさいと命じるところは、セリフがすべて複数形で終わるからむずかしいのだ。ふたりはすっかりうれしくなって、最初から最後まで三回も演じた。それからようやく、妖精の輪のチクチクする草の生えていないところに腰をおろして、ゆで卵とビスケットを食べようとしたとき、土手のハンノキの木立のほうから口笛がきこえた。ふたりは驚いて飛びあがった。

茂みがさっと分かれ、さっきまでダンがパックになって立っていた場所に、茶色の毛で覆われた小さい生き物が現われた。肩幅が広く、耳はとんがり、鼻はしし鼻で、青い目はキッとつりあがり、そばかすだらけの顔にいっぱいの笑みを浮かべている。そして、額に手をかざし、クィンスやスナウトやボトムや、ほかの『ピラマスとシスビー』の稽古をしている面々を探すかのようなしぐさをしてから、三頭の牝牛が乳を搾《しぼ》ってほしいときに出す鳴き声に似た太い声で言った。

「あの連中はなにを騒いでいるのだろう？　こともあろうに、妖精女王の寝床のそばで」

そして言葉を切ると、片方の耳に手をあて、目をいたずらっぽく光らせた。

「なんだって、芝居が始まる？　よし、ひとつ見物してやろう。場合によっちゃ、ひと役演《や》ってもいい」

子どもたちは目を丸くして、息を飲んだ。ダンの肩ほどしかない、そのふしぎな生き物は音もなく妖精の輪のなかに入ってきた。

「最近練習してないからな。だけど、確かおれのセリフはこんなだったはずだ」

子どもたちは目を見張って、相手の大きなオダマキの花みたいな濃い青の帽子から、何も履いていない毛の生えた足まで眺めまわした。とうとう相手は笑い出した。

「そんな顔をしないでくれよ。おれのせいじゃないんだから。ほかにいったいだれが出てくると思ってたんだい？」

「だれかがくるなんて思ってなかったんです」ダンはようやく言った。「ここは、ぼくたちの土地だから」

「そうかい？」お客はそうききかえすと、腰を下ろした。「じゃあ、一体全体どうして『夏の夜の夢』を、妖精の輪の真ん中で、夏至の前夜に三回も演じようなんて気を起こしたんだい？　それも、このオールド・イングランドの最も古い丘のふもとでさ。このプークの丘、パックの丘、そう、パックが丘、プークが丘の真下で！　なにが起こるかなんて、おれの顔にくっついてるこの鼻と同じくらい、わかりきったことじゃないか！」

そして、用水路の反対側から暗い森へ向かって広がるプークが丘のシダに覆われた斜面を指さした。森を越えたあたりから、斜面はどんどん高くなり、五百フィートものぼると、ビーコンヒルの木一本はえていない頂上にたどり着く。そこからは、ペベンシー平野と英仏海峡、それからやはり草木の生えていないサウス丘陵《ダウンズ》が半分ほど見渡せる。

「オークとトネリコとサンザシの木にかけて！」ふしぎな生き物はまだくすくすと笑いながら叫んだ。「これが二、三百年前だったら、今ごろ〈丘の住人〉が六月のミツバチみたいにうじゃうじゃ出てきていただろうよ」

「いけないなんて、知らなかったんです」ダンが言った。

「いけないだって！」相手は体を震わせて笑った。「まさか、その反対さ。きみたちがやったのは、むかしの王や騎士や学者たちが、王冠でも拍車でも本でもなげうってまで知りたがっていたことなんだ。魔法使いマーリンが手を貸したとしても、ここまでうまくできなかっただろうさ！　きみたちは丘を開いた。丘を開いたんだよ！　ここ千年なかったことだ」

「わたしたち――そんなつもりじゃなかったんです」ユーナが言った。

「そりゃそうだろう！　だからこそ、できたんだ。あいにく、今じゃ、丘は空っぽだ。

〈丘の住人〉はとうにいなくなっちまった。残ってるのはおれひとり。おれはパック、イングランドで最も〈古き者〉だ。なんなりと言ってくれ。おれと関わるのが嫌じゃなかったらね。もし嫌なら、そう言ってくれりゃ、すぐ消える」

パックは子どもたちを見つめた。子どもたちもたっぷり三十秒ほど見つめ返した。パックの目は、もうさっきのようにいたずらっぽく光っていない。今はとても優しそうで、唇にはちらりと笑みが浮かんでいた。

ユーナが手を差し出した。「行かないで。お友だちになりたいわ」

「ビスケットをどうぞ」ダンは言って、くしゃくしゃになった封筒といっしょに卵も渡した。

「オークとトネリコとサンザシの木にかけて！」パックは叫んで、青い帽子を取った。「こちらこそよろしく。ビスケットにたっぷり塩をかけてくれ、ダン。いっしょに食べよう。そうすれば、おれのことがわかると思う」パックは、ビスケットを口いっぱいにほおばった。「というのも、おれの仲間には、まるきり塩がだめなやつがいたんだ。玄関の上にかけた蹄鉄《ていてつ》も、ナナカマドも、流水も、冷えた鉄も、教会の鐘にもおれの仲間はがまんできない。だけど、おれはパックだからさ！」

パックは胴着からていねいにビスケットのくずを払うと、ユーナの手を握った。

「わたしたち、いつも言ってたの」ユーナは口ごもった。「その、もしこういうことが起こっても、わたしたちはどうすればいいかちゃんとわかってるって。でも——でも、実際起こってみると、どうも思っていたのとちがうわ」

「妹の言ってるのは、もし妖精に会ったら、ってことです。ぼくは今まで信じてなかった——その、六歳になってからってことだけど」ダンが言った。

「わたしは信じてたわ。少なくとも半分くらいは。でも、『さようなら、ごほうびと妖精たち』を教わってからは、もういないかもしれないって思ってた。この詩は知ってる?」

「これのことかい?」パックは言って、大きな頭をくいとそらせて、二行目から歌いはじめた。

おかみさんたちは言うでしょう
これからは、乳しぼりの女たちに
代わりにやってもらいましょ

女中が掃除するのと同じように
（「さあ、ユーナもいっしょに！」）
暖炉をきれいにしてくれるけど、
今もう掃除をたのむのに
靴の中の六ペンスはいりません

その声は、起伏のない牧草地に響き渡った。

「もちろん、知ってる」パックは言った。

「妖精の輪についての箇所もあったよね。小さいとき、それをきくといつも悲しくなったんだ」ダンが言った。

「『妖精の輪と踊りの跡を見よ』ってやつのことかい？」パックは教会の大きなオルガンのようなよく響く声で続けた。

メアリー女王の時代もまだ、
野原の草の踏みしだかれた跡が

残っていた
けれど、エリザベス女王の時代から
ジェイムズ王が即位されたあとも、
もうどこにも見られない
妖精たちの踊りの跡

「最後にこの歌をきいてからずいぶんたつな。遠まわしに言ったってしょうがない。この歌に歌われていることは本当さ。〈丘の住人〉はみんな出ていってしまった。おれは、連中がこのオールド・イングランドにきたのも見たし、出ていくときもそこにいた。巨人、トロル、ケルピー、ブラウニー、ゴブリン、インプ、森、木、塚、水の精、暖炉の精、丘の番人、宝の守り手、よき人々、小さな人たち、まじない人、レプラコーン、闇の乗り手、ピクシー、ニクシー、ノーム、そういった連中はみんな行っちまった。出ていってしまったんだ！　おれはオークとトネリコとサンザシとともに、イングランドにやってきた。だから、オークとトネリコとサンザシが消えたら、おれも去らなくちゃいけない」

ダンは牧草地を見回した。丘のふもとの門のそばにはユーナのオークの木が生え、水車に水が必要ないときに用水路の水を流す〈カワウソの池〉にはトネリコの並木が枝を張り出している。そして、三頭の牝牛が首をかくのに使っている節くれだったサンザシの老木もあった。

「だいじょうぶだよ」ダンは言った。「それに秋になったら、ぼくがオークの実をいっぱい埋めておくし」

「なら、あなたはものすごく年取っているってこと？」ユーナがきいた。

「年取っちゃいない。ものすごく長く生きてるってだけさ。この辺の人間たちの言葉を借りると、そうなる。そうだな――人間たちがおれのために毎晩濃いミルクを出しておいてくれたのは、ストーンヘンジがまだ新しかったころだ。ああ、確か、石器時代の人間たちがチャンクトンベリー・リングの下にため池を作る前だった」

ユーナは「そうだわ！」と手を叩いて、うなずいた。

「なにか思いついたんです」ダンが言った。「妹はいいことを思いつくと、いつもこうやって手を叩くんです」

「考えてたの。ポリッジを少しとっておいて、屋根裏に置いたらどうかしら？　子ども部屋に出しておいたら、大人に気づかれちゃうでしょ」

「勉強部屋だろ」ダンがあわてて言い直した。ユーナは真っ赤になった。今年の夏に、もう子ども部屋と呼ぶのはやめようと、約束したばかりだったのだ。

「そりゃ、ご親切に！　将来さぞかし優しいお嬢さんになるだろうな！　今はミルクの皿はいらないけど、もしちょっと一口、なにかほしくなった時は、お願いするよ」

パックは乾いた草の上に長々と寝そべった。子どもたちも並んで寝ると、靴を履いていない足を持ちあげて思い切りバタバタさせた。もうパックのことは怖くなかった。生垣を刈りにくる友だちのホブデンじいさんみたいだ。ほかの大人のようにうるさく質問してきたり、驢馬の帽子を笑ったりしない。のんびり横になって、何もかもわかっていそうな笑みを浮かべている。

しばらくすると、パックは言った。「ナイフを持ってるかい？」

ダンが片刃の大きなナイフを渡すと、パックは妖精の輪の真ん中から芝を切り取った。

「何に使うの――魔法？」ユーナは、パックがチーズみたいな形に切ったチョコレート色の土の塊を四角く押し固めているのを見て、きいた。

「ちょっとした魔法だ」パックはそう答えて、また芝を切り取った。「いいかい、〈丘の住人〉はもういないから、きみたちを丘の中に招待することはできない。だけど、〈占有権《せんゆうけん》〉を受け取るなら、この人間世界では見られないめずらしいものを見せてあげる。きみたちにはその権利があるからね」

「〈占有権〉を受け取るってどういうこと?」ダンはちょっと警戒してたずねた。

「土地を売り買いするときの、古い習慣さ。むかしは、土の塊を切り取って、買い手に渡していたんだ。それまでは、本当に土地を所有したことにならない。土の塊をもらって初めて、正式な所有者になるんだ。こんなふうにね」パックは土の塊を差し出した。

「だけど、ここはもともとうちの牧草地だよ」ダンは手を引っこめた。「魔法で消しちゃうつもり?」

パックは笑った。「ここが、きみのうちのものだってことは知ってるよ。だけど、きみやきみのおとうさんが思ってもみなかったようなことがたくさんあるのさ。ほら!」

パックはユーナのほうを見た。

「わたし、もらうわ」ユーナは言った。ダンもすぐに同じようにした。

「これできみたちふたりは、正式なオールド・イングランドの所有者だ」パックは歌うように言った。「オークとトネリコとサンザシの木にかけて誓おう。これからは行くも帰るも、見るのも知るのも自由だ。おれが案内するところ、きみたちが好きなところ、どこだってね。あとは、その目で見て、その耳できくだけさ。たとえそれが三千年前に起こったことだろうと、疑ったり、怖い思いをしないで、すべて知ることができる。さあ、しっかり持って。落とさないように!」

子どもたちはぎゅっと目をつぶった。だが、何も起こらなかった。

「これだけ?」ユーナはがっかりしたように言って、目を開いた。「竜が現われるかと思ったのに」

「三千年前に、竜がいたならね」パックは指を折って数えた。「残念。三千年前には、いなかったな」

「だけど、何も起こらないよ」ダンが言った。

「焦らない焦らない。一年じゃ、オークの木は育たない。オールド・イングランドは二十本のオークをあわせたよりも古いんだ。さあ、もう一度座ってゆっくり考えよう。

おれだったら、百年はそうしていられる」

「だって、あなたは妖精だもの」ダンが言った。

「おれがその呼び名を一度でも使ったかい？」パックは腹だたしげに言った。

「いいえ。さっきから〈丘の住人〉の話をしているけど、一度も『妖精』って言葉は使ってないわ。ずっとふしぎに思ってたの。その言葉が嫌いなの？」ユーナはきいた。

「人間だって、しょっちゅう『死すべき運命の者』なんて呼ばれたら嫌だろ？『アダムの息子』とか『イヴの娘』とかさ？」パックは言った。

「そんなの嫌だな。それって『アラビアンナイト』で魔神《ジン》や悪魔《アフリート》が使ってた言葉でしょう？」ダンが言った。

「おれも同じ気持ちがするのさ――自分じゃ使わないその言葉をきくとね。それに、きみたちがそう呼んでいるものは、人間たちが勝手に作りあげたイメージで、実際の〈丘の住人〉とは似ても似つかない。蝶の羽を生やしてたり、ガーゼのペチコートをはいてたり、髪に星がきらきらきらめいてるなんてさ。学校の先生みたいな杖を持って、悪い子を罰して、いい子にごほうびをあげるって？　まさか！　連中のことはよく知ってるけど、ぜんぜんちがうね！」

「そういうつもりで言ったんじゃないよ。ぼくたちも、ああいうのは嫌いだもん」ダンが言った。

「その通り」パックは言った。「〈丘の住人〉が、あんな絵の具を塗ったような羽をつけて、杖を振り回してるやつらといっしょにされて平気だと思うかい？　顔ではにっこり笑いながらノーしか言わない嘘つきどもとさ。蝶の羽とはね！　おれは、ユオン卿の率いる軍隊が、ティンタジェル城からハイブラジル目指して旅立ったのをこの目で見たんだ。南西の向かい風でさ、城に波しぶきが襲いかかって、〈丘の馬〉たちはおびえて暴れたけど、風が凪《な》いだ時を見計らって出発したんだ。カモメのようにかんだかい声をあげてね。そのあともたっぷり五マイルは吹きもどされたけど、また風に向かって進んでいった。あれは蝶の羽なんかじゃない。魔法だよ。マーリンが行うような黒い魔法だ。海全体が緑に燃えあがって、白い泡の中で人魚たちが歌っていた。丘の馬たちは、ひらめく稲妻をたよりに波から波へ渡っていったんだ！　むかしはそんなふうだった！」

「すごいなあ」ダンは言ったが、ユーナはブルッと震えた。

「〈丘の住人〉がもういなくてよかった。でも、どうしていってしまったの？」

「理由は色々だ。いつか、話してあげるよ、あの大移動のときの話がいいだろうな。だけど、みんないっぺんにいなくなったわけじゃないんだ。何世紀にもわたって、少しずつ、少しずつ、イングランドから去っていったんだよ。ほとんどは外国から来た連中で、イングランドの気候に耐えられなかった。そうした連中は比較的早く去っていった」

「早くってどのくらい？」ダンがきいた。

「二、三千年前、いやもっと前かな。最初は神としてやってきたんだ。スズを買いにきたフェニキア人といっしょにね。それからガリア人、ジュート人、デーン人、フリジア人、アングル人たちが次々にイングランドにやってきて、それぞれ自分たちの神々を連れてきた。あのころは、いろんな民族がやってきたり、追い返されたりを繰り返していて、そのたびに、ちがう神がやってきたんだ。だがイングランドは、神々にとっていい国じゃなかったんだな。おれは、最初からこのままだし、これからもそのつもりだ。一皿のポリッジとミルクがあって、このあたりの人々と静かに楽しく暮らせりゃ、それでいい。今じゃ、すっかりこの土地になじんだし、ここの人間たちともうまくやってる。だけど、ほとんどの連中は神としてあがめられなきゃ満足できなくて、神殿や祭壇や祭司やいけにえを要求したんだ」

「人間を籐のかごに入れて焼くとか？　ブレイク先生が教えてくれたんだ」ダンが言った。

「いけにえにはいろんなものがある。人間じゃなくても、馬や牛、豚、ハチミツ酒――ねっとりした甘いビールのことだよ。おれは嫌いだけどね。横柄で贅沢な連中だったんだよ、古い神々はさ。その結果、どうなったと思う？　これから人生の盛りってときに進んでいけにえになる人間なんていない。それどころか、農場の馬を失うのだって嫌だろ？　そんなこんなで人間たちはだんだんと古い神々をかえりみなくなった。神殿の屋根は落ち、ほうほうのていで逃げ出した神々は、なんとか暮らしていくしかなかった。森をうろついたり、墓に身を潜めて、夜ごとうめき声をあげたりしてね。大きな声で、長いあいだうめいてりゃ、気の弱い田舎者がおびえて、雌鶏《めんどり》の一羽や、バターの一ポンドくらいは、置いていってくれるかもしれない。例えば、ベリサマって呼ばれていた女神は、ランカシャーあたりでただの水の精になったよ。ほかにもそんな友人がごまんといる。だけど、最初はみんな神だったんだ。それが〈丘の住人〉になり、それから色々な理由でイングランドでやっていけなくなって、ほかの地へ去っていった。だけど、この世に下りて、ちゃんと汗水たらして働いていた神もいた。ウィーランドって言ってね、どこかの神々の鍛冶屋だったんだ。その神々の名前は忘れちまったけど、ウィーランドは彼らの剣や槍を作っていた。確か、スカンジナヴィアの雷神《トール》の血筋の者だと言っていたな」

「『アースガルズの英雄たち』に出てくるトール？」ユーナはちょうどその本を読んでいた。

「たぶんね。時代が悪くなっても、ウィーランドは決して物乞いをしたり、盗んだりしなかった。働いたんだ。おれはたまたま彼にちょっとした親切をする機会に恵まれてね」

「その話、ききたいなあ。古い神々の話なんて面白そう」ダンが言った。

三人は寝そべって草の茎をかみ、パックはひじをついてたくましい片腕で体を支えると、続きを話しはじめた。

「よし！　おれが初めてウィーランドに会ったのは十一月だった。みぞれまじりの激しい雨が降っていて、ペベンシー平野の――」

「ペベンシー？　あの丘の向こう？」ダンは南を指さした。

「そう。だけど、そのころはホースブリッジとハイデンアイまでずっと湿地《マーシュ》だったんだ。そのとき、おれはビーコンヒルにいた。当時は、ブルーナンバーグと呼ばれていたけどね。カヤでふいた屋根が青白い炎をあげて燃えているのが見えたから、降りていったんだ。どこかの海賊が——ペオフンの連中だと思うんだけど——ペベンシー平野の村に火をつけたんだ。やつらが浜につけた三十二人漕ぎのガレー船のへさきに、ウィーランドの像が置いてあった。首に琥珀《こはく》の飾りをつけた黒い木の像だ。あの日はひどい寒さでね！　ガレー船の甲板からはツララがさがり、オールはすっかり氷に覆われ、ウィーランドの唇も凍ってたけど、おれを見るなり、自分の国の言葉でくどくどしゃべりはじめたんだ。これからイングランドを征服してやるとか、リンカンシアからワイト島までわしの祭壇の煙がにおわぬ場所はなくなるだろう、とか。おれはいちいち気に留めちゃいなかった。それまでもたくさんの神々がやってきては、失敗するのを見てきたからね。ウィーランドを崇《あが》めている連中が村を焼き払っているあいだ、好きなだけしゃべらせておいて、最後に言ってやったんだ(いったいどうしてあんなことを言ったのか、今でもよくわからないんだけどね)。『神々の鍛冶屋さん、今度会うときは、あんたは道端で食いぶちを稼ぐ身になってるだろうよ』ってさ」

「ウィーランドはなんて？　怒った？」ユーナはきいた。

「目をむいて、悪態をついてたよ。おれはやつを置いて、陸の人間たちに注意しにいったけど、結局、海賊たちはこのあたり一帯を征服して、それから数百年のあいだ、ウィーランドは最高神として崇められたんだ。国じゅうにウィーランドの神殿が建てられた。リンカンシアからワイト島まで、まさにウィーランドの言った通りになったんだ。神殿に捧げられたいけにえときたら！　ウィーランドのために言っておくと、ウィーランド自身は人間より馬のほうを好んだ。まあ、だとしたって、馬がなきゃ、人間ってことだからね。それを見て、そのうちこの世に降りてくるはめになると思ったよ。ほかの古い神々と同じ運命をたどるってね。だからのんびり待ってたんだ。実際、千年近く待ったな。それから、そろそろかなと思って様子を見にいった。アンドーヴァーの近くにあった神殿だった。祭壇があって、ウィーランドの像があって、祭司がいて、信者がいて、みんな、明るい顔をしていた。そう、ウィーランドと祭司たち以外はね。むかしは、祭司がいけにえを選ぶまで、信者のほうが暗い顔をしていたんだ。無理もないけどさ。さて、儀式が始まると、祭司がひとり出てきて、男を祭壇の上にひっぱりあげた。そして、金メッキの斧《おの》で彼の頭をたたき割る真似をしたんだ。

男は祭壇に倒れふして、死んだふりをした。すると、信徒たちは声を合わせて叫んだ。『ウィーランドさまへいけにえを！　ウィーランドさまへいけにえを捧げます！』」

「じゃあ、その人は本当に死んだわけじゃないのね？」ユーナがたずねた。

「ああ、ぴんぴんしてた。ぜんぶお芝居だ、人形のお茶会のようなものだな。それから立派な白馬を連れてきて、祭司がたてがみをちょっと切り、祭壇の上で燃やして叫んだ。『いけにえを！』つまり、これで人間と馬をいけにえとして殺したということにしたわけだ。煙の合間からウィーランドの情けない顔がちらりとのぞいたのを見て、つい笑っちまったよ。苦虫を噛み潰したような顔をしてさ、腹ペコなのに、たてがみの燃えるひどい臭いだけで食べたことにしなきゃいけないんだから。まさに人形のお茶会だろ！

そのときは何も言わないほうがいいと思って（だって、弱みにつけこむみたいだろ？）、それから二、三百年後にまたアンドーヴァーに行ってみたんだ。そうしたら、ウィーランドも神殿も消えて、代わりに教会が建って、キリスト教の司教がいた。〈丘の住人〉にきいても、だれもウィーランドの消息は知らなかった。だから、きっとイングランドから出ていったんだろうと思っていたんだ」パックはごろりと体の向きを変えて反対のひじをつき、考えこんだ。

「そうだな」しばらくして、ようやくパックは口を開いた。「たしか二、三年後、ノルマン征服の一年か二年前だった。おれはまた、このプークが丘にもどってきていた。それである夕方、ホブデンじいさんが〈ウィーランドの浅瀬《フォード》〉のことを話しているのをきいたんだ」

「庭師のホブデンじいさんのことじゃないよね？　ホブデンさんはまだ七十二歳だよ。自分でそう言ってたんだ。ぼくたちの親友なんだよ」

「もちろん、ちがう。おれが言ったのは、ホブデンじいさんの九代遡ったじいさんのことだ。彼は自由民で、このあたりで炭焼きをしていた。彼の家系の者は代々知っているから、ときどき混乱しちゃうんだ。今、おれが言ったホブデンは、デーンのホブって呼ばれていて、鍛冶小屋に住んでた。ウィーランドの名前をきいて、もちろんおれは耳をそばだてた。それから早速、森を抜けて、あそこのボグウッド[1]の向こうにあった浅瀬まですっ飛んでいったんだ」パックはあごをクイと西のほうに向けた。

1　泥炭地に埋もれた木材

「木に覆われた丘と、ホップの畑のある険しい斜面にはさまれた、狭い谷がのびているところだ」

「え、あっちってウィリングフォードの橋があるところでしょ。よくお散歩に行くのよ。カワセミがいるの」ユーナが言った。

「むかしはウィーランドの浅瀬《フォード》と呼ばれていたんだ。かがり火のある丘の頂《いただき》から谷まで街道がついていたんだけど、これがひどくてさ、オークの深い森の中を通っていて、鹿が歩き回っていた。ウィーランドの姿は見あたらなかったが、しばらくすると緑の枝の下を太った農夫が馬に乗ってやってくるのが見えた。どうやら馬は湿地《マーシュ》で蹄鉄をひとつ、落としてしまったようだった。農夫は浅瀬まで来ると、馬を降り、財布から一ペニーを出して石の上に置いた。そして、老馬をオークの木につなぐと、叫んだ。『鍛冶屋！　鍛冶屋！　仕事だぞ！』それから腰を下ろして、ぐうぐう眠っちまった。すると、オークの木のうしろから革のエプロンをつけた、白いひげの腰の曲がった鍛冶屋がこそこそと出てきて、馬に蹄鉄を打ち始めたんだ。その時のおれの気持ちが分かるかい？　そのじいさんこそ、ウィーランドだったんだ！　おれはびっくりして、思わず木の陰から飛び出した。『一体全体、こんなところで何してるんだ、ウィーランド？』」

「かわいそうに！」ユーナはため息をついた。

「ウィーランドは額にかかった長い髪を払うと（最初、おれのことがわからなかったんだ）、こう言った。『きかなくとも、わかるだろう。おまえさんの予言通りではないか。食いぶちを稼ぐために蹄鉄をつけているのだ。もはやウィーランドという名も失った。今ではウェイランド・スミス《鍛冶屋》と呼ばれておる』」

「気の毒に！　パックはなんて答えたの？」ダンがきいた。

「何も言えなかった。ウィーランドは、ひざに馬の足をのせたまま、こちらを見あげると、ふっと笑った。『むかしはこんな骨と皮ばかりの馬など、いけにえだってごめんだったのにな。わずか一ペニーのために喜んで蹄鉄をつけるようになるとは』おれは言った。

『ヴァルハラに帰ることはできないのかい？　あんたがもともといた？』

『無理だな』ウィーランドは、蹄《ひづめ》にやすりをかけながら言った。馬の扱いは心得たもので、馬はウィーランドの肩に頭を乗せ、気持ちよさそうにいなないた。『おまえさんも知っての通り、神として君臨し、権力を誇っていたころ、わしは慈悲深い神とは言えなかった。だから、人間に心から感謝され、幸あれと祈ってもらうまでは解放されることはないのだ』

『じゃあ、よかった。だったら、あの農夫が感謝するに決まってる。蹄鉄を打ってやったんだから』

『ああ。わしの打った釘は満月から次の満月まで緩むことはない。だが、農夫とウィールドの泥は、冷たく意地が悪いので有名だからな』

どうなったと思う? 農夫は目を覚まして新しい蹄鉄がついているのを見ると、一言の礼も言わずにとっとと行っちまったんだ。おれは頭にきて、馬の向きを変えて、ビーコンヒルまで三マイルも後もどりさせてやった。罰当たりな田舎者に、礼儀ってものを教えてやったんだ」

「姿を消して?」ユーナがきいた。パックはまじめな顔でうなずいた。

「そのころ、丘《ヒル》のかがり火《ビーコン》はいつでも燃やせるようにしてあった。ペベンシー湾にいつフランス軍が上陸するかわからなかったからね。夏の夜の丘を、何時間ものあいだ引き回してやったよ。農夫は魔法をかけられたと思ってさ、まあ実際、そうだしね。それで大声で祈りはじめたんだ。そんなことされたって平気さ！ おれもやつと同じ、善良なキリスト教徒なんだから！　やがて明け方の四時ごろになって、若い見習い僧が通りかかったんだ。むかし、ビーコンヒルには修道院があった」

「見習い僧って？」ダンがきいた。

「まだ修道士になっていない修練中の僧ってことだけど、当時は、学校の代わりに息子を修道院に入れる家も多かったんだ。その若者も、毎年数ヶ月フランスの修道院で勉強して、最後に家の近くのビーコンヒルの修道院で仕上げをしていた。ヒューという名で、その朝は釣りにいく途中だったんだ。この谷は、彼の家のものだった。するとヒューは農夫がわめいているのをききつけて、いったいどうしたんだとたずねた。すると農夫は、次から次へ妖精やらゴブリンやら魔女やらの話をまくしたてた。本当は兎と赤鹿以外なにも見ちゃいないのにさ（〈丘の住人〉はカワウソそっくりで、その気にならなきゃ、自分から姿を見せることはない）。だけど、その見習い僧はものわかっている若者だった。馬の蹄をひと目見て、新しい蹄鉄が、ウィーランドにしかできない方法で打ってあるのに気づいたんだ（ウィーランドは釘の突き出た先を必ず折り曲げた。だからあのあたりじゃ、そのやり方を〈鍛冶屋《スミス》の打ち曲げ〉って呼んでたんだ）。

『なるほど。で、この蹄鉄はどこで打ってもらったんだ？』見習い僧はたずねた。最初、農夫は言おうとしなかった。修道士たちは、村の人々が古い神々と交わるのを良しとしなかったからね。しかし、最後にはウェイランド・スミスにやってもらったことを白状した。『支払いは？』見習い僧はたずねた。『一ペニー』農夫はむっつり答えた。『キリスト教徒に払う額と比べると、ずいぶんと少ない。せめて礼のひと言くらいは言ったんだろうね』見習い僧は言った。『まさか。ウェイランド・スミスは異教徒ですぜ』農夫は言った。『異教徒だろうが異教徒じゃなかろうが、彼の手を借りた。手を借りた以上、礼を言うのが当然だ』『なんだと？』おれが馬をさんざんぐるぐる歩き回らせたせいで、農夫はむしゃくしゃしていたんだろう。『なんと言った、この若造！　じゃあ、悪魔に手伝ってもらったら、悪魔にも礼を言えってことか？』『こんなところで理屈をこねてもしょうがない。浅瀬までもどって、鍛冶屋に礼を言うんだな。でないと後悔することになるぞ』

農夫はもどるしかなかった。おれは姿を消したまま馬を引き、見習い僧はその横を、釣竿を槍のように肩にかけ、夜露の下りた草に修道衣を引きずりながら歩いてきた。浅瀬にもどったのは五時で、オークの森にはまだ霧が立ちこめていた。ところが最初、農夫は礼を言うのを渋って、異教の神を拝むように言われたと修道院長に言いつけてやると言った。それをきいたヒューはとうとう怒りを爆発させた。『さっさとしろ！』ヒューは怒鳴って、農夫の太った足の下に腕を差しこむと、馬から草地の上に投げ下ろした。そして立ち上がる暇も与えず、首根っこを引っつかむと、ネズミみたいに揺さぶった。とうとう農夫はうなるように言った。『ありがとう、ウェイランド・スミス』とね」

「ウィーランドはそれを見てたの？」ダンがきいた。

「もちろんさ。農夫がドサッと地面に落ちるのと同時に、ウィーランドは昔のような鬨《とき》の声をあげて喜んだ。すると、見習い僧はオークの木のほうを振り返って言った。『やあ、神々の鍛冶屋どの、こいつの無礼をおわびする。あなたがこいつとわが民に対してしてくれたご親切に、わたしがかわって礼を言おう。あなたに幸がありますように』そして、釣竿を拾いあげ、また長槍のように肩にかけると、すたすたと谷をくだっていった」

「ウィーランドはどうしたの？」ユーナはたずねた。

「大声で笑いながら歓声をあげていたよ。とうとう解放されたんだ。イングランドを離れられるんだ。だけどウィーランドは立派だった。汗水たらして働き、出て行くことになってもその前に借りを返すのを忘れなかった。『あの見習い僧に贈り物をやろうと思う。この広い世界で役に立つ、そして彼亡き後も、このオールド・イングランドで必ずや役に立つ贈り物をな。火を熾《おこ》してくれないか。わしは鉄を手に入れてくる。これが最後の仕事だ』そして、ウィーランドは剣を作った。波のような刃紋の入った黒に近い灰色の剣だった。彼が鉄を打っているあいだ、おれは火を絶やさないよう空気を送った。オークとトネリコとサンザシの木にかけて、ウィーランドの腕前はみごとだった！　熱い鉄を流水で二度冷まし、三度目は夜露にあてて冷やしたあと、月光の中に横たえてルーンの呪文を唱え、刃にルーン文字で予言を刻みつけた。そして、額をぬぐいながら言った。『このウィーランドが今まで鍛えたなかでも、最高の剣だ。剣を実際に用いた者にさえ、このすばらしさは完全には理解できぬ。では、修道院へ行こう』

おれたちは修道士たちが眠っている寝室へいった。そして、例の見習い僧がぐっすり眠っているのを見つけると、ウィーランドはその手に剣を握らせた。見習い僧が眠ったまま、しっかりと剣を握ったのを覚えてるよ。それからウィーランドはずかずかと礼拝堂に入っていって、蹄鉄を打つのに使っていた道具を、ハンマーもくぎ抜きもやすりもすべて、放り投げた。もう二度と、蹄鉄打ちはしないということを示したのさ。まるで甲冑が倒れたような音がして、眠っていた修道士たちが駆けこんできた。フランス軍の襲撃だと勘違いしたんだ。その先頭にいたのが見習い僧だった。新しい剣を振りかざし、サクソン人の鬨の声をあげてね。だが、あるのは鍛冶屋の道具だけだったから、みな、ぼうぜんとしてしまった。やがて見習い僧が話をする許しを請い、農夫とのいきさつや、ウェイランド・スミスに礼を言い幸あれと祈ったこと、それから寝室の灯りはついていたのに、いつの間にか寝床にルーン文字の刻まれたすばらしい剣が置かれていたことなどを話した。

最初、修道院長は首を振っていたが、やがて笑ってこう言った。『ヒューよ、異教の神に教えられなくとも、おまえが修道士に向かないことはわかっている。その剣を取り、大切に持って、剣とともに生きるがいい。強く礼儀正しく、そして優しくあれ。神々の鍛冶屋スミスの道具は祭壇の前に捧げよう。かつての彼がどうであれ、額に汗して働き、母なる教会に贈り物をしたことはまちがいないのだから』そして、修道士たちは床にもどったが、ヒューだけは回廊の中庭にいって、剣を何度もふっていた。

それを確かめると、ウィーランドは、馬屋の横でおれに別れを告げた。『さらば、古き者よ。わしを見送る役目は、おまえにこそふさわしい。わしがこのイングランドにくるのも、見ていたのだからな。さらばだ！』

そう言ってウィーランドは丘を下り、大きな森の端まで行った。今はウッドコーナー森《の》端《はずれ》と呼ばれているところだ。ウィーランドがかつてイングランドに上陸したのもそこだった。しばらく茂みをかきわけてホースブリッジへ向かう音がしていたが、やがてきこえなくなった。とうとう、彼はイングランドを去ったんだ。これで全部だ。おれはその場にいたのさ」

子どもたちはハァーッと長いため息をついた。

「ヒューはどうなったの？」ユーナがたずねた。

「それに、剣は？」ダンもきいた。

パックはプークが丘の影に覆われた、静かで涼しい牧草地を見下ろした。すぐそばの干草畑でウズラクイナがうるさい声で鳴きはじめ、小川で小さな鱒《ます》が水音を立てて跳ねた。ハンノキの木立から大きな白い蛾《が》がゆらゆらと飛び立って、子どもたちの顔のまわりを飛び回った。小川からうっすらと霧が立ちのぼってきた。

「本当に知りたいかい？」パックはきいた。

「もちろん！」子どもたちは叫んだ。「お願い！」

「わかった。その目で見て、その耳できくことができるって約束したんだからね。そう、それがたとえ三千年前に起こったことだろうと。だが、今日のところは、そろそろもどらないと、家の人たちが探しにくるだろう。門まで送るよ」

「ぼくたちがここにきたら、また出てきてくれる？」

「もちろんさ、約束するよ。もうずいぶんとここにいるんだ。だけどその前に、ちょっと待って」

パックはふたりに葉を三枚ずつ渡した。オークの葉と、トネリコの葉と、サンザシの葉だった。

「これを嚙んで。そうしないと、家に帰って、見たりきいたりしたことをしゃべっちまうかもしれない。今までの経験から言うと、そんなことを話すと、たちまち医者を呼ばれる。さあ！」

ダンとユーナは葉を嚙みしめた。いつの間にか、ふたりは並んで門に向かって歩いていた。門からおとうさんが体を乗り出して呼びかけた。

「劇はうまくいったかい？」

「うん、すごくうまくいったよ」ダンは答えた。「ただ、そのあと寝ちゃったみたいなんだ。すごく暑くて静かだったから。ユーナは覚えてる？」

ユーナは首を振った。

「なるほど」そう言っておとうさんは歌った。

遅く、そう、夜遅く、キルメニーは帰ってきた
だけど、どこにいたかはわからない
なにを見たかもわからない[2]

「それにしても、どうして葉っぱなんか噛んでいるんだ？ なにかの遊びかい？」

「ううん。なにか理由があったはずなんだけど、思い出せないの」ユーナは言った。

ふたりとも思い出せなかった。そう、次のときまでは——

木の歌

オールド・イングランドを飾る
美しい木はたくさんある。
だが、太陽の下で育つものたちのなかでも
オークとトネリコとサンザシほどすばらしい木はない
さあ、オークとトネリコとサンザシの歌を歌おう
（夏至の朝に！）
高らかに歌おう

2　ジェイムズ・ホグの詩。妖精の国へ行って七年後にもどってきた少女の話

オークとトネリコとサンザシの名の下に！

粘土のオークは長い時を生きてきた
そう、アイネイアスが生まれたときから
黒土のトネリコは館の奥方だった
そう、ブルートがさすらいの身だったときから
ダウンのサンザシは新しいトロイの都を見た
(やがてその地にロンドンが生まれる)
すべて見てきたのだ
オークとトネリコとサンザシは！

教会の墓地にあるイチイの木から
強い弓が生まれ、
ハンノキから賢い男が選ぶ靴ができ、
ブナノキからは杯が作られる

だが、敵を殺し、器が漏れ、
靴がぼろぼろになったときは
急いでもどれ
オークとトネリコとサンザシのもとへ！

ニレの木は男という男を憎んでいる
そして待っている、風が吹き荒れ、
男の頭めがけて枝を落とすときを
そう、彼女の木陰を信じていた男の頭へ
だが、若者がしらふであろうと、悲しみに沈んでいようと
たとえ角の杯で飲んだエールで酔っていようとも、
ひどい仕打ちを受けることはない
オークとトネリコとサンザシの下に横たわれば！
神父には言ってはならぬ

もし言えば、罪だと責められるだろう
しかし——われわれは一晩中森をさまよい
魔法で夏を呼び寄せたのだ！
そして、新しい知らせをもたらす
家畜や麦の喜ぶ知らせを
さあ、太陽が南から昇る
オークとトネリコとサンザシとともに！

さあ、オークとトネリコとサンザシの歌を歌おう
（夏至の朝に！）
イングランドは待っている、最後の審判の日を
オークとトネリコとサンザシの名にかけて！

荘園のふたりの若者

二、三日後、ダンとユーナは、何世紀にもわたってやわらかい谷の土を削ってきた小川で釣りをしていた。頭上に生い茂った木々が長いトンネルを作り、ちらちらと木漏《こ》れ日《も》がさしている。トンネルをわけいっていくと、砂利まじりの洲《す》があり、木の根や幹のなかにはこけに覆われたものや、鉄分を含んだ水で赤茶けたものもあった。キツネノテブクロが日の光に向かってほっそりしたうす緑の茎を伸ばし、湿気と日陰を好むシダや、のどの渇いたはにかみやの花たちが群がるように生えている。そこかしこにある池では、鱒《ます》が跳ねるたびにさざなみが立つ。川が氾濫する時期はこのあたり一面が茶色い奔流となってしまうが、今はいくつもの細い流れが池から池へ流れ、さざめくように波立ちながら曲がり角の先の闇へ吸いこまれていくのだった。

ここは、ふたりの特別な友だち、庭師のホブデンじいさんが教えてくれた秘密の釣り場だった。釣竿が低い柳にあたる音や、糸が一瞬トネリコの若木をかすめて葉がざわつく音をのぞけば、暑い草地にいる者には、土手の下で鱒たちが駆け引きをしていることなんて想像もつかないだろう。

「もう六匹も釣れたぞ」暖かい小雨の中で一時間ほど釣ったあと、ダンが言った。

「今度はストーンベイまであがって、ロング池で釣ってみようよ」

ユーナはうなずいた——ユーナはたいていの返事はこれですませる。ふたりは薄暗いトンネルを抜け、小川から水を用水路に引きこんでいる小さな堰《せき》のあるところへ向かった。こちらの土手は低く、土がむきだしになっていて、堰の下のロング池に午後の太陽がきらきら反射して目が痛いほどだった。

木立を抜けて開けた場所に出たとたん、ふたりはびっくりしてしりもちをつきそうになった。巨大な灰色の馬が水を飲んでいたのだ。尻尾の毛が鏡のような水面を波立たせ、鼻面から波紋が広がって溶けた金のようにきらめいている。その背に、白髪の老人がまたがっていた。ゆったりした鎖《くさり》かたびらに光がきらりきらりと反射している。頭にはなにもかぶっていなかったが、鞍《くら》の前弓《まえゆみ》にクルミのような形の鉄かぶとがさげてあった。手綱《たづな》のもち手の部分は赤い革製で厚さが五、六インチもあり、へりが波型に仕上げてある。赤い腹帯のついた厚みのある鞍も、やはり赤い革の胸帯と鞦《しりがい》で前後ともしっかり留めてあった。

「見て！」まるでダンが見ていないかのように、ユーナは叫んだ。もちろんダンの目は今にも飛びだしそうだった。「お兄さんの部屋にある絵みたい。ほら、『フォードのイサンブラ卿』の絵よ」

騎士はふたりのほうをふりかえった。ほっそりした面長の顔は、絵の中で子どもたちを馬に乗せている騎士と同じくらい穏やかで優しそうだった。

「もうくるころです、リチャード卿」パックの太い声がヤナギランの茂みから響いた。

「もうきておる」騎士は言って、鱒を何匹もぶらさげているダンにほほえみかけた。

「わしがこの池で釣りをしていたころから、男の子というものは変わってないようだな」

「卿の馬が水を飲み終わったら、妖精の輪にまいりましょう」パックは言って、一週間前に記憶を消したことなど忘れたように子どもたちに向かってうなずいた。

大きな馬が向きを変え、地面を蹴って草地のほうへ土手をのぼりはじめると、蹄でえぐられた土が滑り落ちた。

「もうしわけない！」リチャード卿はダンに言った。「この土地がわしのものだったころは、石を敷いた浅瀬以外は馬ではわたらせなかったのだが、このスワローが水を飲みたがっていたし、わしもきみたちに会いたかったのでな」

「来ていただいて、とてもうれしいです。土手のことは、気になさらないでください」ダンは言った。

ダンが走っていって、巨大な馬の反対側へまわると、リチャード卿のベルトから鉄の柄《つか》のついたすばらしい剣がさがっていた。ユーナもパックとあとを追いかけた。そのころには、すべて思い出していた。

「葉っぱのことはごめんよ。だけど、家に帰ってしゃべっちまったら、まずいだろ？」

「そうね」ユーナは言った。「それはそうと、丘の住人はみんなイングランドから出ていったって言わなかった？」

「そのとおりさ。だけど、きみたちは行くも帰るも、見るのも知るのも自由って約束したろ？　それにあの騎士は妖精じゃない。リチャード・ダリングリッジ卿といって、とても古い友人なんだよ。ウィリアム征服王とイングランドにやってきたんだ。きみたちにとても会いたがっていたんだよ」

「どうして？」ユーナはきいた。

「きみたちが賢くて、いろんなことをよく知っているからさ」パックは大まじめで言った。

「わたしたちが？　だって、まだ九九も覚えてないのよ、さぼってるってわけじゃないけど。それに、ダンなんて分数がちっともわかってないんだから。何かのまちがいだわ！」

「ユーナ！」ダンが大声で呼んだ。「リチャード卿が、ウィーランドの剣がどうなったか、話してくれるんだ。あのあと卿がもらったんだって。すごいだろ？」

「いやいや」用水路が大きく弧を描いているところにある妖精の輪までくると、リチャード卿は馬からおりた。「話すのはきみたちのほうだ。今のイングランドの子どもは、知識ではわれわれの時代の学者にもひけをとらぬときいたぞ」スワローの口からはみをはずして、ルビーのように赤い手綱を首にかけると、賢い馬は草を食《は》みにいった。

リチャード卿は（ふたりは、卿がわずかに足をひきずっているのに気づいた）、腰から剣を外した。

「あれだ」ダンはユーナにささやいた。

「見習い僧のヒューがウェイランド・スミスからもらった剣だ。ヒューは一度わしにくれようとしたが、そのときは受け取らなかった。だが、いまだかつてキリスト教徒が経験したことがないような戦いを経て、ついにわしが手にすることになった。ほら！」リチャード卿は剣をさやから半分ほど抜くと、ふたりの目の前でくるりと返してみせた。柄のすぐ下でルーン文字があたかも生きているかのように揺らめいた。鈍い光を放つ鋼の両側に二つの深い傷跡がついている。「さあ、この傷をつけたのはなんだと思う？　わしにはわからんのだ。だが、きみたちなら知っているのではないか？」

「ぜんぶ話してやってください、リチャード卿。この子たちの暮らしている土地に関わることなんですから」パックが言った。

「ええ、最初からお願いします」ユーナも言った。騎士の人のよさそうな顔も、その顔に浮かんだ笑みも、見れば見るほど『フォードのイサンブラ卿』そっくりに見えた。

ユーナたちは話をきこうと腰をおろし、リチャード卿もかぶとを鞍にかけたまま日向に座って、剣を両腕でそっと抱いた。馬は妖精の輪の外で草を食み、くっと頭をもたげるたびに、鞍の前弓でかぶとがカチンカチンと鳴った。

「なら、最初から話そう」リチャード卿は言った。「確かにきみたちの土地に関わることだからな。わが公がイングランドを征服しようとノルマンディを出発した際、大騎士たち(きいたことはあるかな?)はそれに従い、命をかけて公に仕えた。公がイングランドの土地を分け与えると約束したからだ。その大騎士たちに従い、身分の低い騎士たちも海を渡った。わが家は貧しかったが、父方の親戚で大騎士のアンジェラルドの鷲《わし》、つまりアンジェヌルフ・ド・アクイラがモルタン伯に従っていた。モルタン伯はウィリアム公に従っていたから、わしはアクイラに従い海を渡ることになったのだ。ああ、そうだ、父の家から兵士三十人を連れ、新しい剣を携えて、イングランドを征服しにな。三日前に騎士になったばかりだった。そのときは、まさか自分がイングランドに征服されることになるとは思ってもいなかったがな。こうしてわれわれはサントラッチを目指したのだ。大軍勢だった」

「それってヘイスティングズの戦い? 一〇六六年の?」ユーナは小声できいた。

パックは話の邪魔にならないようにそっとうなずいた。

「サントラッチに上陸すると――つまりあそこの丘の向こうだな」そう言って、リチャード卿は南東のフェアライトのほうを指さした。「ハロルドの軍勢が待っていた。われわれは戦い、その日の終わりには、ハロルド軍は敗走し、われわれはアクイラとともにそのあとを追った。だが、その途中でアンジェラルドの鷲は殺され、息子のジルベルトが旗と兵士たちを引き継いだ。しかし、わしがそれを知ったのは、あとになってからだった。というのもここにいるスワローが横腹を切りつけられ、小川のサンザシの下で傷を洗ってやっていたのだ。するとそこへ、サクソン人の男がフランス語で叫びながら襲いかかってきた。声で気づくべきだったのだが、わしは気づかず、そのまま戦いになった。長いあいだどちらも一歩も譲らなかったが、そのうちふとしたはずみで男は足を滑らせ、手から剣がすっぽ抜けてしまったのだ。さあ、騎士になったばかりだったわしは、何よりもまず騎士らしく、名に恥じぬ者になることを望んでいた。そこでとどめを刺すのを思いとどまり、彼に剣を拾わせてやった。すると男は言った。『いまいましい剣め。おかげで初めての戦いに負けてしまった。そなたには、命を助けてもらった。さあこの剣をもらってくれ』そして剣を差し出した。ところが、わしが手を伸ばした瞬間、剣がなぐられた男のようにうめいたのだ。わしはぎょっとして飛びのいた。『魔術か！』」

(子どもたちは、剣をちらっと見た。しゃべるかもしれないと思ったのだ)

「するといきなりサクソン人の兵士たちが現われ、ノルマン人がひとりでいるのを見て襲いかかってきた。あのままだったら殺されていただろう。しかし、さきほどの男がわしのことを自分の捕虜だと言って、兵士たちを追い払ってくれたのだ。今度はこちらが命を救ってもらったわけだ。そして男はわしを馬に乗せて、森を抜け、十マイルほどもあるこの谷まで連れてきてくれた」

「ここ?」ユーナがきいた。

「まさにこの谷だ。あそこにあるキングスヒルのふもとの南フォードから谷に入った」そう言って、リチャード卿は東の、谷の幅がぐっと広がるあたりを指さした。

「それで、そのサクソン人が見習い僧のヒューだったんですね?」ダンがきいた。

「その通りだ。それだけではない。ヒューはルーアンの近くのベックの修道院で三年間学んでいたのだが」そこまで言って、リチャード卿はくすくす笑った。「わしはまさに、そこのエアルイン修道院長に、修道院から追い出されたのだよ」

「どうしてですか?」ダンはきいた。

「生徒たちが食卓についているときに、馬で乗りこんでいったからだ。サクソンの少年たちに、われわれノルマン人は修道院長をもおそれぬことを見せてやったわけだ。だが、それをそそのかしたのが、当のサクソン人のヒューだったのだ。あの日以来、ヒューには会っていなかったが、かぶとをかぶっていたにもかかわらず、あの声をきいたとき、きき覚えがあるような気がした。われわれは、敵同士でありながら、殺しあわずにすんだことを喜んだ。ヒューはわしと並んで歩きながら、異教の神――とヒューは信じていたが――が剣をくれたいきさつを話し、剣が歌うのをきいたのは初めてだと言った。わしは確か、妖術や魔法のたぐいには気をつけろと忠告したのを覚えている」リチャード卿はふっとほほえんだ。「あのころはわしもまだ若かった。ほんとうにな！

ここにあったヒューの家についたころには、剣を交えたことなどほとんど忘れていた。もう真夜中に近かったが、館では大勢の男女が戦いの知らせを待っていた。そのときだ。ヒューの妹のエルーヴァ嬢に初めて会ったのは。フランスにいたころ、ヒューから彼女の話はきいていた。だが彼女はわたしを見るなり、激しく非難し、今すぐ縛り首にしろと言った。ヒューは、わしに命を救われたと言い（ヒューがわしの命を救ったことは言わなかった）、わがウィリアム公が勝利したことを告げた。そんなふうに口論している最中に、いきなりヒューが倒れたのだ。彼はひどい傷を負っていた。

『おまえのせいです』エルーヴァ嬢はわしに言うと、ヒューのかたわらにひざまずいて、ワインと布を持ってくるよう命じた。『傷のことを知っていれば、ヒューを馬に乗せて、わたしが歩いてきたものを。だが、ヒューはわたしを馬に乗せ、不平のひとつも言わずに、横を歩きながら楽しそうにしゃべっていた。わたしのせいで万が一のことにならぬといいが』

『せいぜい祈るのね』エルーヴァ嬢は下唇を噛んだ。『兄が死んだら、おまえも縛り首にしてやる』

ヒューは部屋に運ばれていった。わしは、三人の背の高い男に縛られ、館の梁《はり》の下に座らされた。男たちはわしの首に縄をかけ、もう一方の端を梁にひっかけると、暖炉のそばに腰をおろして、ヒューの生死の知らせを待った。ナイフの柄《え》でクルミを割りながらな」

「どんな気持ちでしたか？」ダンはきいた。

「そのころにはくたびれ果てていた。だが、修道院で机を並べた友であるヒューに生き長らえてほしいと心から願っていた。そのまま正午近くになったころ、谷のほうから馬の足音が響いてきた。それをきくと、三人の男はわしの縄を緩め、逃げていった。アクイラの軍勢がやってきたのだ。ジルベルト・ド・アクイラ本人もいっしょだった。彼の自慢は、父親と同じく、自分に仕える者をひとりとして忘れないことだったからな。ジルベルトは父親同様、小柄だったが、気性が激しく、鷲のような鼻と黄色い目を持ち、いつも、自分が手塩にかけて育てた背の高い糟毛《かすげ》の軍馬に乗って、鞍にまたがるときも決して人の手を借りようとしなかった。ジルベルトは、梁から縄がぶら下がっているのを見ると大笑いしたよ。わしが体がこわばって立てないのを見て、兵士たちも笑いだした。

『ノルマンの騎士にふさわしいもてなしとは言えぬな。だが、たとえそうでも礼はしなければ。こぞう、だれに一番世話になったのか、教えろ。すぐに返礼にいこうではないか』ジルベルトは言った」

「どういう意味？　殺すってこと？」ダンはきいた。

「そういうことだ。だがそのとき、下働きの女たちに囲まれてエルーヴァ嬢が立っているのが目に入った。その横にヒューもいた。アクイラの兵士たちに連れてこられたのだ」

「エルーヴァ嬢はきれいだったの?」ユーナがきいた。

「長い人生の中で、わがエルーヴァ嬢ほど、愛の言葉を捧げるにふさわしい女性はいなかった」リチャード卿はきっぱりと、しかし穏やかに言った。「エルーヴァ嬢の姿を見て、わしはなんとか機知で切り抜けられぬものかと思った。

『われわれノルマン人は予告もなくいきなりまいったのですから、サクソン人が多少礼儀を欠いたとしても仕方がないと思われます』だが、そう言いながら声が震えた。あの小男を相手に冗談で切り抜けようなどと浅はかなことだ。あのときはそう思った。

しんと静まり返った。と、アクイラが笑い出した。『皆の者、これは奇跡だ。戦いは終わっておらず、父上もまだ埋葬されていないというのに、こうしてわが軍でもとも年若い騎士が、すでに敵の荘園に収まっているのだからな。しかも、サクソン人どもは、忠誠を誓い、彼のために戦ってくれたようだ! ほら、あのうれしそうな顔が何よりの証拠だ!』そして、鼻をこすった。『イングランドがこうも簡単に征服されるとはな! もちろん若者には、手柄に見合う褒美を取らせねばなるまい。よしこぞう、この荘園をおまえにやろう。わたしが再びこの地を訪れるか、おまえが殺されるまでは、ここはおまえのものだ。さあ、皆の者、馬に乗れ。わが公に従い、ケントへいって、公をイングランド王にするのだ』

アクイラは、馬を待っているあいだにわしを戸口のほうへ呼び寄せた。アクイラの馬は、このスワローよりも背が高く、痩せて体のしまった糟毛だった。ただ腹帯はこんなに立派ではなかったがな。

『よいか、よくきけ』アクイラは大きな長手袋をはめようといらだちながら言った。『わたしはおまえにこの荘園をやった。ここはサクソン人の巣窟《そうくつ》だ。おまえは一ヶ月もたたぬうちに殺されるだろう。わが父と同じようにな。だが、もしもわたしがもどってくるまで、館の屋根と納屋のわらぶきの屋根を守り抜き、畑のうねが形をとどめていれば、この荘園をほんとうにおまえのものにしてやる。なぜなら、公はモルタン伯にペベンシーの土地すべてを賜ると約束したのだ。モルタン伯は、父に授けるはずだった土地をわたしにくださるはずだ。イングランドを征服するまで、わたしやおまえが生きているかどうかはわからんがな』アクイラは手綱に手を伸ばした。『だが、忘れるなよ、こぞう。今ここで戦うのはおろかだ。悪知恵と策略を大いに用いるようにな』

『ああ！　しかし、わたしには悪知恵などありませぬ』

『今はな』アクイラは軽く飛んで馬にまたがると、あぶみに足をかけ、わき腹を蹴った。『今はまだないかもしれん。だが、おまえにはよい師がいるではないか。さらばだ！　荘園を守り抜き、生き抜け。荘園を失えば、死あるのみだ』アクイラはそう言い残すと、拍車をかけた。盾を背負う革ひもがきしった。

いいか、こうしてほんの若造だったわしは、サントラッチの戦いから二日もたたないうちに三十人の兵士たちとともに、まったく知らぬ土地の、まったく言葉の通じない人々の元に残されたのだ。それも、彼らから奪った土地を治めるためにな」

「それが、ここだったんですね？」ユーナがきいた。

「ああ、そうだ、ここだ。北フォードから、ウィーランドフォードを経て、ベルアレのそばの南フォードまで、東西にざっと半リーグほどだ。そして、うしろにあるブルーナンバーグのかがり火からここまで、南北に一リーグ。森という森はサントラッチの戦いでけがをした兵士やサクソン人の盗人、ノルマン人の略奪者《りゃくだつしゃ》や盗賊、鹿泥棒であふれかえっている。まさに悪の巣窟だった！

アクイラが行ってしまうと、ヒューはわしが館の人々の命を救ったことに感謝した。

しかし、エルーヴァ嬢は、わしが荘園がほしくてやっただけだと言った。『アクイラが荘園をくれることなど、わかるわけがないでしょう？　一晩首吊り縄をかけられて過ごしたことを話していれば、今ごろここは、二度は焼き払われています』『もしこのわたしの首に縄をかけるような男がいれば、その男の家を三度焼き払ってやります。和解などするものですか！』『ですが、わたしの首に縄をかけさせたのは女性ではありませんか』わしは笑った。エルーヴァ嬢は泣きだして、とらわれの身である自分をばかにしたと非難した。『この谷に捕虜などおりません。いえ、ひとりいますが、彼はサクソン人ではありません』

それをきくと、エルーヴァ嬢はわしのことをノルマンの盗人となじり、偽りの甘い言葉でもって最初からエルーヴァ嬢を追い出し、戦場でパンを乞わせるつもりだったのだと言った。戦場！　本物の戦いのことなど知りもしないというのに！

わしは思わずかっとなった。『せめてそれだけはちがうと証明いたしましょう』そして剣の柄に手をかけ、その場で誓いを立てた。『エルーヴァ嬢が自らわたしを召さぬかぎり、この館には足を踏み入れません』

エルーヴァ嬢はなにも言わずに去っていった。館を出るわしのうしろから、ヒューが足をひきずって口笛で悲しげな曲を吹きながらついてきた(イングランド人はよく口笛を吹くのだ)。すると、外にわしを縛った三人のサクソン人がいた。今度は彼らがこちら側の兵士に縛られ、そのうしろに、館の使用人や荘園の農夫たちが五十人ほど、今後の運命を見極めようと険しい顔で立っている。ケントの方角から森を抜けて、アクイラのラッパの音がかすかに響いてきた。

『こやつらを吊るしましょうか?』部下たちがきいた。

『そんなことをすれば、わが民は戦うことを選ぶだろう』ヒューが耳打ちした。わしはヒューに、三人に慈悲を求めるかどうかたずねるようたのんだ。

『いいえ』三人は声をそろえて答えた。『エルーヴァ嬢は、ご主人さまが亡くなればあなたを吊るすよう命令なさいました。実際、もしそうなれば、あなたを殺していたでしょう。そういうことです』

わしが考えあぐねていると、あそこにあるキングズヒルの上のオークの森から、女が走ってきた。ノルマン人たちが豚を盗もうとしていると言う。

『みんな、よくきけ。ノルマンだろうがサクソンだろうが、やつらを追い払わねば、毎日のように略奪されるだけだ。さあ、なんでも手に入る武器をとって戦うのだ！』わしが三人を釈放して、走り出すと、わが兵士があとに続いた。サクソン人たちは家の屋根のわらに隠していた斧や弓を持ち、ヒューがその先頭に立った。キングズヒルを半分ほどのぼったところで、ピカルディーからきた悪党を見つけた。ウィリアム公の野営地でワインを売り歩いていた商人だ。手には死んだ騎士からとった盾を持ち、盗んだ馬にまたがって、うしろに十人から十二人ほどのろくでなしを従え、片っぱしから豚を殺している。われわれはやつらを追い払い、豚を守った。実にすばらしい戦いだった。なにしろ百七十頭の豚の命を救ったのだからな」リチャード卿は大声で笑った。

「それが、サクソン人とノルマン人がともに剣を取った初めての戦いとなった。わしはヒューを通し、サクソン人たちにわれわれの谷からたとえ卵ひとつでも盗んだ者は、騎士だろうが農夫だろうが、ノルマン人だろうがサクソン人だろうが、容赦はしないと伝えた。館に帰る途中、ヒューは言った。『今夜きみはイングランドを征服するのに成功した』わしは答えた。『イングランドは、われわれふたりのものだ。ヒュー、わたしが彼らを正しく治められるよう、手伝ってくれ。彼らにわからせてほしい。もしわたしを殺せば、アクイラは必ず兵をよこして彼らを殺す。そして、わたしよりもっとひどい男を送りこんでくるだろう』『確かにそうだろうな』ヒューはそう言って、手を差し出した。『知らない悪魔よりは、知っている悪魔のほうがましだ。但し、われわれがきみたちノルマン人を故郷へ送り返すまでの話だぞ』ほかのサクソン人たちも同じことを言い、笑いながら豚を丘のふもとへ追っていった。おそらく、あのときから、少しずつわしに対する憎しみが和《やわら》いでいったのではないかと思う、全員ではないにしろな」

「ヒューって素敵な人ね」ユーナがそっと言った。

「ああ、まちがいない。彼はこれまでこの世に生を受けた騎士の中で最も礼儀正しく、勇敢で、賢く、情け深い、最高の男だ」リチャード卿はそう言って、剣をそっとなでた。「ヒューは剣を――そうこの剣を――館の壁にかけ、この剣はわしのものだと言って、その後決しておろそうとしなかった。結局、おろしたのはアクイラがもどってきたときだったが、それをこれから話そう。さて、それから三ヶ月間、ヒューの民とわしの兵士は谷を守り抜き、ついに盗人やこのあたりをうろついてた連中は、われわれを襲っても堅パンか首吊りの縄しか得られないことを悟った。相手が泥棒だろうと、領地を失って代わりの土地を探している騎士だろうと、われわれは力を合わせて戦った。ああ、週に三回というときもあったな。こうして谷がそこそこ平和になると、今度は領地を治めるのに、ヒューの力を借りることになった。今はきみたちのものであるこの谷すべてが、わしの荘園だったのだ。一人前の騎士としてはふつうのことだ。わしは館の屋根を、納屋のわらぶきの屋根を、守り抜いた。だが……イングランド人というのは実に奔放な民だな。サクソン人たちはヒューと冗談を言い合い、笑いあっていたが、そもそもそれがわしには信じられなかった。たとえいちばん身分の低い者でも、これこれが荘園の慣習だと言いだせば、すぐさまヒューや長老たちはほかのことはすべて後回しにして、それについて話し合うのだ。麦をひいている最中に水車をとめたのを見たこともある。そして、ほんとうにそれが風習やら慣習だと認められれば、なんとそれで一件落着だ。たとえそれがヒューの意向や命令と真っ向から対立するものであってもな。まったくすばらしい！」

「そのとおり」パックが初めて口をはさんだ。「オールド・イングランドのそういった習慣は、あなた方ノルマンの騎士たちがやってくる前からのことですから。そうは変わらない。あなたたちノルマン人はなんとか変えようとしたが無理だった」

「わしはちがう」リチャード卿は言った。「わしは、サクソン人に彼らのやり方を通させてやった。とはいえ、イングランドにきてまだ半年もたたぬわが兵士たちが、国の習慣についてわしに講釈をたれようとしたときはさすがにかっとなったがな。ああ、すばらしい日々だった！　実にすばらしい民だった！　わしは心からこの国を愛していた」

リチャード卿はまるで愛する谷すべてをいだくように両手を広げた。卿の鎖かたびらが鳴る音をきいて、スワローが顔をあげ、そっといななないた。

「努力と工夫を重ね、ときに戦い、とうとう一年がすぎて、アクイラが谷へもどってきた。たったひとりで、なんの前触れもなくな。最初に見つけたのは、わしだった。北フォードから、豚飼いのこぞうを鞍の前に乗せてこちらへくるのが見えたのだ。『よくやった。説明する必要はないぞ。この子を見て、すべてわかった』アクイラが浅瀬を渡ろうとすると、その子が大きな馬にまたがったアクイラに向かって、枝を振ってこの先は通さないと叫んだのだ。『このような子が、大胆にもたったひとり、しかも素手で浅瀬を守れるのであれば、おまえの働きもわかろうというものだ』そしてハァッと息をついて、額をぬぐった。

アクイラは子どもの頰を軽くつねると、川岸で草を食んでいる牛を見やった。『どちらも肥えているな』そして鼻をこすった。『これこそ、悪知恵と策略だ。わたしがここを去るときになんと言ったか、覚えているか、こぞう?』

『荘園を守るか、首を吊られるかのどちらかだと』この言葉は忘れようがなかった。

『その通りだ。そしておまえは荘園を守り切った』アクイラは鞍からおりると、剣で土手から芝土を切り取り、ひざまずいたわしの前に差し出した」

ダンはユーナを見て、ユーナはダンを見た。

「これが〈占有権〉だよ」パックはささやいた。

「『リチャード卿、これで、おまえはこの荘園の正式な占有者だ』アクイラが名前でわしを呼んだのは、そのときが初めてだった。『ここは、永遠におまえとおまえの子孫のものとなる。王の事務官が文書にその肩書きを記録するまでは、これで間に合わせておけ。イングランドは今や、すべてわれわれのものだ。このまま守りぬくことができればな』

『わたしはなにをもって、お返しすればよいのでしょう?』わしはたずねた。言葉には言い表せぬほどの誇りで胸をいっぱいにしてな。『忠勤の誓いだ、騎士としてのな！』アクイラは片足だけ鐙《あぶみ》にかけ、馬にまたがろうと飛び跳ねながら言った（アクイラが背が低いことは話したかな？　だが、決して馬に乗るのに手を借りようとしなかった）。『わたしが求めたときに、六騎の騎士か、十二人の射手を寄こせ。ところで、この麦はどこで手に入れた？』収穫は間近で、麦は元気に育っていた。『このような鮮やかな色の穂は見たことがない。これと同じ麦の種を毎年三袋送ってよこせ。それから、ここでおまえと出会った日の記念として――そうだ、おまえが首に縄を巻かれていたときだ――おまえの館で年に二日、われわれをもてなしてほしい』

『ああ、なんということでしょう！　ならばもう、いただいたばかりの荘園をお返ししなければなりません。なぜなら、わたしは決して館に足を踏み入れぬと誓ってしまったのです』そして、エルーヴァ嬢に誓いを立てたいきさつを説明した」

「あれから一度も館の中に入っていなかったの？」ユーナがきいた。

「ああ、一度もな」リチャード卿はにっこり笑って答えた。「丘の上に小さな木の小屋を建て、そこで飲み食いし、眠っていたのだ……アクイラはぐるりと馬の首を返した。背中の盾が揺れた。『かまわぬ。一年は臣従礼を免除してやろう』」

「最初の年は、宴は催さなくてもいいってことだよ」パックが説明した。

「アクイラはわしといっしょに粗末な小屋に泊まり、ヒューが荘園の目録を見せた。ヒューは読み書きと計算ができたのだ。目録には、すべての畑と小作人の名が記してあった。アクイラは土地に関する質問はもちろん、森や牧草地、水車、養魚池、谷の住人たち全員の財産に至るまで細かく質問をした。だが、一度もエルーヴァ嬢の名にはふれず、館にも一切近づかなかった。夜になると、そのまま小屋でわれわれと酒をくみ交わした。ああ、羽毛を逆立てた鷲のような姿でわらの上に腰を下ろしてな。杯ごしに黄色い目をぎょろつかせ、話の急所をつき、あちらこちらへ自在に話題を変えながらも、決して獲物は逃さない、そのさまはまさしく鷲だった。しばらくじっと横になっていたかと思うと、いきなりわらの上でごそごそとして、次にはまるでウィリアム王のような口調でしゃべる。そのうち、たとえを使って話しはじめ、相手が言わんとするところを理解しないと、剣のさやですばやくあばらに一撃を加えた。

『よいか、こぞうども。わたしは生まれる時代をまちがえた。五百年前に生まれていたら、イングランドをデーン人にもサクソン人にも、むろんノルマン人にも征服できないような国にしていただろう。五百年後だったら、王の側近となって、世の者どもにひと泡吹かせてやったにちがいない。すべてはこのなかにある』アクイラは大きな頭を叩いた。『だが、このような暗黒の時代に、この知恵が活躍する余地はない。よいか、リチャード、ここにいるヒューはおまえよりはるかに優れている』アクイラはワタリガラスのように低いしゃがれた声で言った。

『その通りです。ヒューが手を貸し、耐え、苦しみぬいてくれたおかげで、荘園を守ることができたのですから』

『そして、おまえの命もな。ヒューがおまえの命を救ったのは一度ではない。百度は超えているだろう。ヒュー、おまえは黙っていろ！　リチャード、わかっているか？　なぜヒューが、今に至るまでノルマンの兵士たちと共に眠っているのか？』

『わたしのそばにいるためです』わしは言った。本当にそう思っていたのだ。

『たわけ者！　それは、サクソン人たちが、謀反《むほん》を起こし谷からノルマン人を追い出そうと、ヒューに懇願していたからだ。なぜわたしがそれを知っているかは、問題ではない。だが、それが真実だ。それゆえ、ヒューは自ら人質になって、おまえの命を守っていたのだ。万が一サクソン人たちがおまえを襲うときは、自分も有無を言わさず殺されることを覚悟のうえでな。もちろん、彼の部下たちもそれはじゅうぶんわかっていた。そうだな、ヒュー?』

『まあ、そんなところです』ヒューは恥じ入ったように言った。『少なくとも、半年前まではそうでした。しかし、今では、リチャードに手をあげる者はいません。もう、みなリチャードのことをわかっていますから。しかし、まちがいないとわかるまで、もう少しこのまま続けたほうがいいだろうと判断したのです』

わかったかな、ヒューのしてくれたことを。ところがわしときたら、まったく気づいていなかった! サクソン人がひとりでもわしに向かってナイフを振りあげるときには、自分の命もないと知りながら、ヒューは毎晩ノルマン人の兵士たちと枕を並べていたのだ。

『そうだ。おまけに剣も持たずにな』アクイラはヒューの腰のベルトを指さした。ヒューは剣を外していた。それは話したかな? サントラッチで剣を落として以来、ヒューはナイフと長弓しか身につけていなかった。『ヒュー、おまえには剣も土地もない。おまえはゴドウィン伯の血縁の者だそうだな』(ヒューは本当にゴドウィン伯と血縁関係にあった)、『おまえのものだったこの荘園は、ここにいるこぞうとその子孫のものになった。背筋を伸ばし、乞うのだな。彼はおまえを犬のように追い出すことができるのだから』

ヒューは黙っていたが、歯がみをする音がきこえた。わしは、わが主君アクイラに、どうか言葉をお慎みください、でなければこの手にかけても黙っていただきます、と言った。すると、アクイラは笑いはじめ、しまいには頬に涙が伝うまで笑った。『わたしは王に忠告したのだ。われわれノルマンの盗人にイングランドを与えたら、どうなるか。リチャード、おまえはこの荘園の正式な持ち主となってから二日もたたぬうちに、もう主君に逆らうのだな。さあ、彼をどうする、騎士ヒューよ?』

『わたしは剣を持たぬ身です。どうかおからかいになりませんよう』ヒューはひざに顔をすりつけてうめいた。

『おまえは、リチャードに輪をかけた大ばか者だな』アクイラはそう言うと、がらりと声を変えて言った。『ほんの半時間前に、おまえに丘の上のダリントン荘園を授けたのだぞ』そして、わらの山ごしに剣のさやでヒューをついた。

『わたしに?』ヒューはききかえした。『わたしはサクソン人です。それに、確かにここにいるリチャードには友情を感じていますが、ノルマン人に忠誠を誓った覚えはありません』

『いずれ、イングランドにはサクソンもノルマンもなくなる。わたしは自分のおかした罪ゆえに生きてこの目で見ることはかなわぬだろうがな。ノルマンの騎士ならごまんと名をあげることができるが、この目に狂いがなければ、たとえ忠誠を誓っていなくとも、おまえのほうがはるかに忠実だ。ダリントンを取るがよい。もし望みとあらば、リチャード卿と力を合わせ、明日にでもわたしに戦いを挑めばいい！』

『いいえ。わたしは子どもではありません。贈り物を頂けば、当然忠誠をもって応えます』そしてヒューは両手を差しだし、アクイラがそれを両手で挟むのを待って、忠誠を誓った。たしかそのあとわしはヒューにキスをし、アクイラがわれわれふたりにキスをしたと思う。

そのあと、われわれは小屋の外に出て、日が昇るのをすわって見ていた。農夫たちが畑に出ていくのを眺めながら、アクイラは様々なことを話した。今後どう荘園を治めていくべきか、狩りと馬の飼育の仕方、今の王の賢い点と愚かな点。その口ぶりは、まるでわれわれ三人が血を分けた兄弟であるかのようだった。ほどなくひとりのサクソン人がわしのところへやってきた。一年前、絞首刑にしなかった三人のうちのひとりだった。彼は大声で——と言ってもサクソン人にとっては小声なのだが——エルーヴァ嬢が館でわしと話したいと言っている、と伝えた。エルーヴァ嬢は荘園を歩くのを日課にしていて、毎日どこへ行くのか知らせてくるのが習慣になっていた。わしは必ずひとりかふたり射手をつけて前後を守らせ、ときには自ら森にひそんで、エルーヴァ嬢を見守ることもあった。

わしはすぐさま駆けつけた。館に入ろうとすると、巨大な扉が内側からさっとひらき、わがエルーヴァ嬢が立っていた。『リチャード卿、どうかあなたの館にお入りください』エルーヴァ嬢はそう言って、泣き崩れた。われわれふたりきりだった」

リチャード卿は長いあいだ黙っていた。そして、谷の向こうを見やって、ほほえんだ。

「やった！」ユーナは言って、そっと手を叩いた。「エルーヴァ嬢は後悔したのね。そして謝ったんだわ」

「ああ、そうだ。エルーヴァ嬢は後悔し、謝った」リチャード卿ははっとして、われにかえった。「それからすぐに——といってもたっぷり二時間は待ったと本人は言ったが——アクイラが磨いたばかりの盾を持って馬でやってきた（ヒューが磨いたらしいのだ）。そして、宴の用意をしろ、主君にひもじい思いをさせるとはとんでもない騎士だ、とわしを罵倒し、続いてヒューが今日は全員仕事を休めと命じた。わがサクソン人たちは角笛を吹き鳴らし、大いに食べ大いに飲み、あちこちで競技が行われ、踊りや歌が披露された。アクイラは踏み台の上に立つと、自分では完璧だというサクソン語で演説をした。だれひとり理解した者はいなかったがな。夜になると、祝宴の場は館に移り、ハープ奏者や歌い手が帰ったあとも、われわれ四人は遅くまで、館の主の食卓で飲み食いをした。たしか満月の暖かい夜だった。アクイラはヒューにダリントンの当主にふさわしく壁から剣をおろすよう命じ、ヒューは喜んでそれに従った。柄には、ほこりが積もっていた。ヒューがふっと吹いたのを見たからな。あのときは、最初、ハープ奏者がもどってきたのかと思った。というのは、いきなり館に音楽が鳴り響いたのだ。アクイラははっと立ちあがったが、床の上に月が格子模様の影を落としているだけだった。

『なんと!』ヒューが言った。『わたしの剣が鳴っている』そして剣を腰にさすと、音楽はやんだ。

『あのような剣だけはいらぬぞ!』アクイラは言った。『剣はなんと言っているのだ?』

『この剣を鍛えた神にしかわかりますまい。この前に剣が声を発したのは、ヘイスティングズの戦いのときでした。わたしが領地をすべて失ったときです。ですから今度は、わたしが新しい領地を得て、再び一人前になったことを歌っているのかもしれません』ヒューは言った。

そして剣をわずかに引き出すと、にっこりしてまたさやにもどした。剣は、甘いささやき声で彼に答えた。そう、まるで男の肩に頭を乗せてささやく女のように。

この剣が歌うのをきいたのは、あのときが二度目だった……」

「たいへん！」ユーナが叫んだ。「ロングスリップからおかあさんがおりてくる。リチャード卿を見たらなんて言うかしら？　見ないわけないもの」

「今回はパックだって魔法をかけられないぞ」ダンも言った。

「そうかな？」パックは言って、前かがみになってリチャード卿に何かささやいた。

リチャード卿はにっこりして、うなずいた。

「剣と、わが兄弟ヒューにどんな運命が待ち受けていたかは、次のときに話すとしよう」そう言いながらリチャード卿は立ちあがって馬を呼んだ。「スワロー！」

牧草地の向こうから大きな馬が速足でやってきた。馬はおかあさんのすぐそばを駆け抜けた。

おかあさんが叫んだ。「まあ、またグリーソンさんのところの年寄り馬が入ってきたわ。一体どこから入ったのかしら？」

「ストーンベイのすぐ下だよ」ダンが答えた。「土手の柵を破ってきちゃうんだ！ついさっき気づいたんだ。今日は大漁だったよ。午後からずっと釣っていたんだ」

実際ダンとユーナはそう思っていた。パックがオークとトネリコとサンザシの葉をこっそりふたりの服のすそに入れたのに気づかずに。

リチャード卿の歌

愛しい人ができるまえ、わたしは公に従い

イングランドへきた、そう、征服するために
だが、いつしかそれは逆になってしまった
イングランドがわたしを征服したのだ！

かつてわたしには馬があった、盾や旗
そして健やかで自由な少年の心も
だが今は、歌い方も昔とはちがう
イングランドがわたしを征服したのだ！

故郷の塔で父親は
わたしの船の知らせを待ちわびている
やがて父が最期を迎えるまえに
伝えてくれ、イングランドがわたしを征服したと！

屋敷の私室では母親が

父を意のままに操っている
母は思い出すだろう、おとめの力を
伝えてくれ、イングランドがわたしを征服したと！

ルーアンの弟は
やんちゃですばしこい騎士の見習い
だが、いずれ苦しみと悲しみを知るだろう
伝えてくれ、イングランドがわたしを征服したと！

妹は待っている
ノルマンディの心地よい果樹園で
彼女に言ってくれ、そろそろ結婚の時期だと
伝えてくれ、イングランドがわたしを征服したと！

野営地や街道で友人は

ばかにしたように眉をあげる
彼らに言ってくれ、わたしは進む道が違うのだと
伝えてくれ、イングランドがわたしを征服したと！

名だたる王や王子や貴族たち
高い位の騎士や指揮官たち
わたしを責めるまえにきいてくれ
そして見てくれ、イングランドに征服されたわたしを！

どれだけたくましく偉大な男でも
逃れられぬものが二つある
一つ目は愛、二つ目は死
わたしは愛に征服されたのだ、このイングランドで！

騎士たちのゆかいな冒険

デーン人の女のハープの歌

あんな女とともに、あなたはいってしまう
わたしを捨て、暖炉を捨て、家を捨て
命を危険にさらす灰色の道連れといってしまう

彼女には、客を迎える家もない
あるのはたったひとつ、身を横たえる冷たい寝床だけ
そこは青白い太陽と漂う氷山の住処《すみか》
あなたを抱きしめる白い腕もない

ただ指のような海草で何度でもあなたをからめとり
波が押し寄せる岩に縛りつけるだけ
なのに、夏の気配が濃くなり
氷が割れて、カバの芽がふくらむと
毎年、あなたはわたしたちを捨てていく、そう――
――あなたは、さけび声や家畜をほふるのに嫌気がさして
波のさざめく海へ、こっそり逃げていく
冬営地にある船を眺めに
我が家の浮かれ騒ぎや、食卓のおしゃべり、
牛小屋の牛や、馬屋の馬のことも忘れ、
船腹にピッチを塗り、錨《いかり》の鎖を磨く!

そして嵐雲が覆う海へいってしまう
オールが海に落ちるむなしい音だけを残して
これから数ヶ月、わたしたちにはそれしかない

ああ、あんな女とともに、あなたはいってしまう
わたしを捨て、暖炉を捨て、家を捨て
命を危険にさらす灰色の道連れといってしまう

暑くて外を駆けまわる気にはなれなかったので、ダンはホブデンじいさんに頼んで、ふたり乗りの小さなボートを池から庭の奥を流れる小川まで運んでもらった。ボートには、〈デイジー〉とペンキで名前が書かれていたが、探検に出かけるときは〈ゴールデンハインド号〉とか〈ロングサーペント号〉とかそれらしい名前に変わることに

なっていた。ダンが岸からかぎざおでボートをひっぱり（川幅が狭くてオールを使えなかったのだ）、ユーナはボートの上でホップのつるの支柱をさお代わりに使って進んだ。やがてさらに浅いところにきたので（ゴールデンハインド号の吃水《きっすい》は三インチほどだった）、ふたりは一度ボートを岸にあげ、引き綱で砂利の上を引っぱって庭を越えたところにある草の生い茂った土手まで運び、そこからまた低い枝の張り出した川をさかのぼっていった。

その日は、ユーナが持ってきた詩の本に出てくる『老船長オースレ』のようにノース岬を発見するはずだったのだが、あまりの暑さにアマゾンをさかのぼってナイルの源流を探す旅に変更した。木陰でも暑くて、眠気を誘う香りが漂い、木々のあいだから向こう側をのぞくと、焼けつくような太陽の光で牧草地がゆらゆら燃えているように見える。カワセミが見張りの枝の上でうつらうつらし、クロウタドリもすぐとなりの茂みに逃げこむのすらおっくうそうだ。動いているものといえば、飛び回っているトンボくらいで、あとはアカライチョウが数羽と大きなアカタテハが一匹、日向を避けて水を飲みにきているだけだった。

カワウソ池までくると、ゴールデンハインド号はうまい具合に浅瀬に乗りあげ、ふたりは生い茂った葉の屋根の下でのんびり寝そべった。水がいくつもの堰《せき》を乗りこえて、用水路から小川までコケの生えたレンガの水路を流れていく。子どもたちもよく知っている池の主の大鱒《ます》が頭と背をくねらせ、向こうから流れてきた蠅《はえ》をパクリとやった。ときおり、小石の上を流れていく小川の水面がほんの一インチほどあがり、木々のあいだをかすかな風が吹き抜け、てっぺんがゆっくり揺れる。そして再び、すべるように流れていく水のおしゃべりがはじまるのだった。

「まるで影がしゃべってるみたいよね？」ユーナが言った。とっくに本を読むのはあきらめていた。ダンはへさきから体を乗り出して、流れに手を浸していた。すると、池の中ほどまでせり出している砂洲を誰かが歩いてくる音がしたので、顔をあげると、サー・リチャード・ダリングリッジが立っていた。

「危険な船旅だったかね？」リチャード卿はにっこり笑ってきいた。

「ユーナがあちこちぶつけたから。今年の夏はほとんど水がないんです」ダンは言った。

「わしの子どもたちがデーン人の海賊ごっこをしていたころは、この小川はもっと深くて川幅も広かった。きみたちは海賊かね？」

「いいえ。もう何年も前に海賊はやめたの。最近はたいてい探検家で、世界を一周するのよ」ユーナが言った。

「一周する？」リチャード卿はききかえした。そして、土手のトネリコの老木の、いかにも座りごこちのよさそうな根の叉《また》に腰を下ろした。「一周するとは、どういうことだね？」

「教科書に載ってませんでしたか？」ダンはきいた。さっきまでちょうど地理を勉強していたのだ。

「わしは読み書きはできん。きみたちはできるのか？」

「はい。長い単語は無理ですけど」ダンは言った。

「すばらしい！　ぜひとも読んでみてくれ。きいているから」

ダンは真っ赤になったが、本を開いて、ちょっと早口になりながら『ノース岬の発見者』を読みはじめた。

ヘルゴラントの
老船長オースレ

真理を愛するアルフレッド王のために
　真っ白なセイウチの牙を運んできた
　　右手にしっかり握りしめて

「まさか——だが——この詩は知っておる！　とても古い歌だ！　むかしきいたことがある。信じられん」リチャード卿は大声をあげた。「いやいや、やめんでくれ」身を乗り出した卿の鎖かたびらの上を、木漏れ日が流れるようにすべっていった。

おれは馬を引いて土地を耕した
　だが心は落ち着かない
なぜなら時おり訪れるのだ
　老船乗りたちが
　　海の冒険談を携えて

リチャード卿は剣の柄に手をかけた。「まさにそのとおりだ。わしもそうだった」

そして嬉しそうに詩に合わせて柄を軽くたたいた。

オースレは言う。「そこまでくると
岸がふいに南へ曲がり
弧を描いた海岸にそって
さらに南へと進む
名もなき海へ」

「名もなき海！」リチャード卿はくりかえした。「わしもそうだった――そう、ヒューといっしょにな」

「どこへいったの？　教えてください」ユーナが言った。

「待ってくれ。まず最後まできかせてくれ」そこでダンは最後まで詩を朗読した。

「すばらしい。オースレの物語だな。デーン人の船で船乗りたちが歌っているのをきいたことがある。今きみが読んだ詩のように立派な言葉を使ってはいなかったが、内容は同じだ」

「じゃあ、北の海を探検したんですか？」ダンは本を閉じながらきいた。

「いや。わしが冒険をしたのは南だ。何者も足を踏み入れたことのない、はるか南まで旅したのだ、ウィッタや異教徒どもとな」リチャード卿は大きな剣をぐっと足元について、両手で体を支えた。だが、その目はふたりを通り越してはるか遠くを見ていた。

「ずっとここで暮らしていたのかと思ってました」ユーナがおずおずと言った。

「ああ、わがエルーヴァ嬢が生きているあいだはな。だが、彼女は死んでしまった。死んでしまったのだ。だから、長男が成人すると、アクイラに願い出たのだ。留守を息子に任せ、旅に出るか、聖地に巡礼にいかせてほしいと――彼女を忘れるためにな。そのころアクイラは、ウィリアム二世の命を受け、モルタン伯のあとをついでペベンシーの長官になっていた。もうかなりの年だったが、あいかわらず背の高い糟毛《かすげ》の馬に、小さな白い鷹《たか》のような姿でまたがっていたよ。ダリントンにいたヒューはその話をききつけると、さっそくわしの次男を呼び寄せてダリントンの管理を任せ、やはりアクイラに旅の許可を願い出た。ヒューは結婚していなかったので、息子を自分の子どものようにかわいがってくれていたのだ。こうしてヒューも、わしといっしょにくることになった」

「いつのことですか？」ダンがきいた。

「日にちまで答えることができるぞ。というのも、わしがヒューとアクイラとともにペベンシーの湿地《マーシュ》を抜け――アクイラがペベンシーの土地と鷲の勲章を受けたことは言ったかな？――毎年フランスからワインを運んで来るボルドーの船に向かう途中、湿地《マーシュ》の民の男がなにやら大声で叫びながら駆けよってきたのだ。きけば、王の遺体を背に乗せた巨大な黒い山羊を見たと言う。山羊は、ウィリアム征服王の息子である赤毛王が森で狩りをしているときに飛んできた矢に当たって亡くなった、と告げたらしい。これをきくと、アクイラは言った。『旅に出るというときに、縁起が悪い。赤毛王が死んだのなら、わしは領地を守るために戦わねばなるまい。少々待ってはくれんか』

しかし妻をなくしたわしには縁起がいいも悪いもなかった。ヒューもそれは同じだったので、われわれはそのまま、ボルドーへ向かうワイン船に乗った。ところが、まだペベンシーが見えているうちから風が凪《な》ぎ、濃い霧にすっぽり包まれてしまった。船は海岸の崖ぞいに西のほうへ流されていった。同船していたのは、ほとんどがフランスにもどる商人で、船には羊毛が積まれ、背の高い猟犬が雄雌三頭ずつ、鎖で手すりにつながれていた。飼い主はアルトアの騎士で、名は覚えられなかったが、赤地に金貨の模様の盾を持ち、若いころマンテの戦いで負った傷が原因で、わしと同じく足を引きずっていた。スペインでのムーア人との戦いではバーガンディ公に仕え、今回犬を連れて戦場にもどる途中だった。最初の夜、彼はふしぎなムーアの歌を歌ってきかせ、われわれにも一緒に歌おうといってきかなかった。わしはすべてを忘れるために巡礼の旅に出たのだが――聖地への旅ではむしろ思い出すばかりだ。あのときあのまま聖地へ向かっていたら……。

人の人生や運命などわからぬものだ！　夜明けが近づいたころ、デーン人の船が霧の中、こっそり近づいてきて、船首をぶつけてきたのだ。船は大きく揺れ、手すりから身を乗り出していたヒューは船から落ちてしまった。思わずあとを追って飛び込んだ先はデーン人の船で、われわれは立ちあがる間もなくつかまって縛られてしまった。そのあいだに、われわれの船は霧に飲まれて見えなくなった。あの金貨の盾を持った騎士は、居場所を気づかれぬよう、マントで猟犬の口を封じたにちがいない。さかんに吠えていた声がぴたりと止んだからな。

わしとヒューは縛られたまま漕ぎ手座のあいだに転がされていたが、やがて夜があけるとデーン人がやってきて、われわれは上甲板の舵《かじ》のところまで引きずられていった。船長は――ウィッタと呼ばれていたが――足でわれわれを転がした。ひじから肩まで金の腕輪をいくつもはめ、女のように長い赤毛を編んで肩まで垂らし、体つきはがっしりしていて、がに股で長い腕をしていた。われわれが身につけていたものを片っぱしから奪い取ったが、ヒューの剣に手をかけたとき、刃にルーン文字が刻まれているのを見てあわてて手を引っこめた。だがどうしてもほしいのか、何度も手を伸ばした。と、ふいに剣が怒ったように歌いだしたのだ。三度目だった。漕ぎ手たちは手を止め、オールにもたれて耳を傾けた。そしていっせいにカモメのようにやかましくわめきはじめたのだ。すると、どこからか見たこともないような黄色い男がやってきて、われわれの縄を切った。そう、男は黄色い肌をしていた。病のせいではなく、生まれつきらしい。ハチミツのような色で、目が顔の端と端についていた」

「どういうこと？」ユーナは頬杖をついてきいた。

「こんな風だった」リチャード卿は両目の端に指をあててくいと上に引っ張った。すると、卿の目は線のように細くなった。

「中国人だ！　その人は中国人だったんだね！」ダンが大声で言った。

「それはわしにはわからん。ロシアの海岸で凍死しかけていたところを、ウィッタが見つけたらしい。わしには、まるで悪魔に見えた。黄色い男はそろそろと近づいてくると、銀の皿にのせた食べ物を差し出した。どうせ海賊どもがどこかの金持ちの修道院から奪ったものにちがいない。ワインはウィッタが注いだ。ウィッタはフランス語と南サクソン語を少し話すことができたが、ふだんはほとんど北方の民族の言葉を話していた。われわれは、どこかの海岸でおろしてほしい、ムーア人に奴隷として売るより高い身代金を払うから、ともちかけた。かつて知り合いの騎士がオランダの南西のフラッシングからもどる船の上で同じ目にあったときいたことがあったのだ。

『父グズルムの首にかけて断る。おまえたちは神が与えた幸運のしるしにちがいねえ』ウィッタは言った。

それをきいてわしは震えあがった。というのも、デーン人たちには、好天を願って捕虜を神へのいけにえにする習慣がまだ残っているのを知っていたからだ。

『悪党め！』ヒューが叫んだ。『働くことも戦うこともできぬ年老いた貧しい巡礼者からなにを搾《しぼ》りとるつもりだ？』

『貧しい巡礼者？　歌う剣を持ったやつと戦う気はねえ。おれたちといっしょにこい。そうすりゃ、もう貧しさとはおさらばだ。おまえ、歯のあいだが開いているだろ？　そりゃ、旅をすれば金持ちになれるというしるしなんだ』

『もし行かないと言ったら？』ヒューはたずねた。

『イングランドへでもフランスへでも泳いで帰るんだな』ウィッタは言った。『今、おれたちはちょうど中間にいる。溺れてぇなら別だが、この船に乗ってりゃ、髪の毛一本傷つけないと約束する。おまえたちは船に幸運をもたらしてくれるはずだ。その剣に刻まれたルーン文字がいいものだってことくらいは、おれにもわかるからな』

ウィッタは船員たちのほうをふりかえり、帆をあげろと命令した。

そのことがあってから、われわれが船のどこへ行こうと、船員たちはさっと道をあけるようになった。船では信じられないようなものをたくさん見たよ」

「どんな船だったんですか？」ダンがきいた。

「船体は細長くて低く、赤い帆のマストが一本に、オールが両側に十五本ずつあった。船首に甲板があって、その下に船員の寝る場所がある。船尾にもうひとつ仕切りがあって、ペンキを塗った扉で漕ぎ手座と仕切られていた。わしとヒューはここで、ウィッタと黄色い男といっしょに、毛織物のようにやわらかいタペストリーの上で寝た。そういえば――」リチャード卿はふっと笑った。「最初にその船室に入ったとき、いきなり大きな声がした。『剣を抜け！　剣を抜け！　殺せ！　殺すんだ！』われわれが仰天《ぎょうてん》しているのを見て、ウィッタはゲラゲラ笑って、声の主を見せてくれた。大きなくちばしに赤い尾をした灰色の鳥でな。ウィッタが肩に乗せると、しゃがれた声で、パンとワインをもってこいと叫び、キスをせがんだ。だが、あくまでおろかな鳥にすぎんのだよ。しかし――おや、もしかして知っているのかね？」リチャード卿は子どもたちがニヤニヤしているのを見て、きいた。

「閣下のことを笑ってたんじゃないの。きっとそれはオウムよ。オウムってそういうのがお得意なの」ユーナが言った。

「われわれもあとでそれを知った。しかし、ほかにも目を見張るようなものがあった。黄色い男はキタイという名だったが、茶色の箱を持っていてな。ふちに赤い印がいくつもついた青く丸い器が入っていて、中にごく細い糸で鉄の棒が吊るしてある。棒の太さは草の茎ほどで、長さも、そうだな、わしの拍車くらいしかないが、拍車とちがってその棒はまっすぐだ。ウィッタが言うには、その鉄の棒の中には、南へ三年航海したところにあるというキタイの国から魔術で連れてきた悪霊が住んでいるらしい。その悪霊は常に自分の国へ帰りたがっているから、いいか、その鉄の針はなんと、常に南を向いているのだ」

「南？」ダンはききかえして、ポケットに手を突っ込んだ。

「ああ、この目で見た。毎日毎日、朝から晩まで、船がどんなに揺れようと、太陽や月や星が隠れようと、目が見えぬはずのその悪霊は、常にまちがえることなく自分の国のある南を指すのだ。ウィッタは〈賢い鉄〉と呼んでいた。その鉄のおかげでだれも知らぬ海も渡れるわけだからな」リチャード卿はまた子どもたちをまじまじと見つめた。「どう思う？　やはり魔法だろうか？」

「それはこんなものじゃありませんでしたか？」ダンはポケットから、いつもナイフと鍵輪といっしょに持ち歩いている古い真ちゅうの携帯用コンパスを取り出した。

「ガラスにひびが入っちゃってるけど、針はきちんと動いてます」

リチャード卿は驚いて、ヒューーッと息を吸いこんだ。「これだ。賢い鉄も、こんな風に揺れながら動いておった。おお、止まったぞ。南を指しているのだな」

「北です」ダンは答えた。

「いや、南だ！　こっちが南だ」リチャード卿は言った。それからふたりで大笑いした。コンパスの針の片方が北を指しているとすれば、もう一方は南を指しているに決まっている。

リチャード卿は舌を鳴らした。「子どもが持ち歩いているのなら、魔法が関係しているはずはないな。なぜそれは南を――北を指すのかね？」

「おとうさんは、理由はだれにもわからないって」ユーナが言った。

リチャードはほっとした顔をした。「なら、やはり魔法かもしれぬな。少なくとも、われわれにとっては魔法だったのだ。

こうしてわれわれは航海を続けた。風向きがいいときは帆をあげ、われわれは盾を背負って水しぶきをよけながら風上の船ばたで休むことができる。だが、風向きが変わると、長いオールで漕がねばならなかった。黄色い男が賢い鉄の傍らにつき、ウィッタが舵を切る。最初わしは、巨大な白い花のように咲いては散る波が恐ろしくてたまらなかったが、ウィッタが巧みに船を導いていくのを見ているうちに、だんだんと恐ろしさも消えていった。ヒューは最初から海が気に入っていた。わしは、水の上には向いていないのだろう。岩や、フランスの西の群島付近で見たような渦――あのときはオールが岩にぶつかって折れた——が現われると、胃がどうかなりそうになるのだ。一度など、南へ向かって嵐の海を走っているときに、雲の隙間からもれる月明かりで、フランドルの船がひっくりかえって沈むのを見た。このときも、ヒューは一晩中ウィッタと働いていたが、わしは下の船室にしゃべる鳥と閉じこもっておった。もう死のうが生きようがどうでもよかったのだ。海には特別の病があってな、それにかかると丸三日は死ぬ思いをする！　次に陸地が見えたとき、ウィッタはあれはスペインだと言った。われわれはあわてて沖へ逃げた。スペインの海岸には、ムーア人を襲撃するためにバーガンディ公の艦隊が集結していたのだ。公の軍につかまれば縛り首、ムーア人たちに捕まれば奴隷に売り飛ばされる。そこで、われわれはウィッタが知っていた小さな港に入港した。夜になると、ラバに荷物を積んだ男たちがやってきて、ウィッタが北の国から運んできた琥珀《こはく》を、鉄のくさびや陶器の壺に入ったビーズに交換した。壺は船倉に運び、くさびは船を安定させるために積んでいた石や砂利を捨て、代わりに船底にしまった。ワインも、いい香りのする〈灰色の琥珀〉の塊と交換で手に入れた。これは竜涎香《りゅうぜんこう》といって、マッコウクジラから取れる香料でな。親指の爪ほどしかない小さな塊ひとつで、ワインの大樽が手に入るのだ。しかし、こんな話ばかりでは、まるで商人のようだな」

「そんなことありません。どんなものを食べたのかも知りたいな」ダンが言った。

「乾燥肉や干魚、ひいて粉にした豆などをウィッタは買っていた。それからイグサのカゴに入ったなにやらあまくてやわらかい果物。ムーア人の食べ物で、イチジクをねっとりさせたようなものなのだが、長細くて薄べったい種が入ってるのだ。そう、確かナツメヤシという名前だった。

荷物を積み終わると、ウィッタが言った。『さて、おまえたちよそ者も自分たちの神に祈っておいたほうがいいぞ。ここからは、だれも知らぬ未知の領域だからな』そして、彼らは船首でいけにえの黒い山羊を殺した。その前で香をたいた。黄色い男は鈍く光る緑の石でできた、笑みを浮かべた小さな像を取り出し、それからわが妻が特別に信仰を捧げていた被昇天の聖母マリアに祈った。この年にして恥ずかしげもなく告白するが、日の出とともに港から穏やかな海に出ていったとき、わしとヒューはかつて偉大なるウィリアム公に従ってイングランドへ渡った騎士たちのごとく、喜びにあふれて歌っていたのだ。とはいえ、われわれの指揮官は異教徒の海賊だ。艦隊といっても荷物を積みすぎたガレー船一隻のみ。しかも道案内は非キリスト教徒の魔術師で、目指す港は世界の果てをさらに越えた先なのだ。ウィッタが言うには、彼の父親のグズルムはかつてアフリカの海岸沿いを進み、はだかの男たちが鉄やビーズと交換で、金を売ってくれる国にたどり着いたという。そこで彼は山のような金と、大量の象牙を手に入れた。ウィッタは、賢い鉄の力を借りてその土地へいくつもりなのだ。彼はなにものも恐れない。そう、貧しさ以外は。

『おれの父親が言ってたんだ。ここから三日航海したところにでかい砂洲《さす》があって、その砂洲の南に、海から生えてる森がある。その森から南東へいったところに、髪の毛の中に金を隠してる人間たちが住んでいるそうだ。だが、その一帯には悪魔どもがうようよしている。悪魔は木のうえで暮らし、人間など真っ二つに裂いてしまうらしい。どう思う?』

『金があろうがなかろうが、ゆかいな冒険になるだろう』ヒューは剣を指でなぞった。『その悪魔どもを退治してやろうじゃないか!』

『冒険だと!』ウィッタは顔をしかめた。『おれは貧しい海賊にすぎん。楽しみや冒険のために、こんな板切れに命を託して海を漂ってるわけじゃない。再びスタヴァンガー[3]に船をつけ、かみさんが首に抱きついてきたら、もう二度と航海には出ねえ。船はかみさんや家畜より、よほど手がかかるからな』

そしてウィッタは漕ぎ手たちのところへおりていって、力はないくせに食いものだけは食いやがると小言を言った。しかし実際のウィッタは、狼のごとく戦い、狐のごとく狡猾だった。

嵐が起こり、船が南へ流されたときも、ウィッタは三日三晩、船尾のオールを握ってガレー船を操った。波がどうしようもなく高くなると、鯨の油の入った壺を割って海に放りこんだ。すると、海面が信じられないほど滑らかになり、ウィッタはすかさず船首をまわして風上に向け、オールを何本か縄で縛って海へ落とした。錨がわりらしい。おかげで船は激しく揺れたにもかかわらず、なんとか沈まずに進むことができた。これは彼が父親のグズルムから教わった方法だった。ウィッタはほかにもボールドという賢い医者の書いた医学書をすべて暗記していたし、エジプトを略奪した女海賊の航海術の本も読んでいた。航海に関することなら、すべて心得ていたのだ。

ようやく嵐が去り、やがて山が見えてきた。雪をかぶった頂上が雲の上に見えている。ふもとに生えた草は茹でて食べると、歯茎の痛みやむくんだ足首によく効いた。

われわれはその島に八日間停泊したが、獣の皮を着た男たちが石を投げてきたので出発した。やがて気温が上がると、ウィッタは木の枝を曲げて布を張り、漕ぎ手たちの日よけにした。山のあった島から東にあるアフリカの海岸まではほとんど風がなく、われわれは砂の広がる海岸から、矢が届く三倍の距離をとって進んでいった。そこではクジラや、われわれの船よりも大きい、盾のような形の魚を見た。眠っているものもいたし、われわれに向かってカァッと口をあけるものや、暖かい海の上にぷかぷか浮かんでいるものもいた。海水は手にも暖かく、空は湿気を含んだ灰色の霧に覆われ、吹きつけてくる細かい砂のせいで朝起きると髪やひげが真っ白になっていた。鳥のように空を飛ぶ魚も見た。漕ぎ手たちのひざの上にも落ちてくるので、陸にあがったとき焼いて食べた」

リチャード卿はいったん話をやめて、疑ってはいないかと子どもたちの顔を見たが、ふたりは「続きを」とうながした。

「左側には黄色い土地、右側には灰色の海が広がっていた。わしは騎士ではあったが、

---

3 現・ノルウェーの港町

漕ぎ手たちに交じってオールを握り、ビーズを入れた壺が割れないよう間に乾かした海草を詰める作業もした。騎士道とは陸のもの、海の上では馬具をつけていない馬に拍車なしでまたがっているのと同じだ。縄を結ぶ方法も覚えたぞ——二本の縄を、ウィッタすら結び目がわからないほどうまくつなげられるようになった。だが、ヒューはわしなどよりはるかに海に向いていた。ウィッタはヒューに左側の漕ぎ手たちを任せ、ボルクムのトルキルドというノルマンの鉄かぶとをかぶっている鼻の折れた男に右側の漕ぎ手を任せた。両方の漕ぎ手たちは互いに漕いでは歌い、競い合った。怠ける者などひとりもいない。実際、ヒューが言ったように、船というのは荘園よりもよほど手がかかるものだ——ウィッタがきいたら笑うだろうがな。

どんなふうに手がかかるかって？　例えば、陸が見つかれば、必ず水を汲んでこなければならない。野生の果物や植物も必要だ。甲板や漕ぎ手座を磨く砂もいる。砂浜のある島が見つかれば船を浜に引きあげ、積んであるものを、鉄のくさびにいたるまですべていったん外に出し、船腹や底についた海草を、イグサを束ねた松明《たいまつ》で燃やして取らなければならない。それから、女海賊の本に書いてあったように、塩水で湿らせたイグサで船倉をいぶす。一度、そんな風に船を丸裸にして、砂浜の上で傾けていたとき、例の鳥が『剣を出せ！』と叫んだものだから、ウィッタはかんかんになって、いつかやつの首を絞めてやるとどなりちらしていたな」

「かわいそうなオウム！　本当に首を絞められちゃったの？」ユーナがきいた。

「まさか。やつは船の守り神のような存在だったからな。漕ぎ手全員の名を覚えていたよ。楽しい日々だった……妻のいない男にはな……ウィッタや異教徒たちと……世界の果てを越えて……。そんな風にして数週間後、とうとう大砂洲《グレートショウル》までやってきた。ウィッタの父親の説明通り、砂洲ははるか沖までせり出していた。ぐるりと砂洲を回っていくうちに、そのあまりの大きさにめまいがし、打ち寄せる波の音で頭がくらくらしたほどだ。そしてようやく再び陸が見えてきた。そこの森では、肌の黒い裸の人間たちが暮らしており、鉄のくさびを一本やると山のような果物や植物や卵をくれた。ウィッタは彼らに向かって頭をかいてみせた。金を買いたいというしるしだ。彼らは金は持っていなかったが、意味は理解して（金を扱う商人は、ぼさぼさの髪の中に金を隠しているのだ）、海岸の先を指さした。それからこぶしで胸を叩いてみせたが、そのときはまだ、それが不吉なしるしだとは知らなかった」

「どういうこと？」ダンはたずねた。

「もう少しの辛抱だ。すぐに話す。さて、こうしてわれわれはさらに海岸沿いを東に向かって進み、十六日後に（操舵台の手すりに剣で刻み目をつけて日にちを数えていたのだ）、とうとう海の中の森に行き着いた。ここの木は川底の泥から生え、細い根が水面から突き出している。そのアーチ状にのびた枝の下の暗闇を、泥水が無数の水路となって流れていく。[4]太陽は姿を隠し、われわれは木々のあいだのくねくねした水路をさかのぼっていったが、オールが使えないところは、硬い皮に覆われた根につかまって船を引きよせながら進まなければならなかった。水は汚くて、ぎらぎら光る巨大な蝿が飛びかい、朝晩は青い霧が泥水の上を覆い、熱病をもたらした。漕ぎ手のうち四人が倒れ、ベンチに縛りつけられた。そうしないと、川に飛びこんで泥に潜む怪物に食われてしまうからだ。黄色い男も病に伏し、賢い鉄の横で頭を激しく動かして自分の国の言葉でしゃべり続けた。元気なのは鳥だけだった。ウィッタの肩に止まって、悪臭の漂う音のない闇に向かってギャーギャーわめき続けていた。そうだ、あのときわれわれがいちばん恐れたのは、静けさだったのだと思う」

リチャード卿は言葉を切ると、故郷の小川の心地よいせせらぎに耳を傾けた。

「闇の中ですっかり時間の感覚が失われたとき、遠くのほうから太鼓のような音がきこえてきた。音のするほうへ向かうと、目の前がぱっと開け、広々とした茶色い川に出た。川岸にはカボチャ畑が広がり、小屋が建っている。われわれは再び太陽を拝めることを神に感謝した。村の人々はわれわれを歓迎し、ウィッタは頭をかいて(金がほしいことを知らせ)、鉄やビーズを見せた。すると村人たちは川岸まで走ってきて(われわれはまだ船に乗っていたのだ)、こちらの剣や弓を指さした。岸の近くでは、必ず武装していたのだ。村人たちは、小屋から金ののべ棒や砂金を持ってきて、さらに巨大な黒ずんだ象の歯も運んできた。そして、われわれを誘うように川岸に積みあげると、敵と戦うしぐさをし、木の上を指さし、うしろの森を指さした。そして、村の長だか魔術師だかがこぶしで胸を叩き、歯をむき出した。

ボルクムのトルキルドが言った。『宝がほしいなら戦えということか?』そして剣を抜こうとした。

『いや、ともに敵と戦ってほしいと言っているのだと思う』ヒューが言った。

『気に入らんな』ふいにウィッタが言った。『川の真ん中までもどれ』

4 現・ガーナの河口のマングローブの林のこと

そこでわれわれは船をもどし、肌の黒い村人たちと川岸に積みあげた金をじっと見つめた。すると再び森の中から太鼓の音がきこえ、村人たちは金を残したまま、いっせいに小屋へ逃げもどってしまった。

船首にいたヒューが黙って指をさした。そちらを見ると、森から巨大な悪魔が出てきたのだ。やつは手を額にかざし、ピンク色の舌で唇をなめた——こんなふうにな」

「悪魔だ！」恐怖と興奮でぞくぞくしながらダンが叫んだ。

「そうだ。人間より背が高く、全身が赤茶色の毛で覆われていた。そいつはわれわれの船をじろっと見るなり、いきなりこぶしで胸を叩きはじめたのだ。まさに太鼓をダンダンダンダンと打っているような音だった。そして、長い両腕で体を支えてブランコのように体を揺らしながら、たちまち川岸までやってきて、歯をむき出した。ヒューが矢を放ち、悪魔ののどを貫いた。悪魔が吠えながらドオンと倒れると、森から三匹の悪魔が走り出てきて、倒れた悪魔を引きずり上げて高い木の上に姿を消した。と、血のついた矢が落ちてきて、木々のあいだから嘆き悲しむ声がきこえてきた。ウィッタは川岸に積まれた金を見た。どうしても置いていけなかったのだ。『いいか、おまえら』ウィッタは切り出した（それまではだれもしゃべっていなかった）。『おれたちがはるばるこんな苦労をして探しにきたものがあそこに、さあどうぞといわんばかりに置いてある。あの悪魔どもがわめいているうちにあそこまでいって、せめてもらえる分だけでももらおうじゃないか』

さすが狼のように勇敢で狐のように狡猾な男だ！　悪魔ののぼった木は岸のすぐ近くにあったのでウィッタは前部の甲板に四人の射手を配すると、十人にオールを握らせ、進むか下がるか、自分の手の合図をよく見るように言った。そして船員をなだめすかしながら岸に向かって進みはじめた。だが、岸についてもだれひとり船を下りようとしない。ほんの十歩先に金があるというのに。自ら絞首台に急ぐ者などいないのだ！　オールを握ったまま負け犬みたいに泣き言を言うだけだ。ウィッタは怒りのあまり指をぐっと噛んだ。

ふいにヒューが言った。『この音をきけ！』最初は川面を飛び回るぎらぎら光る蠅の羽音かと思った。だが、音はどんどん大きく荒々しくなっていって、すぐに全員の耳に届いた」

「なんだったの？」ダンとユーナはきいた。

「剣だ」リチャード卿はすべすべした柄をなでた。「剣は、デーン人の出陣前の歌を歌っていたのだ。『わたしが行こう』ヒューは船首からさっと身を翻し、金の上に飛びおりた。わしは全身の骨の髄まで恐ろしくてたまらなかったが、恥をかきたくない一心であとを追った。すると、ボルクムのトルキルドが飛びおりた。だが、ほかの者はこなかった。『おれを責めるなよ！　おれは船を守らなきゃならないからな！』ウィッタがうしろから叫んだ。だが、われわれ三人に責めたりほめたりしている暇はなかった。さっそく金をひろいあげると、どんどんうしろの船へ投げはじめたが、そのあいだも常に片手は剣にかけ、片目で木のほうをうかがっていた。枝はすぐそばまで突きだしていた。

悪魔どもがどんな風に飛びおりてきて、戦いになったかはまるで覚えていない。とにかくヒューの叫び声が響いた。『退却しろ！　もどるんだ！』再びサントラッチの戦場に舞いもどったかのようだった。トルキルドの鉄かぶとが巨大な毛深い手に吹っ飛ばされるのが見え、船から放たれた矢が耳元をかすった。あとできいたところによると、ウィッタが剣を向けるまで、漕ぎ手たちは船を岸につけようとしなかったらしい。四人の射手たちは口々に、わしに襲いかかった悪魔にあたったのは自分の射た矢だと言ったが、本当のところはわからない。わしは鎖かたびらのおかげで命拾いしたのだ。長剣と短剣で死に物狂いで戦ったが、悪魔は足をまるで手のように使い、わしを枯れ枝のように振りまわした。わしは腰を両腕ごとがっしりつかまれてしまった。そのとき、船から放たれた矢が悪魔の背中の真ん中に突き刺さった。悪魔の手の力がゆるむと同時に、わしは剣で二度、やつの体を貫いた。悪魔はうめき声をあげ、咳きこみながら長い両腕を松葉杖のように使って逃げていった。次に覚えているのは、鉄かぶとを吹き飛ばされたトルキルドがニヤリと笑って、歯をむいて跳ねている悪魔の前で踊るように跳ねまわっていたことだ。それからヒューが前を横切ったが、剣を左手に持ちかえていたので、なぜ今まで彼が左手で剣を使うことに気づかなかったのだろうと、ぼんやりと思ったのも覚えている。だがそのあとの記憶はない。次に気づいたときは、顔に水しぶきがかかり、広い大海原の真ん中でさんさんと太陽の光を浴びていた。悪魔と戦ってから二十日がたっていたのだ」

「なにがあったんですか？　ヒューは死んじゃったの？」子どもたちはたずねた。

「あのような戦いを経験したキリスト教徒はおるまい。船から放たれた矢がわしの命を救ったのだ。ボルクムのトルキルドも彼を襲った悪魔に借りを返し、とどめに射手たちが至近距離から無数の矢をつきたてた。だが、ヒューが戦った悪魔はずるがしこかった。森の中に身を隠し、矢の届くところまで出てこようとしない。そこでヒューは一対一で戦いをいどみ、剣と自分の力だけで悪魔を倒したのだ。死にかけた悪魔は剣に嚙みついた。これを見れば、やつらの歯がどんなだったかわかるだろう！」

リチャード卿は剣を裏返し、子どもたちに刃の表と裏に深々と刻まれた二つの跡を見せた。

「この歯が、ヒューの右腕とわき腹をえぐったのだ」リチャード卿は続きを話しはじめた。「わしか？　ああ、わしは足の骨が折れて熱が出たていどだ。トルキルドも耳を嚙まれただけですんだが、ヒューの腕はすっかり使いものにならなくなり、わき腹も深い傷を受けていた。ヒューを探すと、甲板に身を横たえて左手で果物をしゃぶるように食べていた。すっかり骨と皮ばかりになり、髪に白いものが混じって、手は女の手のように青い血管が浮き出ていた。ヒューは左手をわしの首に回し、ささやいた。『この剣を受け取ってくれ。本来、ヘイスティングズの戦いの時からこれはおまえのものなのだ。ああ、兄弟よ、わたしは二度と剣は握れまい』われわれは甲板に横になり、サントラッチの思い出話を始めた。おそらくサントラッチからその日に至るまでのことをすべて話したと思う。いつの間にかふたりとも泣いていた。わしはすっかり弱っていたし、ヒューにいたってはほとんど亡霊のようだった。

すると、操舵台の手すりからウィッタが言った。『おい、しっかりしろ。黄金は右腕にも等しい価値があるぞ。ほら、見てみろよ、黄金を！』ウィッタはトルキルドに命じて、まるで子どもに見せるように金と象の歯を見せた。川岸にあった金に加え、ウィッタは村人たちから悪魔を退治した礼にさらに倍の量の金を受け取っていた。トルキルドによれば、村人たちはわれわれを神とあがめたらしい。ヒューの腕の手当をしたのも、村の老女だったそうだ」

「金はどのくらいあったんですか？」ダンがきいた。

「どう言えばいいのだろうな。出発したとき漕ぎ手の足元にあった鉄のくさびが、帰るときは金ののべ棒に変わっていたと言えばいいだろうか。のべ棒は床板の下、砂金の袋は船室と船腹にしまわれ、黒ずんだ象の歯はベンチの下に十字に交差させて縛りつけてあった。

『やはりわたしは右腕のほうがいいがな』ヒューは、全部見終わると言った。

『なら、おれの責任だな。十ヶ月前、おまえたちが最初に乗ってきたとき、さっさと身代金をもらってフランスに置いてくりゃよかった』ウィッタは言った。

『今さら手遅れだ』ヒューは笑いながら言った。

ウィッタは肩まである髪を引っ張った。『だが、考えてもみろ！　もしあのときおまえたちを手放していたら――まあ、実際にはそんなことはありえないがな。なにしろ、おれはおまえさんたちのことを実の兄弟より気に入ってるんだ。だが、もし船を下りていたら、今ごろバーガンディ公の戦いでそのへんのムーア人に無惨に殺されていたか、盗人にやられてたか、どこかの宿屋で疫病で死んでたかも知れねえ。そう考えりゃ、おれさまをそんなにひどく責めるこたあねえだろう、ヒュー。いいか、おれは金の半分しか取る気はねえ』

『ウィッタ、おまえを責めたりするものか。本当にゆかいな冒険だった。ここにいる三十五人は、だれも成し遂げたことのないようなことをやってのけたのだ。もし生きてイングランドに戻れたら、わたしは自分の取り分でダリントンに強固な城を造るつもりだ』

『おれは家畜と琥珀と、かみさんにあったけえ赤いマントを買ってやる。これだけありゃあ、スタヴァンガー・フィヨルドの岬の土地を買い占めることだってできるんだ。これからは、たくさんの人間がおれのために戦ってくれるだろうよ。だがその前に、まず船を北へ向けなきゃな。まっとうな手段で正々堂々と手に入れたお宝を山と積んでる以上、海賊船に出くわさねえことを祈るだけだ』

だが、そんな冗談をきいても、だれも笑えなかった。われわれは慎重になっていた。いや、恐れていたのだ。悪魔と戦ってまで手に入れた黄金を一粒たりとも失いたくなかった。

『魔術師はどうした？』ウィッタが賢い鉄を見ているのを見て、わしはきいた。黄色い男の姿は見当たらなかった。

『やつは自分の国へ帰った。森から出ようと泥の川をもどっていたときのことだ。ある晩、それも夜中にむっくと起きあがって、森のうしろに故国が見えるって言い出したんだ。そしてそのまま、泥の上に飛びおりて、おれたちがいくら呼んでももどってこなかった。だからあきらめたんだ。賢い鉄さえ置いていってくれればいいからな。ほら、悪霊は今もちゃんと南を指しているだろう』

われわれは始終不安にさいなまれた。黄色い男がいなくなると霊がちゃんと南を指すかどうかと恐れ、大丈夫とわかると、今度は風が強すぎるのではないかと不安になり、次は砂洲に乗りあげはしないかと心配し、そそっかしい飛び魚にびくびくして、しまいにはどこに船をつけてもそこの人間がみんな悪人に見えてくるという始末だった」

「どうして？」ダンがきいた。

「黄金のせいだ——手に入れた黄金のせいだ。黄金は人をすっかり変えてしまう。だが、ボルクムのトルキルドはまったく変わらなかったな。ウィッタがおびえているのを見て笑い、船が揺れただけでウィッタに帆をたたもうと言ったわれわれを笑っていた。『黄色い砂に縛られるくらいなら、今すぐおぼれ死んだほうがましだ』と言っていたな。

　ボルクムのトルキルドには故郷というものがなかった。東の国の王の奴隷だったのだ。やつのことだ、金は打ちのばして、オールか鋤《すき》にでも巻きつけたかもしれんな。

　ウィッタは金のことが気が気でなかったはずだが、ヒューにはまるで女のようにつくした。船が揺れれば肩を貸し、船べりから船べりまで幾本も縄を渡して、ヒューがつかまって歩けるようにした。ヒューがいなければ、決して金を手に入れられなかった、とウィッタは言ったし、ほかの者たちも口をそろえてそう言った。そういえば、鳥も細い金の輪を作ってもらって、ブランコにしていた。

三ヶ月のあいだ、われわれは船を漕ぎ、帆を広げ、時々陸地によっては果物を手に入れ、船底の掃除をしながら、航海を続けた。やがて荒々しい騎馬民族が槍を振りまわしながら砂丘のあいだを走っているのを見て、ムーア人の国まできたのだとわかった。ということは北はスペインだ。それから南西の強い風に運ばれ、十日後には赤い岩の崖のそびえる海岸が見えてきた。黄色い花を咲かせたエニシダの向こうから響いてくる狩りの角笛の音をきいて、とうとうイングランドに着いたことを知った。

『あとペベンシーまではおまえさんたちが案内してくれ。こんなに狭くて、船だらけの海は好かん』ウィッタは言った。

ウィッタは、ヒューの殺した悪魔の首を乾燥させて塩漬けにしていたが、これを船首に高々とかかげると、ほかの船はたちまち逃げていった。だが本当は、よほどわれわれのほうがおびえていたのだ。黄金のせいでな。われわれは夜の闇にまぎれて海岸ぞいを進み、石灰岩の断崖までくると東へ向かい、ついにペベンシーに着いた。ウィッタは、ヒューにダリントンで泳げるほどのワインをご馳走しようと言われても、船を下りようとしなかった。かみさんに一刻も早く会いたかったのだ。そこで日が沈むと湿地《マーシュ》まで船を進め、われわれと分け前の金をおろして、また同じ潮に乗ってもどっていった。ウィッタはなんの約束もしなかったし、誓いも立てなかった。感謝の言葉も求めなかった。しかし、腕を失ったヒューと、海へ放りこもうと思えば放りこめた足の悪い年寄りのわしに、やまのような金ののべ棒と砂金の袋を、もういらないと言うまで持たせてくれた。さらに、最後の別れのときにも、手すりから身を乗りだして、右腕にはめていた腕輪をはずして、ぜんぶヒューの左腕にはめ、頰にキスをした。ボルクムのトルキルドが漕ぎ手に進めと命じたとき、われわれは泣いていたと思う。たしかにウィッタは異教徒で海賊だ。力ずくでわれわれを何ヶ月も拘束したのも本当だ。しかし、わしはあのがに股の青い目の男を心から愛していた。大胆不敵で狡猾で知恵にたけ、そしてなによりも率直で飾らないあの男をな」

「無事に故国へ帰れたのかな?」ダンが言った。

「それはわからない。月のたどる道の下を、帆をあげて走り去っていくのを見送ったのが最後だ。彼がぶじ妻子に会えることを祈りながらな」

「それから?」

「湿地《マーシュ》で夜が明けるのを待ち、それから、わしが古い帆に包んだ黄金を見張っているあいだに、ヒューがペベンシーまでいって、アクイラに馬を寄こしてもらった」

リチャード卿は剣の柄の上で両手を重ね、穏やかで暖かい木陰を流れていく小川を見下ろした。

「船いっぱいの黄金！」ユーナは言って、小さな〈ゴールデンハインド号〉を見た。

「だけど、悪魔はこわいわ」

「たぶん悪魔じゃないよ」ダンが小声で言った。

「ん？」リチャード卿がききとがめた。「ウィッタの父親は、あれは正真正銘の悪魔だと言っていたのだぞ。ふつうは子どもでなく、父親を信じるものだがな。とすると、あの悪魔どもはなんだったのかね？」

ダンは、耳まで真っ赤になった。「ぼく――ただ――ちょっと思ったんです。『ゴリラハンター』っていう小説があって、『珊瑚島』の続きなんですけど、そのなかにゴリラ（ほら、あの大きな猿です）はいつも鉄を嚙んでるって書いてあるんです」

「いつもじゃないわ、二度よ」ユーナが言った。ふたりは、ちょうど果樹園で『ゴリラハンター』を読んでいるところだった。

「それからゴリラは、リチャード卿が言ってたみたいに、いつも人を襲うまえには胸を叩くし、木の上に巣を作るんです」

「なんと！」リチャード卿は目をあけた。「確かに木の上に平らな巣のようなものがあって、そこから悪魔のがきどもがじっとわれわれを見つめていたらしい。わし自身は戦いのあと意識を失ってしまったから見ていないが、ウィッタからそうきいた。いやはや、きみたちはそんなことも知っているのか？　すばらしい！　あの悪魔どもがただの巣を作る猿だったとは。この世に魔法は残っていないのか？」

「わかりません」ダンはもじもじしながら答えた。「男の人がぼうしから兎《うさぎ》を出すのは見たことがあるけど。よく見ていれば、どうやっているかわかるって言われて、だから、じっと見てたんですけど」

「でもわからなかったの」ユーナがため息をついた。「あ、パックだわ！」

トネリコの木のあいだから茶色い毛で覆われた小さな笑顔がのぞき、こくんとうなずくと、パックがするすると幹を伝って、三人のいる涼しい川岸へおりてきた。

「魔法が存在しない？」パックは笑って、どこからかつんできたタンポポの綿毛をふうっと吹いた。

「ふたりが、ウィッタの賢い鉄はオモチャだと言うのだ。この男の子が同じようなものを持っておる。それに、悪魔はゴリラという猿らしい！」リチャード卿は腹立たしそうに言った。

「それは本の魔法ですよ」パックは言った。「言ったじゃないですか、この子たちは賢いって。本を読めば、人間は賢くなれるんです」

「だが、本に書いてあることはぜんぶ本当なのか?」リチャード卿は眉を寄せた。

「わしはどうも、読んだり書いたりということが好かん」

「なるほど」パックは、茎だけになったタンポポを持った手を前に伸ばした。「だけど、うそを書いたやつらはぜんぶ縛り首だというなら、どうしてアクイラはギルバート神父を縛り首にしなかったんです? あの神父こそ、大うそつきなのに」

「不実な男だったな、あのギルバートという男は。だが、彼は彼なりに勇敢だったのだ」リチャード卿は言った。

「その人はなにをしたんですか?」ダンがきいた。

「書いたのだ」リチャード卿は答えた。「あの話を子どもたちにしてはどうだろう?」

リチャード卿はパックを見ていたが、答えたのはダンとユーナだった。「話して! 話してください!」

トルキルドの歌

このあたりの海には風がない
　さあ、漕げ、スタヴァンガーへ！
　進め、スタヴァンガーへ！
白い砂塵の混じる風が必要だ
　スタヴァンガーへ一気に進め！
　はるかスタヴァンガーへ！

ほら、漕ぎ手座がギシギシときしんでいる！
　（はるかスタヴァンガーへ！）
船がスカンジナヴィアの雨のにおいをかぎつけたのだ！
　（はるかスタヴァンガーへ！）
スカンジナヴィアの雪のにおいをかいで

船は喜び突き進む、おれたちと同じように
スカンジナヴィアの霜のにおいだ
冬の暗くすばらしい夜のにおい

船の釘までが陸を恋しがっている
そしておれたちは――その十倍も恋しがっている！

どうか神々よ、勇敢な男を愛するなら
帆を小さくしなければならないほどの大風《おおかぜ》を送ってくれ！

風をくれ、見ていてくれ
小さくした帆を大風にはためかせながら故郷へ向かうおれたちを！

だが――このあたりの海には風がない

（はるかスタヴァンガーへ向けて！）
白い砂塵の混じる風が必要だ
（はるかスタヴァンガーへ向けて！）

ペベンシーの年寄りたち

「これは猿や悪魔とはまったく関係ない」リチャード卿は低い声で話しはじめた。「これはアクイラの話だ。おおよそこの世に生を受けた騎士のなかでも、彼ほど勇敢で狡猾、かつ大胆不敵な男はおるまい。しかも、そのころはもうかなりの年だったのにだ」

「そのころって?」ダンがきいた。

「われわれがウィッタとの航海からもどってきたときだ」

「金はどうしたんですか?」

「まあ、待て。鎖かたびらを作るには、鉄の輪をひとつひとつつなげていかねばならない。ものには順番というものがある。さて、われわれは金を馬にのせ、ペベンシーへ向かった。なんと三頭分あったのだ。そして、ペベンシー城の大広間の上にある北の間にあがっていった。冬のあいだ、アクイラはそこを寝室にしていたのだ。アクイラはあいかわらず小さな白い鷹のようにベッドにすわり、すばやく首を動かしてわれわれの顔を見比べながら、話をきいた。いつもむっつりしている老兵のジェハンが、階段の見張りに立っていたが、アクイラは彼に階段をおりたところで待つようにいい、入り口の革でできた幕を両方ともおろした。そういえば、アクイラが馬を連れて寄こしたのもジェハンだったし、金もジェハンがひとりで積んだ。話が終わると、今度はアクイラがイングランドの情勢を話してくれた。われわれは一年の長い眠りから覚めたも同然だったからな。赤毛王はわれわれが航海に出発したその日に亡くなり(殺されたのだ、覚えているかな?)、弟のヘンリーがノルマンディ公ロベールを飛び越えてイングランド王の地位についた。ウィリアム一世が亡くなったときに赤毛王、つまりウィリアム二世がしたのと同じことをしたわけだ。アクイラが言うには二度もイングランド王になり損ねたノルマンディ公ロベールは怒り狂い、イングランドに兵を送ってきたが、敗退し、ポーツマスに停泊していた艦隊に逃げもどった。もう少し早ければ、ウィッタの船はまさにそのさなかに突っこむところだったのだ。

『そして今、ソールズベリーとシュローズベリーのあいだの北と西の有力な領主の約半分は王に反旗を翻し、残りの領主のさらに半分は情勢を眺めている。反対派の言い分は、ヘンリー王はイングランドをひいきにしすぎる、イングランド人の妻に説得されてサクソンの古い法を復活させたのがその証拠だ、というものだ（知っている馬に乗ったほうがましだ、というわけだな）。だがそれは口先だけの言い訳にすぎん』アクイラはテーブルをどんと叩いた。ワインがこぼれたが、アクイラはかまわずしゃべり続けた。

『サントラッチのあと、ウィリアム王はイングランドの土地にむやみにノルマンの貴族たちを押しこんだ。わしもその分け前に与《あずか》ったひとりなわけだが』そして、ヒューの肩をぽんと叩いた。『わしは忠告していたのだ。オドーが反乱を起こす前からな。貴族たちには、イングランドの領主となるなら、ノルマンディの土地と領主権は放棄するよう命ずるべきだと。今や彼らは海をへだてたイングランドとノルマンディの両方で主君の地位にある。飼い犬が、片足を餌の桶に突っこみながら、もう一つの桶を見ているようなものだ！　ノルマンディ公ロベールは、イングランドで自分の味方につかねば、ノルマンディにある彼らの領地を奪い、追い出すと言ってきている。それゆえ、クレアが反乱を起こし、フィッツオズボーンやモンゴメリーが反旗を翻したのだ。わが公ウィリアム一世にイングランド伯爵の地位を授けられた当人がな。ダーシーまでが兵を挙げた。彼の父親はカンの小貴族にすぎなかったのだぞ。ヘンリー王に負けても、ノルマンディに逃げればロベール公が歓迎してくれるだろう。そしてヘンリーを打ち負かせば、ロベール公はもっとイングランドの土地をやると言っているのだ。まさに害虫だな。ノルマンディ公め！　これから長いあいだ、われわれイングランドはやつらに悩まされるにちがいない』

『でしょうね』ヒューが言った。『ですが、戦いはわれらが領地にまでおよぶとお思いですか？』

『北から来ることはないだろう。だが、海はいつでも出入り自由だ。反乱をくわだてた領主どもが優位に立てば、ロベールはまちがいなく再び軍を送り込んでくる。次は本人も来るだろう。彼の父であるウィリアム公が上陸したこの場所にな。おまえたちも、とんでもないときに豚を市場につれてきたものだ！　イングランドの半分に火がつき、一方、黄金はたっぷりあるというわけだ』そう言って、アクイラはテーブルの下ののべ棒を踏みしめた。『全キリスト教徒の手に剣を持たせることができるほどな』

『これをどういたしましょう？　ダリントンには金庫はありませんし、埋めるとしても、だれが信用できます？』ヒューがたずねた。

『このわしだ』アクイラは答えた。『ペベンシーの城壁は強固だ。壁のあいだになにがあるか、忠実なるジェハンのほかは知る者はおらん』そして開き窓のそばのカーテンを開けると、分厚い壁に垂直の穴が開いていて、その下は井戸になっていた。『飲み水用の井戸のつもりで掘らせたのだが、出てきたのは塩水だった。潮とともに満ちたりひいたりしている、ほら、わかるか？』底のほうで水がチャプンチャプンと音を立てているのがきこえた。『これで間に合うか？』

『間に合わせるしかありません』ヒューは答えた。『われわれの命は、あなたの手中にあるのですから』そこでわれわれは金をすべて井戸に沈め、小さな箱をひとつだけ残して、アクイラの寝台の横に置いた。アクイラがその重さや色を楽しめるようにと思ってのことだったが、必要なときに使うためでもあった。

朝になり、荘園へもどるときになると、アクイラが言った。『別れの言葉はひかえよう。なぜならおまえたちは再びここにもどってくるからだ。愛や悲しみのためではない。黄金のためにな。気をつけろよ』そして笑いながら言った。『わしが教皇になるために使ってしまうかもしれんからな。わしを信用するな。もどってこい！』

リチャード卿はそこでいったん言葉を切り、悲しそうにほほえんだ。

「実際、七日後にわれわれはもどった。われわれの――いや、かつてわれわれのものだった荘園からな」

「子どもたちは元気だったの?」ユーナはきいた。

「わしの子どもたちは若かった。領地を治めるのは本来、若い者たちに任せるべきなのだ」リチャード卿は自分に言いきかせるように話していた。「いったん与えた権限を取り返すようなまねをすれば、ふたりとも辛い思いをするだろう。ふたりとも、心からわれわれの帰還を喜んでくれたが、われわれは――わしとヒューは、悟っていた。われわれの時代はもう終わったのだ。わしは不具の身、ヒューも片腕が使えぬ。ああ!」リチャード卿は首を振ると、大きな声で言った。「そこで、われわれは再び馬に乗り、ペベンシーにもどったのだ」

「かわいそう」ユーナは言った。リチャード卿はひどく悲しそうに見えた。

「いや、いや、すべてはむかしのことだ。ふたりは若く、われわれは年寄りだった。だから、ふたりに荘園の管理を任せたのだ。われわれが馬からおりると、開き窓からアクイラの声がした。『おやおや! 古狐のおもどりか?』しかし、二階の彼の部屋に入ると、アクイラは両腕を広げてわれわれを迎え入れた。『よくきたな、亡霊ども！ 気の毒に。本当によくきた！』……こうしてわれわれは信じがたいほどの富を手にする一方、孤独の身となった。そう、孤独の身にな！」

「それからはなにを？」ダンはきいた。

「ノルマンディ公ロベールの見張りだ。アクイラもウィッタと同じで、無為に日を過ごすような男ではなかった。天気のいい日は、ベクスレイから反対側はクックメアまで馬でまわった。ときには鷹や猟犬を連れて行くこともあったが（湿地《マーシュ》とダウンには太ったアナウサギがいたからな）、常に片方の目は海に向け、ノルマンディの艦船の姿を探していた。天気の悪い日には、城の塔のてっぺんまであがって、雨に顔をしかめながら、あっちこっち歩き回って目を凝らしていた。ウィッタの船がきたのに気づかなかったことがよほど気に入らなかったらしい。風がやみ、船が停泊すると、アクイラは港までいって、剣を杖がわりにくさい魚の中を歩き回り、水夫たちに声をかけては、フランスの情報に耳を傾けた。そのあいだも、もう一方の目は陸に向け、ヘンリー王と領主たちの戦いの様子をうかがっていた。

様々な者たちが様々な知らせをもたらした。旅芸人、ハープ弾き、行商人、従軍商人、僧侶、そういった者たちだ。アクイラは細かなことでは口が固いくせに、彼らのもたらした知らせが気に入らないと、時や場所や相手を選ばず、平気でヘンリー王のことを愚か者だの、世間知らずだのと、罵倒した。漁船の横であたりに響き渡る大声で『わしがイングランド王だったら、ああやってこうやってやる』と言ったこともある。わしが信号用のかがり火の薪《まき》がちゃんと乾いているか見にいくときも、見開き窓からしょっちゅうどなっていた。『よく見てこいよ、リチャード。われらが盲目の王のまねをすることはない。その目で見て、その手でよく確かめてこい』アクイラはおそれという言葉を知らないのだろう。とにかくそんな風にして、われわれはペベンシーの広間の上の小さな部屋で暮らしていた。

ある天気の悪い晩、王の使者が下で待っているとの知らせがあった。その日は、霧の中を馬に乗ってベクスレイまで走ったあとだったので、三人とも体の芯まで冷え切っていた。ベクスレイのあたりは、船がつけやすかったのだ。アクイラは使者に、ともに食事をするか、食事が終わるまで待つようにと伝言した。しばらくすると、ジェハンが階段の上にきて、使者は馬を呼んで帰ってしまったと告げた。『なんだと！　わしは、王がろくでなしのまぬけを送ってくるたびにあの寒い広間におりていくほどひまではないのだ。なにか伝言は残していったか？』

『いいえ。ただ――』ジェハンは言葉を切った。彼はサントラッチのときからアクイラに仕えていた。『ただ、年寄り犬が新しい芸を覚えないなら、犬小屋から追い出すころあいだ、とおっしゃっていました』

『ほう！』アクイラは鼻をこすった。『一体だれに向かってそんなことを言ったのだ？』

『ご自分のひげに向かってしゃべっておいでのようでしたが、腹帯を締めていた馬の横腹に話していたのかもしれません。わたしは外までお送りしました』気むずかし屋のジェハンは言った。

『盾の紋章は？』

『黒地に金の馬蹄でした』

『ならばフルクの手の者だな』アクイラは言った」

そこでパックがそっと割って入った。「黒地に金の馬蹄の紋章なら、フルクの盾じゃありません。フルクの紋章は――」

リチャード卿は大きく手をふった。

「おたがいその悪党の本当の名を知っているが、ここではフルクと呼ばせてもらう。というのも、あの悪事に関しては、だれのしわざかわかるようには話さないと約束したのでな。わしの話の中では、すべての名前を変えている。彼の子孫が今も生きているかもしれないからな」

「なるほど、確かに」パックはにっこり笑った。「約束を守るのは、騎士の道ですから。たとえ千年前の約束だとしても」

リチャード卿は軽く頭を下げると、続きを話しはじめた。

「『黒地に金の馬蹄？　フルクは領主たちのほうに加わったときいたが、もしこれが本当なら、われらの王が優位に立っていることになる。しかし、フルクの者どもはどいつもみな、当てにならぬからな。なんにしても、その男を空腹のまま帰すのではなかった』

『食事はめしあがっていかれました。ギルバート神父が台所から肉とワインを持ってまいりまして。神父の食卓で食べていらっしゃいました』

ギルバートという男はバトル修道院からきた神父で、ペベンシーの領地の帳簿をつけていた。背が高く、色が白い男で、当時はやりの大きな茶色の木の実や種をつなげたロザリオを、ペン入れや角製のインク入れといっしょに腰にぶら下げて、ジャラジャラさせながら歩いておった。大きな暖炉のまえを部屋がわりにして、そこの机で帳簿をつけ、夜もそこで眠っていた。館で飼っている犬をこわがっていてな、夜に骨を探したり、暖かい灰の上で寝ようとやってきた犬たちを、例のロザリオで叩いて追い払っておったよ。女のようなやつだった。アクイラが広間で裁きを行ったり、罰金を徴収したり、土地を授けたりすると、彼がすべて荘園の帳簿にそれを記録した。しかし、客に食べ物を供するのは、彼の役目ではない。主人に知らせずに使者を帰してしまうなど、もってのほかだった。

ジェハンが下におりてしまうと、アクイラが言った。『ヒュー、おまえはラテン語の読み書きができるが、それをギルバートに話したことはあるか？』

『いいえ。彼とは親しくありませんから。ついでに申しあげれば、わたしの犬のオドーも同じです』ヒューは答えた。『よし。やつには、おまえが字を読めることを絶対知られるな』そして、剣のさやでわれわれのあばらをぐいとついて言った。『やつから目を離すな。アフリカには悪魔がいるらしいが、ペベンシーにはもっと恐ろしい悪魔がいるようだ！』そのときは、アクイラはそこまでしか言わなかった。

たまたまそのすぐあとに、ノルマンの兵士が荘園のサクソン人の女と結婚することになった。ところがギルバートが（アクイラと話してから、われわれはずっと彼から目を離さないようにしていた）、花嫁の家族が自由民か奴隷かはっきりしないと言い出し、自由民ならアクイラが土地を授けることになっていたため、広間で裁判が行われることになった。最初に花嫁の父親がしゃべり、それから母親が、ついには全員がけたたましくしゃべりはじめ、犬まで吠えて広間じゅうが大騒ぎになった。アクイラは両手をあげて、暖炉の側にいるギルバートに向かってどなった。『神の名において、娘は自由民だと記せ。わしの耳がおかしくなる前にな』それから、ひざまずいて嘆願している娘に言った。『わかった、わかった。おまえはチュルディックの子孫でマーシアの王妃アゼルフレッドの血を分けた親戚なのだな。頼むから静かにしてくれ。五十年後には、ノルマン人もサクソン人もなくなる。みな、イングランド人になるのだ。彼らはそのために働いているというわけだ！』そう言ってジェハンの甥である花婿の兵士の肩をぴしゃりとたたくと、娘にキスをして、いらいらしたようすで敷物の上で足踏みをした（広間はいつも身を切るような寒さだったのだ）。わしはアクイラの横に立っていた。と、ギルバートのうしろで、やんちゃで賢い犬のオドーと遊んでやっていたヒューが、アクイラに合図を送ったのが見えた。すかさずアクイラはギルバートに、新婚のふたりに与える新しい畑の広さを測ってくるよう命じた。ギルバートがロザリオをジャラジャラ鳴らしながら花嫁と花婿にはさまれて出ていくと、広間にはだれもいなくなった。われわれ三人は暖炉のそばに腰を下ろした。

ヒューはかがんで灰受け石に手を伸ばした。『オドーがにおいをかいでいるとき、ギルバートの足の下で石が動くのを見ました。やはり！』アクイラが剣で灰を掘ると、石がずれて、下から折りたたんだ羊皮紙が出てきた。紙には、こう書いてあった。『ペベンシー卿の王に対する不敬な発言——第二部』。

ヒューが小声で読みあげてくれたところによると、そこにはアクイラの、王を引き合いに出した冗談が逐一記されていた。アクイラが窓からわしに何か叫ぶたびに、もし自分がイングランド王だったらこうしていたなどと言うたびに、それをすべて書き記していたのだ。毎日毎日アクイラがあけすけに口にしていたことを、ギルバートはもらさず書きとめ、脚色し、意味をねじ曲げ、それでいてアクイラを知っている者なら確かにそんなことを言ったと認めざるを得ないように巧みにつづっていた。わかるかな？」

ダンとユーナはうなずいた。

「ええ」ユーナはまじめな顔で言った。「本当はなんて言ったかじゃなくて、どういうつもりで言ったのかが、大切ってこと。たとえば、冗談でダンに、豚！って言ったときとか。大人はわかってくれないけど」

「『やつはこんなことをわれわれの目と鼻の先で毎日やっていたというのか？』アクイラは言った。

『いえ、毎日どころか、毎時間といったほうがいいでしょう』ヒューは答えた。『たった今も、広間でお話しになっていたときに、帳簿の横に置いていた羊皮紙に〈アクイラが、自分の兵士がきちんと仕事をすれば、今にイングランドにはノルマン人などいなくなると言った〉と書いていました』

『なんたることだ！ペンのまえには、名誉や剣の力など無力だというのか？　ギルバートはその紙をどこに隠していた？　口に突っこんでやる』

『広間を出るときに服の下にしまっていました。それで、書き終わったものはこの辺りに隠しているのではないかと思ったのです。オドーがこの石をひっかいたときに、やつの顔色が変わったのを見たので、まちがいないと思いました』ヒューは言った。

『なんとも大胆なやつだ。しかし公平に見て、やつはやつなりに大胆な男ではあるな』アクイラは言った。

『大胆にすぎますが。ここをおききください。〈わが主ペベンシー卿は聖アガタの祝日に、二階の私室にて、これが二枚目となる兎の毛皮の裏地のガウンをまとって横たわり――〉』

『なんだと！　やつはわしの侍女か!?』アクイラは叫んだ。ヒューとわしは思わず吹きだした。

『〈――横たわり、湿地《マーシュ》を覆う霧を見て、飲んだくれ仲間であるサー・リチャード・ダリングリッジを起こした（今度は、わしが笑われる番だった）。そして、〝あれを見ろ、神はノルマンディ公の味方をしておられる〟と言った〉』

『確かに言ったな。あのときの霧は闇のように深く、あれではロベール公が一万人の兵を引き連れて上陸したとしても、わからないと思ったのだ。ギルバートのやつは、あの日われわれが一日じゅう湿地《マーシュ》を見回ったことや、わしがもう少しで流砂に飲みこまれそうになり、そのあと十日ものあいだ病気の雌羊みたいに咳をしていたことも書いてくれているのか？』

『いいえ。やつの主人であるフルクに対する嘆願ならありますが』ヒューが言った。

『なるほど。フルクか。やはりな。それで、わしの血の代償はなんだ？』

『ギルバートが恐怖と苦労を重ねて集めた証拠により、ペベンシー卿が、領地を剝奪されたあかつきには――』

『恐怖と苦労とはよく言ったものだ』アクイラは言って片頰をくぼませてみせた。『それにしても、ペンとはすばらしい武器だ！　わしも学ばねば』

『ギルバートは、教会での昇進を求めています。フルクが約束したようです。フルクが忘れているといけないと思ったのでしょう。その下にはっきり書いています、〈バトル修道院の聖具保管人にお願いします〉と』

それをきいてアクイラはヒュッと口笛を吹いた。『自分の主人に対し陰謀を企む者は、別の主人にも同じことをするものだ。フルクもそのくらいは心得ている。わしが領地を剝奪されたら、フルクはやつをさっさと追い払うにちがいない。とはいえ、バトルの修道院には今、聖具保管人がいない。修道院長のヘンリーはそうしたしきたりを守らぬ男ときいているからな』

『放っておけばいい。危機にさらされているのはわれわれの首であり、われわれの領地なのですから。この羊皮紙には第二部と記されています。ということは第一部はすでにフルクのところへいっているはず。つまり、王のもとへも届けられるということです。そうなれば、われわれは裏切り者とみなされるでしょう』
『確かにな。あの夜、ギルバートが食事をふるまったフルクの使者が第一部を持って帰ったにちがいない。ヘンリー王は、自分の兄上や家臣たちに悩まされているだけに（いまいましいやつらめ！）、さらにこのような疑惑を目にしたら怒り狂うにちがいない。きっとフルクは王の耳に毒を注ぎこんでいるのだろう。そのうち、王はフルクに、わが領地とおまえたちの荘園をやってしまうにちがいない。よくある話だ』アクイラは寄りかかって、あくびをした。
『ではなんの申しひらきもせず、戦いもしないでこのペベンシーを引き渡すおつもりか』ヒューが言った。『ならば、われわれサクソン人はあなた方の王と戦う。今からダリントンの甥に警告しにいかなければ。馬をください！』
『おまえに必要なのは、馬ではなく、オモチャとガラガラだ。その羊皮紙をもどし、灰をならしておけ。フルクがペベンシーを与えられたら、どうするかわかるか？　ここはイングランドへの門だ。やつの心はノルマン人で、ノルマンディにある。好きなように小作人を殺すことのできる国にな。おそらくオドーとモルタンがたくらんだように、寝ぼけ頭のロベールのためにイングランドの門を開くつもりだろう。そうなれば、またノルマン軍がやってきて、サントラッチの二の舞だ。従って、ペベンシーを譲り渡すつもりはない』

『安心しました』われわれは言った。

『ああ、だが、それだけではすまぬ！　もしわがヘンリー王がギルバートの証拠を見てわしを疑えば、兵を送ってくるかもしれん。そんなことになったら、われわれが戦っている最中にイングランドの門はがらあきになる。そうしたら、まずだれがやってくると思う？　ノルマンディ公ロベール自ら兵を率いてくるかもしれん。従って、ヘンリー王と戦うこともできない』アクイラは剣を抱いた——こんなふうにな。

『ノルマン人らしい意見とも、そうでないとも言えますね。われわれの荘園のことはどうお考えです？』ヒューが言った。

『わしは自分のことを考えているのではない。王のことでも、おまえたちの土地のことでもない。わしはこのイングランドのことを考えているのだ。だが、王にも領主にもそのような考えはない。リチャード、わしはノルマン人ではない。ヒュー、わしはサクソン人でもない。イングランド人なのだ』

『サクソン人だろうと、ノルマン人だろうと、イングランド人だろうと、また状況がどう変わろうと、われわれの命はあなたのものです。いつギルバートを縛り首に?』

『そのつもりはない。やつがバトル修道院の聖具保管人にむいていないとは言えんだろう。公平に見て、よい筆記者だというのは事実だからな。死んでしまっては、もう使えぬ。ちょっと待て』

『ですが、王はペベンシーをフルクにやってしまうかもしれません。われわれの荘園とて同じです。息子たちに伝えてはならないのですか?』

『だめだ。王は北のミツバチどもをいぶしだすまでは、南のスズメバチの巣をつついて起こすようなまねはしないだろう。わしのことを裏切り者だと思っているとしても、少なくともまだ兵をあげはしないと考えているはず。わしがおとなしくしているのは、領主たちと戦っている王にしてみれば都合がいいのだ。王に少しでも知恵があれば、今の戦いが終わるまでは新しい敵を作らぬようにするはずだ。だが、フルクは王をそそのかし、わしを呼び出そうとするだろう。そうなったとき、わしが応じなければ、王にとってはなによりの裏切りの証拠となる。しかし今のところ、ギルバートの送ったようなたわごとだけでは、じゅうぶんな証拠にはならん。われわれ領主は教会に従っている。アンセルムス大司教と同じようになにをしゃべろうが自由なはずだ。このまましばらく日々の仕事を続け、ギルバートにはなにも言わずにおこう』

『では、なにもしないのですか？』ヒューが言った。

『待つのだ。年を取った今でも、これがいちばん耐え難い仕事だがな』

確かにそうだった。が、結局、アクイラの言うとおりだったのだ。

その話をしてからしばらくたったある日、丘の向こうから武装した男たちがやってきた。王の旗のうしろに金の馬蹄の旗がなびいているのを部屋の窓から見たアクイラは言った。『わしが言ったことは覚えているか？　フルクが新しい領土の検分にきたぞ。アクイラの裏切りの証拠を示せれば、おまえにやると王が約束したにちがいない』

『どうしてわかるのです？』ヒューがきいた。

『もしわしがフルクなら、やはりそうするからだ。ただし、わしならもっと大勢の兵士を連れてくるだろう。わしの糟毛《かすげ》からおまえのおいぼれ馬までな。大方やつは王の召喚状を持ってきたのだろう。ペベンシーを離れ、戦いに参加しろと』アクイラは片頰をへこませて、井戸のふちを叩いた。鈍い水音が響いた。

『いくのですか？』わたしはきいた。

『まさか！　この時期に？　狂気の沙汰だ。わしが森のシダのなかをさんざん苦労して抜け、王のところへはせ参じたとたん、三日もたたぬうちにロベールの船が一万の兵を率いてペベンシーにやってくるだろう。そうなったらだれが止める？　フルクが止めてくれるとでも思うか？』

外から角笛の音が響き渡り、フルクが扉の前に立ち大声で王の命令を伝えた。アクイラは兵と馬をすべて引き連れ、ソールズベリーの王の野営地へ向かうように、と。

『ほらな？　ここからソールズベリーまでのあいだには、王に援軍を送れる領主など二十人はいる。なのに、王はフルクにそそのかされ、わざわざ南まで使いをよこして、わしを召喚した。このわしをだぞ！　敵どもがイングランドの門を襲撃し中へ入ろうとしているそのときに。フルクの家来どもを南の大納屋に案内して、飲み物を持っていってやれ。フルクの食事が終わったら、われわれは部屋で飲もう。大広間の寒さは

5　カンタベリーの大司教。歯に衣着せぬ発言で、ウィリアム二世とヘンリー一世を批判した

年寄りの骨に響く』

フルクは馬からおりるとすぐにギルバートと聖堂へいって、旅の無事を感謝した。それから、食事をし——やつは太った男で、サセックスの黄金色の麦の穂をものほしそうにじろじろ見ていた——われわれはやつを上のアクイラの部屋に案内した。ギルバートはすでに荘園の帳簿を持ってきていた。あのときのことはよく覚えている。例の井戸に潮が流れこむ音をきいて、フルクがぎょっとして飛びあがり、長靴の先が敷物に引っかかって、よろめいたのだ。そこをすかさずジェハンがうしろから、頭を壁に打ちつけてやったというわけだ」

「そうなるってわかってたんですか?」ダンがきいた。

「もちろん」リチャード卿はにっこりほほえんだ。「わしはフルクの剣を踏みつけ、腰から短剣をひき抜いた。だがやつは昼も夜もわからぬ状態で、目を回してわけのわからないことを言っていたので、そのあいだに、ジェハンが子牛のように縛りあげた。やつは当時はやっていた〈蜥蜴《とかげ》〉と呼ばれる鎧《よろい》をつけていてな、今、わしの着ている長い鎖かたびらとはちがって」そこで、リチャード卿は胸を叩いてみせた。「短剣が刺さらぬよう頑丈な革の上に小さな鋼の板がたくさんつけてある。その鎧を脱がせると（すばらしい装具を水にぬらしてだめにすることはないからな）、首覆いから、折りたたんだ羊皮紙が出てきた。あのとき灰受け石の下にもどしておいたものだ。それを見て、ギルバートは逃げだそうとした。わしはすかさず肩をつかんだ。それでじゅうぶんだった。やつはぶるぶる震え、ロザリオを握って祈りはじめた。

『ギルバート、このほうが、おまえの主人であるペベンシー卿の裏切りとして書き留める価値があるのではないか？　さあ、腰からペン入れとインク入れを取ったらどうだ。全員がバトル修道院の聖具保管人になれるわけではないからな』アクイラは言った。

するとは床に転がっているフルクが言った。『おまえは王の使者を縛りあげたのだぞ。これでペベンシーは焼き払われる運命だ』

『かもしれんな。しかし、ここが敵に包囲されるのは初めてではない』アクイラは言った。『だが、元気を出せ、フルク。もしそうなっても、おまえだけは必ず生きながらえさせ、最後の最後にその火の真ん中に吊るしてやる。たとえそのために、最後のパンをおまえと分け合うことになるとしてもな。これがオドーなら、そこまでしてくれなかったと思うぞ。やつとモルタンを兵糧攻めにしたときもな』

するとフルクは起きあがって、ずるそうな目でじっとアクイラを見つめた。

『なぜ最初から、自分はロベール公の味方だと言わない?』フルクは言った。

『わしが?』アクイラはききかえした。

するとフルクは笑い出した。『ヘンリー王に仕える者が、王の使者にこんなことをするものか。いつおまえは公の側に寝返った? 立たせてくれ。ふたりで話し、誤解をとこうではないか』そしてにやっと笑うと、うなずいて片目をつぶった。

『いいだろう。ぜひ誤解を解こう』アクイラは言って、わしに合図を送った。そこでわしはジェハンと共にフルクを立ちあがらせ――やつは重かった――わきの下に縄をかけて井戸の中におろした。といっても、金に足が触れぬよう、そのちょっと上に宙吊りにしてやった。ちょうど引き潮で、水はまだやつのひざまでしかきていなかった。フルクはわめきこそしなかったが、ぶるぶる震えていた。

　ふいにジェハンが、『やめろ!』と叫んで、短剣のさやでギルバートの手首を叩いた。そして言った。『ロザリオの玉を飲みこもうとしたのです』

『おそらく毒だろう』アクイラは言った。『知りすぎた男には必要なものだからな。わしもここ三十年持ち歩いておる。寄こせ!』

するとギルバートは大声で泣きはじめた。アクイラがロザリオを指でたどると、最後の玉（話したと思うが、大きな木の実でできていた）がくさびで二つに開くようになっており、中から小さく折った羊皮紙が出てきた。それには『老犬はソールズベリーでたたかれる。犬小屋は押さえた。ただちに来られたし』と記してあった。

『毒よりもおそろしいものだったとはな』アクイラはつぶやくように言って、片頬をへこませると、ギルバートは敷物の上にはいつくばって、知っていることをあらいざらいしゃべりはじめた。手紙は、推測どおりフルクからロベール公にあてたもので（もちろんこれが最初ではなかった）、フルクが聖堂でギルバートに渡し、翌朝ギルバートが波止場まで行き、ペベンシーとフランスを行き来している漁船まで届けることになっていた。ギルバートは裏切り者だったが、がたがた震えながらも、漁船の船長はなにも知らないと誓った。

『船長はわたしのことをはげ頭と呼んで、鱈《たら》のはらわたを投げつけるような乱暴な男ですが、しかしそれだけで、裏切り者ではないのです』

『自分に仕える神父が手荒なまねをされたり、侮辱されるのを許すわけにはいかんな。そいつは船のマストに縛りつけて鞭打《むちう》ちに処してやろう。よいか、まず手紙を書け。そして明日、それを持って、その漁船までいくのだ。鞭打ちのことを知らせにな』

それをきいたギルバートは、アクイラの手にキスせんばかりに喜んだ。本当なら明日の朝まで生きることは望めぬ身だったのだから。ようやく震えが少しおさまると、ギルバートは、フルクからロベール公へあてたように見せかけた手紙を書いた。犬小屋（つまりペベンシー）は閉ざされており、老犬（つまりアクイラ）が番をしている、その上すべてが露見した、と。

『何もかも露見したという手紙を受け取ったら、教皇すら安眠できぬだろうな。どうだ、ジェハン？　もし誰かがおまえにすべてが露見したと言ってきたら、どうする？』

『逃げます、おそらく』ジェハンは答えた。

『そのとおりだ。さあ、ギルバート。このように書くのだ。大貴族のモンゴメリーはイングランド王と和解し、わしの大きらいなチビのダーシーは逆さづりにされたとな。ロベール公がよくよく考えられるよう、そのための材料をたっぷり与えてやろう。ついでに、フルクも水腫で死にかけていると書いておけ』

『やめろ！』井戸の中からフルクがどなった。『今すぐ井戸に落としてもかまわん。だが、笑いものにするのだけは許さん』

『笑いものだと？　わしが？　わしはただこの命と国を守るために戦っているだけだ。おまえと同じように、ペンの力でな』

フルクはうめいた。体が冷え切っていたにちがいない。そして『告白をさせてくれ』と言った。

『ようやく対等な関係になってきたではないか』アクイラは井戸の上へ身を乗り出した。『おまえはわしが言ったりやったりしたことを読んだのだろう？　少なくとも最初の部分は読んだはずだ。だからお返しに、おまえが言ったりやったりしたことを教えてくれてもいいだろう。さあ、ギルバート、ペンとインクを取れ。きっとおもしろい仕事になるぞ』

『わたしの連れてきた家来は見逃してやってくれ。反逆については包まず話す』フルクが言った。

『どうしていきなり家来に優しくなったんだ？』ヒューはわしに小声で言った。というのも、フルクは家来に対して容赦ないことで有名だったのだ。奪うことはあれ、憐れみをほどこすなどありえなかった。

アクイラが舌打ちをした。『おまえの裏切りなど、とうにギルバートがすべて告白しておるわ。モンゴメリー本人を絞首台に送れるほどな』

『だが、彼らだけは助けてやってくれ』フルクはまるで池の魚のように水を跳ね散らしながら言った。潮が満ちてきたのだ。

『そうあわてるな。夜は浅く、ワインは奥深い。今宵はゆかいな話しかききたくない。おまえが若いころトゥールにいたときの話から始めたらどうだ？　手短かにな！』

『どこまで辱《はずかし》める気だ』フルクは言った。

『ほう、わしはヘンリー王もロベール公もできなかったことをやったわけだな』アクイラは言った。『さあ、始めよ。ひとつも抜かすなよ』

『召使いを外に出せ』

『いいだろう。だが覚えておけ。わしもデーンの王と同じだ。潮をとめることはできん』[6]

『どのくらいで満ちるんだ？』フルクは言った。また水のはねる音がした。

『あと三時間だな。おまえのすばらしい行いについて話す時間は十分ある。さあ、はじめるがいい。それからギルバート、おまえは時々うっかり書きまちがえることがあるようだ。やつの言ったことをねじ曲げず、そのまま書きとめるようにな』

　こうして、フルクは闇の中で死の恐怖と闘いながら話しはじめた。そしてそれをギルバートは、自分の運命もわからぬまま、一言一言書き留めていった。それまでも色々な話をきいたが、フルクの話に匹敵するものはなかった。やつは井戸に吊るされたまま、悪のかぎりをつくした人生のことを洗いざらい話したのだ」

「そんなにひどいことをしたんですか？」ダンはおびえてたずねた。

「ああ、想像を絶する悪行というやつだ。あまりのことに、ギルバートすら思わず笑ってしまうほどだった。実際、三人とも腹が痛くなるまで笑いつづけたよ。しばらくすると、フルクの歯がかちかち鳴って話がききづらくなってきたので、ワインを一杯、井戸におろしてやった。ようやくそれで温まって、舌もなめらかになると、やつはそれまでの悪事やら策略やら裏切りやらをすべて話しおった。驚くべき大胆さ（恐るべき大胆さというべきだな）と小心、言い逃れ、ごまかし（やつはどうしようもないほどの臆病者でもあった）。品位にも道義にも欠け、絶望し、それを補うために

6　デーンとイングランドを治めたクヌート王は波に動かぬように命じてみせ、王の力も及ばないものがあると示したという伝説がある

様々に画策したこと。そんな風に、やつは、ぼろ布のごとき人生をわれわれの目の前に広げて見せたのだ。かつては立派な旗だっただろうに。ようやく話が終わり、松明《たいまつ》で照らしてみると、水はやつの口の上まで来ていた。やつは必死で鼻で息をしておったよ。

われわれはフルクを引きあげ、体をこすってからマントでくるみ、ワインをやった。われわれがじっと見下ろしているなか、やつはワインを飲み干した。震えていたが、恥じ入ったようすはまったくなかった。

突然、階段で見張りに立っていたジェハンの声がしたと思うと、彼を押しのけてひとりの少年が部屋に飛び込んできた。髪に敷物のイグサをつけたまま、寝ぼけたようすで、少年はわれわれの前までくると言った。『父上！　父上！　今、裏切りの夢を見たのです』そして、わけのわからないことをしゃべりつづけた。

『裏切りなど起こっていない。出ていけ』フルクが言った。少年はもどろうとしたが、それでもまだ寝ぼけているようすだったので、ジェハンが少年の手を取り、広間へ連れもどした。

『おまえのひとり息子か！　なぜ連れてきた？』アクイラは言った。

『あの子は跡取りだ。弟に預けるわけにはいかん。信用できないからな』フルクはそう言ったが、今度こそは恥じ入っているようすだった。アクイラは何も言わず、両手で重さを測るようにワインのコップをもてあそんだ。こんなふうにな。それを見ていたフルクはアクイラのひざに手をかけた。『あの子をノルマンディに逃がしてやってくれ。わたしのことはどうとでもするがい い。ああ、明日吊るされてもかまわん。ロベール公への手紙を首に下げたままな。だが、あの子は見逃してやってくれ』

『静かにしろ。わしはイングランドのことを考えているのだ』アクイラは言った。

そこでわれわれは、ペベンシー卿が心を決めるまで、じっと待っていた。フルクの額を汗が流れ落ちた。

そしてついにアクイラが口をひらいた。『わしは年を取りすぎて、もはや人を見極めることも、信用することもできん。おまえはわしの領地をほしがったが、わしはおまえの領地などほしくない。それに、おまえがほかの腹黒いアンジューの盗人どもよりましなのかどうかもわからん。それを判断するのは、おまえの主人であるヘンリー王だ。よし、フルク、おまえは王の元にもどれ』

『王に何があったか言わないのか？』フルクがきいた。

『その必要はない。なぜなら、おまえの息子はここに残るのだ。わしは、イングランドの敵からペベンシーを守らねばならない。もし王がわしを裏切り者と決めつけて兵をよこしたり、そうでなくとも万が一わしやここにいるふたりの騎士のことを悪く思っているといううわさを耳にしたら、よいかフルク、おまえの息子をこの窓から吊るしてやる』」

「でも、その男の子はなんの関係もないのに！」ユーナが驚いて叫んだ。

「だが、フルクを吊るすわけにはいかないだろう？　王との関係を修復するために、フルクは必要なのだ。やつは息子のためなら、平気でイングランドの半分を裏切っただろう。それははっきりしていた」

「でも、わからないわ。ひどいことにしか思えないもの」ユーナは言った。

「フルクはちがったぞ。それどころか大喜びしたのだ」

「ええ？　息子が殺されるっていうのに？」

「そうではない。アクイラが、どうすれば息子と領地と名誉を守れるか、その方法を教えてやったからだ。『必ずそうする。そうすると誓う。王に、そなたは裏切り者ではない、それどころかもっともすばらしく勇敢で優れた騎士だと伝える。必ずそなたを救ってみせる』

アクイラはまだコップの底にたまったワインの澱《おり》をじっと見つめたまま、ゆっくりと動かしていた。

『いいだろう。もしわしに息子がいれば、やはり命を助けようとするだろうからな。だが、なんにしろ、おまえがどういう手を使うかは、わしには話すな』

『もちろん、もちろんだとも』フルクはすかさず、はげ頭で何度もうなずいた。『それはわたしの秘密だ。だが、安心なされ、アクイラよ。そなたが、髪の毛一本、領地一ルード失うことはないと約束しよう』そして、偉大なすばらしい計画でも立てたかのようににんまり笑った。

『それからもうひとつ忠告だ。これからはひとりの主に仕えろ。ふたりではなく』アクイラは言った。

『なに? このような乱世に、ごく正直な取引すらするなとおっしゃるのか?』

『ロベール公かヘンリー王か、ノルマンディかイングランドか、どちらかにしろ。どちらでもかまわん。だが、今ここで、どちらを選ぶか決めるのだ』

『ならば、ヘンリー王だ。王のほうがロベール公よりは仕えがいがありそうだからな。誓おうか？』

『必要ない』アクイラは言って、ギルバートが書いた羊皮紙に手を置いた。『ギルバートには、償いのひとつとして、おまえの波瀾万丈の人生の物語をすっかり書き写してもらうことにしよう。十部、いや二十部、それとも百部にするか。それを手に入れるために、トゥールの司教は牛を何頭差し出すだろうな？　おまえの弟はどうだ？　ブロアの修道士どもは？　いずれ吟遊詩人が歌にして、サクソンの農奴たちが鋤《すき》を押しながら、兵士たちがノルマンの村を馬で闊歩しながら、歌うようになるかもしれん。いいかフルク、ここからローマまで、大勢の人々がおまえの物語を楽しむだろう。井戸に吊るされたフルクが、溺れた子犬のように話した物語をな。これがおまえへの罰だ。もし、おまえがまた二重に取引をしているとわかったらな。それまでのあいだ、この羊皮紙はおまえの息子と一緒に預かっておく。息子は、おまえがわしと王とのあいだを取り持った時点で返してやろう。だが、この羊皮紙は決して渡さん』

フルクは顔を覆って、うめいた。

『なんと』アクイラは笑いながら言った。『ペン一本で、これだけの深手を負わせられるとはな。剣では、決してそのようなうめき声はきけなかっただろう』

『そなたの怒りに触れぬかぎり、わたしの話は秘してくれるのだな?』

『そういうことだ。それで満足か、フルク?』アクイラは言った。

『満足するしかないのだろう?』フルクはひざに顔を埋めて無力な子どものように泣きはじめた」

「かわいそうだわ」ユーナが言った。

「確かに哀れだった」リチャード卿が言った。

「『ムチのあとは、アメだな』そう言ってアクイラは寝台の横の小さな箱から金ののべ棒を三本取り出して、フルクに投げた。

フルクは息を飲んだ。『知っていれば、ペベンシーに手をあげはしなかったものを。この黄色い物が足りぬがために、このようなことに手を出してしまったのだから』

そのころには日が昇り、下の大広間で人々が目を覚ましはじめた。われわれは、フルクの鎧を磨くよう命じた。おかげで昼になってやつが自分と王の旗をたなびかせてもどっていくさまは、実に堂々として立派なものだった。フルクは長いひげを撫でつけ、息子を馬のそばに呼び寄せると、キスをした。アクイラもニューミルまで一緒に馬に乗っていった。前の晩のことが夢のように感じられた」

「フルクはちゃんと王さまに言ってくれたんですか？　あなたたちが裏切り者じゃないって？」ダンはきいた。

リチャード卿はにっこりした。「王は二度とアクイラを召喚しなかったし、アクイラが最初の召喚に応じなかった理由も問わなかった。ああ、フルクのおかげだ。どうやったかは知らんが、すばやく完璧にやり遂げたよ」

「じゃあ、フルクの息子は殺されなかったんですね」ユーナが言った。

「あの子か。まったく、あの子ときたら小鬼のようなやつだった。やつを預かっているあいだ、寝室にはいつも鍵をかけておかなければならなかった。領主どもの野営地で覚えた下品な歌は歌うわ、広間で犬をけんかさせるわ、敷物に火までつけた。それも蚤《のみ》を追い出すためなどと抜かしおってな。短剣をジェハンに振りかざして、階段から投げ落とされる、畑や放羊場で馬を乗り回す。だが、さんざん叩いて、善悪のちがいというものを教えてやったら、わしとヒューのことを叔父上と呼んで、なついた子犬みたいについて回るようになってな。その夏の終わりに父親が迎えにきたときは、カワウソ狩りがあるから帰らないと言って、結局狐狩りのときまでペベンシーにいたのだ。最後に、狩りのお守りとして鷺《さぎ》の足の爪をやった。まったく、小鬼のような子だった！」

「ギルバートはどうなったんですか？」ダンがきいた。

「ムチひとつ、食らわなかった。アクイラは、どんなに誠実でも愚か者に一から仕事を教えるより、不誠実でも荘園の帳簿のことを熟知している書記のほうがいいといってな。それに、あの夜以来、ギルバートはアクイラのことを恐れるのと同じくらい、尊敬するようになったのだと思う。少なくとも、やつはずっとペベンシーにいた。王の書記官であるヴィヴィアンにバトル修道院の聖具保管人にしてやると言われたときもな。裏切り者ではあったが、彼は彼なりに勇敢だったのだ」

「結局ロベール公はペベンシーにきたんですか？」ダンが質問した。

「ヘンリー王が領主どもと戦っているあいだ、われわれは海岸を守りきった。三、四年後、イングランドの反乱を制すると、王はノルマンディに渡ってタンシブレで兄に思い知らせてやったのだ。ロベール公は二度と兵を挙げなかった。あのときはイングランドの大軍勢が、ペベンシーから海を渡っていった。フルクもきてな、われわれは再び四人でアクイラの部屋に集まって、杯を交わした。アクイラは正しかった。人が人を見極めることはできん。フルクは陽気だったよ。ああ、多少裏に何か隠してようとな」

「それから？」ユーナがきいた。

「みなで口々に昔話をした。年を取ると、男はそのくらいしかできなくなるのだよ」

牧草地の向こうから、夕食の時間を知らせる鐘の音がかすかに響いてきた。ダンはゴールデンハインド号のへさきに寝っ転がり、ユーナはともで、詩の本を開いてひざにのせ、『奴隷の夢』を朗読していた。

再び夢の霧と影の中に
彼は自分の生まれた大地を見たのだった

「いつ読みはじめたんだい？　気づかなかったよ」ダンが眠そうに言った。

真ん中にある漕ぎ手座の、ユーナの日よけ帽の横に、オークとトネリコとサンザシの葉があった。きっと上の木から落ちてきたにちがいない。小川が、なにか面白いものを見たように笑いさざめきながら流れていった。

ウィーランドの剣に刻まれたルーン文字
鍛冶屋がわたしを作った
主人を裏切るために
そう、それも最初の戦いで
黄金を手に入れるために
わたしは送られた
世界の果てへ

わたしが手に入れた黄金は
イングランドへやってきた
はるか果ての海から

そして輝く魚のように
しずめられた
深い井戸の底に

黄金はささげられた
物や道具のためではなく
ある目的のために

わたしが手に入れた黄金を
王はのどから手が出るほどほしがった
悪しき目的のために

わたしが手に入れた黄金は
引きあげられた
深い井戸の底から
そして輝く魚のように
再びしずめられたのだ
深い海の底に
黄金はささげられた
物や道具のためではなく
ある目的のために

第三十軍団の百人隊長

都市も玉座も権力も

都市も玉座も権力も
〈時〉の前には無力だ
花ほどももたぬ
毎日のように枯れていく花ほども
けれど、新しいつぼみがふくらみ
新しい民を喜ばすように
かえりみられなくなった大地から
再び都市は生まれでる

今年のスイセンは
知らないのだ
前の年のスイセンが
どんな出来事や変化や寒さに倒れたのかを
そして、何おそれることなく
何も知らぬまま
花を咲かせる七日間を
永遠と思うのだ

かくして、おせっかいな〈時〉は、
われわれの運命も定める
スイセンと同じように盲目で
こわいもの知らずのわれわれの運命を
われわれが最期を迎え、
葬られたとき

闇の中で、疑うことなくこう言うように
「われわれの作りしものは永遠だ!」

ダンがラテン語でひどい点を取って、外出禁止になってしまったので、ユーナはひとりでファーウッドの森にいった。ホブデンじいさんがダンに作ってくれた大きなぱちんこと鉛の玉が、森の西にある古いブナの切り株にある穴に隠してあるのだ。ふたりはここの名前を、T・B・マコレーの『古代ローマの物語詩』から取った。

堂々たるウォラテッラエ
知らぬ者とてない砦がにらみをきかせる
巨人がその手で積みあげた砦が
かつての神のような王たちのために

ふたりが「神のような王たち」、そして、ウォラテッラエの木の大きなこぶのあいだに座り心地がいいように柴を重ねてくれたホブデンじいさんの手が、「巨人の手」というわけだ。

ユーナは柵にあいた、ふたりだけしか知らない秘密の穴を抜けると、しばらく座って、思い切りえらそうに眉を寄せてみた。ウォラテッラエは、ファーウッドにそびえる重要な見張りの塔なのだ。そしてファーウッドもまた、丘の斜面から高く盛りあがって広がっている。眼下には、プークが丘をのぞみ、ウィリングフォードの森から流れ出た小川がくねくね曲がりながらホップの畑のあいだを抜け、フォージにあるホブデンじいさんの小屋のほうへ流れていく。南西の風(ウォラテッラエのそばはいつも風が吹いていた)が、チェリー・クラックの風車のある裸の尾根から吹き降ろしていた。

風が森の中をさまよう音をきいていると、なにかわくわくすることが起こりそうな気がする。だから、風の強い日はウォラテッラエに立って、風の音にあわせて『古代ローマの物語詩』を大声で暗唱する。

ユーナは秘密の場所からダンのぱちんこを出して、小川のほとりの風にさらされて白くなったポプラの木立を密かに進軍してくるラルス・ポルセンナ王の軍を迎え撃つ準備をした。谷底から響いてくる強い風の音にあわせて、ユーナは物悲しげな声で歌った。

ヴェルヴェンナからオスティアまで
平野はすべて荒れ野と化し
アストゥがジャニコロの丘に攻め入り
勇敢な兵士たちが殺された

ところが風はまっすぐ森へ攻め入ってくるのではなく、横にそれて、グリーソンさんの牧草地にぽつんと立っているオークの木を震わせた。オークは小さくなって、草のあいだに身を縮め、枝の先が、獲物にとびかかるまえの猫の尻尾の先のようにゆらゆら揺れた。

「ああ、よく帰ってきたな、セクストゥス」ユーナは歌いながらぱちんこのゴムに玉をはさんだ——

ああ、よく帰ってきたな、セクストゥス
なぜそこで止まって、逃げるのだ？
ローマへの道がここにあるというのに

ユーナは風のやんだ森の中に玉を撃ちこんだ。臆病な風を起こしてやろうと思ったのだ。すると、牧草地のサンザシのうしろからうめき声がした。

「うわあ、まずい！」ユーナは思わず声をあげた。ダンの口癖だった。「グリーソンさんちの牛にあたっちゃったんだわ」

「色を塗ったけだものめ！　主君に向かって鉛玉を撃つのか！」

ユーナがおそるおそる下を見ると、遅咲きのエニシダのしげみに、ひとりの若者が、青銅の輪を重ねたような形のきらきら輝く鎧《よろい》を着て立っていた。いちばん目を引いたのは、大きな青銅のかぶとだ。馬の尾の赤い飾りが風にたなびいている。かすかに光る肩あてに、長い毛の先がさらさらとかすっていた。

「〈色を塗った者〉たちが変わったとフォーン[7]が言ったのはどういう意味だろう？」

若者はひとりごとのように言うと、ユーナの金髪に目を留めた。「体に色を塗った者が鉛玉を撃ったのを見なかったか？」

「い、いいえ」ユーナは答えた。「でも、玉が飛んできたのを見たなら――」

「見た？」若者は叫んだ「それどころか、わたしの耳をかすめたのだぞ」

「あの、それはわたしです。本当にごめんなさい」

「フォーンにわたしがくることをきいていなかったのかい？」若者はにっこりした。

「パックのこと？ いいえ。グリーソンさんの家の牛かと思っちゃったんです。まさか牛じゃなくて、その――なんてお呼びすればいいんですか？」

若者は大声で笑い、真っ白い歯をのぞかせた。顔と目は褐色で、黒く太い眉が大きな鼻の上で一文字につながっている。

「わたしはパルネシウスと呼ばれている。ウルピアヌス・ウィクトリクス《XXX》、第三十軍団《レギオン》第七隊の百人隊長だ。きみが撃ったのかい？」

「ええ。ダンのぱちんこ《カタパルト》を使ったの」

「投石器《カタパルト》！ 投石器のことは詳しいのだ。ぜひ見せてくれ！」

パルネシウスは槍と盾と鎧をガチャガチャ鳴らして木を渡しただけの柵を飛び越え、影のようにすばやくウォラテッラエにのぼってきた。

「ふたまたの木の枝にひもを張っているのか。なるほど！」そしてゴムを引っ張った。

「しかし、このように伸びるとは、どんな獣の皮なのだ？」

「それはゴムです。その曲がっているところに玉をはさんで、思い切り引っ張るの」

パルネシウスはゴムを引っ張ったが、失敗して親指の爪にあててしまった。

「武器にはそれぞれ向き不向きがある」パルネシウスは重々しく言うと、ぱちんこをユーナに返した。「わたしにはもっと大きなものが向いているようだ。しかし、かわいらしいオモチャだ。狼は笑うだろうな。狼はおそろしくないのかい？」

「このへんにはいないから」

「まさか！　狼というのは、〈翼のかぶと〉たちと同じだ。思ってもみないときに現

7　パックはケルト神話のプーカに由来すると考えられるが、しばしばローマ神話に登場するフォーン（サテュロス）のように半人半獣の姿で描かれるため、ここでローマの百人隊長はパックをフォーンと呼んだと思われる

われる。このあたりでは狼狩りはやらないのか？」

「狩りはしないの」ユーナは大人の言っていたことを思い出しながら言った。「雉子《きじ》は、ええと、保護されているんです。雉子は知ってる？」

「もちろん」若者はまたにっこりして、雄の雉子の鳴き真似をした。それがそっくりだったので、森の中から答えて鳴く声がした。

「色ばかり派手でおろかな鳥だな。まるでローマ人だ！」若者が言った。

「でも、あなたもローマ人でしょう？」ユーナは言った。

「そうとも言えるし、ちがうとも言える。わたしは、絵でしかローマを見たことのないローマ人なのだ。同じような者は大勢いる。うちの一族は何世代もまえからウェクティスで暮らしている。ウェクティスは、西のほうにあるあの島だ。天気がいい日は、ここからでも見えるだろう？」

「ワイト島のこと？　雨の降るまえに見えるわ。あと、丘の上からも」

「そうだろう。うちの屋敷《ヴィッラ》は島の南端にあるのだ。ブロークンクリフのそばだよ。建物はほとんどが三百年前からのものだが、先祖が最初に暮らした牛小屋は、それよりさらに百年以上古いはずだ。なにしろわたしの先祖が入植のときにアグリコラ将軍から賜った土地だからな。あまり広くはないがよい土地でな、春になると、浜辺までスミレが咲きみだれる。よく年寄りの乳母と海草を集めにいって、母にスミレをつんで帰ったものだ」

「乳母もローマ人？」

「いや。ヌミディア人だ。彼女に神の恵みがあらんことを！　気のいい太った褐色の肌の女でな、牛につける鐘のようにおしゃべりだった。自由民だったのだ。ところできみは自由民かい？」

「だいたいは。夕食の時間までは自由よ。あと、夏は遅くなっても家庭教師の先生はあまりやかましく言わないわ」

パルネシウスはまた笑った。ユーナの言う意味がよくわかるようだった。

「なるほどな。それできみが森にいる理由がわかった。わたしたちはよく崖に隠れたよ」

「じゃあ、やっぱり家庭教師がいたの？」

「もちろんさ。ギリシャ人でね、アグライアという名だった。わたしたちがハリエニシダの茂みに隠れていると、スカートをたくしあげて探し回るのだが、それがおかしくていつも大笑いしていた。そうすると、ムチで打ちますよって脅すんだ。だが実際は、一度もたたかれたことはない。いい人だったな。アグライアは学問があるのに、運動のほうもかなりのものだったんだ」

「どんな勉強をしていたの？　その、小さかったころは？」

「歴史、古典、算術、色々さ」パルネシウスは答えた。「わたしと妹は勉強はてんでだめだったが、兄と弟は（わたしは真ん中だった）勉強が好きでね、もちろん母がだれよりも賢かった。わたしくらい背があってな、西の街道に新しく建った像に似ていた。ほら、豊穣の女神デーメーテールの像だよ。それにおもしろい人だった！　ああ、ディアの女神よ！　何度母に笑わされたことか！」

「どんなことで？」

「ちょっとした冗談や言い回しさ。どこの家にもあるようなやつ。わかるだろう？」

「うちにもあるわ。だけど、ほかのうちにもあるなんて知らなかった。あなたの家族の話をききたいわ」

「いい家族というのは、どこもよく似ている。夜は、母は糸をつむぎ、アグライアは自分のいすで本を読んでいる。父は帳簿をつけ、そのあいだわたしたち兄妹四人は廊下で大騒ぎだ。あまりにやかましくなると、父がどなる。『うるさい！　静かにしろ！　父親の権利を知っているか？　いいか、父親には子どもを殺す権利があるのだ。殺す権利だぞ。神も認めていらっしゃるのだ！』すると母が糸車の上から、つんと唇を尖らせて言う。『まあ、それでもあなたはローマ人の父親？』すると父は帳簿をくるくるとまるめて叫ぶ。『よし、見せてやる！』それから——結局、いちばん騒々しいのは父だったってわけさ！」

「父親の権利——」ユーナの目がおかしそうに躍った。

「よい家族はみな似ていると言ったろう？」

「夏は何をしていたの？　わたしたちみたいに遊んでいたの？」

「ああ。あとは友人の家をたずねたりしたな。ウェクティスには狼がいないのだ。友人は大勢いたし、ポニーもたくさんいた」

「楽しかったでしょうね。ずっとそうだった？」

「そうはいかなかった。十六か十七のときに父が痛風になって、家族全員でウォーターズにいったのだ」

「ウォーターズ？」

「アクアイソリスのことだ。みんながあそこに集まってくる。きみもいつか父上にたのんで連れていってもらうといい」

「どこにあるの？　きいたことがないわ」ユーナは言った。

パルネシウスは驚いたようだった。そしてもう一度言った。「アクアイソリスだよ。ブリテン一の保養地だ。ローマに負けないくらいすばらしいときかされたものだ。大食漢で通風をわずらっている年寄りたちが熱い湯につかって、いろいろな事件や政治について語り合う。将軍たちは衛兵を引き連れてやってくるし、執政官はしゃちほこばった護衛たちに伴われ、輿《こし》で訪れる。あそこへ行けば、占い師から金細工師、商人、哲学者、羽毛売り、ローマかぶれのブリトン人にブリトンかぶれのローマ人、教養があるふりをしている部族民やユダヤの講演者、とにかく面白い人々に会える。もちろんわれわれ若い者は政治には興味はないし、痛風でもない。だが、年の近い者が大勢いるから、退屈することはなかった。

だがそんなふうになにも考えずに楽しんでいるうちに、妹は西の執政官の息子と知り合いになって――一年後に結婚した。弟は、むかしから草や木の根に興味を持っていたが、レギオンの町からきた軍団の第一医師と出会い、軍医を目指すことにした。

きちんとした家の者がつく職業ではないと思うが、わたしは本人ではないからな。その後、弟はローマにいって医学を勉強し、今はアンティノエのエジプト軍団の第一医師をしているはずだが、久しく便りはきていない。

兄はギリシャの哲学者と知り合いになった。そして父に、この土地に残り、農業をしながら哲学を学びたいと言った。ただし」パルネシウスの目が輝いた。「兄があった哲学者というのは、髪の長い哲学者だったんだ！」

「哲学者ってはげてるのかと思ってた」

「みんながみんなそうじゃない。それに、彼女はすごくきれいだった。兄の気持ちもわかるよ。それにわたしにとっても、兄がそう決めてくれて好都合だった。というのも、わたしはどうしても軍隊に入りたいと思っていたからね。家に残って、家と土地の管理をしなくてはならなくなるんじゃないかとずっと心配していたんだ。兄が、これを持つことになるんじゃないかとね」

パルネシウスはぴかぴか輝いている大きな盾をこつんとたたいた。

「こうしてわたしたちは――つまり子どもたちはみな、大満足でクラウセンタムの港までもどってきた。森の街道ではみんな無口だった。だが、わたしたちが帰ってきたのを見て、アグライアはなにがあったかぴんときたらしい。玄関でたいまつを掲げ、わたしたちが舟から下りて崖の道をのぼってくるのをじっと見ていた。『ああ、でかけたときは子どもだったのに、大人になって帰ってきたのね！』そして母にキスをすると、母は泣き崩れた。こうしてウォーターズへの旅行は、わたしたち兄妹の運命を決めたのだ」

パルネシウスは立ちあがって、盾のふちにもたれて耳をすませた。

「きっとダンだわ。兄よ」ユーナは言った。

「ああ。フォーンもいっしょだな」やがて雑木林から、ダンがパックといっしょによろよろしながら姿を現わした。

パックはパルネシウスに言った。「もっと早くこられるはずだったんだけど、きみの母国語の美しいラテン語に、ここにいる少年がつかまっちまってね」

パルネシウスがきょとんとしているので、ユーナが説明した。

「ダンはドミヌス[8]の複数形はドミノだって言ったの。ブレイク先生がちがうって言ったら、じゃあバックギャモンだって言ったせいで、二回も清書しなきゃいけなくなったの。生意気なことを言った罰でね」

ダンが汗だくになって息を切らしながら、ウォラテッラエにあがってきた。

「ほとんどずっと走ってきたんだよ」ダンはあえいだ。「そしたら、パックが迎えにきてくれたんだ。こんにちは。ご機嫌いかがですか?」

「すこぶるいいんだが、見てくれ、ユリシーズの弓を曲げようとしたら、こんなになってしまった[9]」パルネシウスは、親指を見せた。

「大丈夫ですか? きっと指を放すのが早かったんじゃないかな」ダンは言った。

「パックに、ユーナが話をしてもらってるってきいたんです」

「続きを話してくれよ、パルネシウス」パックはいつの間にか、上の枯れ枝にちょこんとすわっていた。「おれもいっしょに話すから。ユーナ、パルネシウスの話でわからないところはあったかい?」

「いいえ、ぜんぜん。でも、ひとつだけ知らないことがあったわ。アク――アク――」

8　ラテン語で男性の意味

9　ホメロスの叙事詩『オデッセウス』にユリシーズにしか曲げられない弓が出てくる

「ああ、アクアイソリスか。バースのことだよ。バースパン発祥の地さ。あの干しブドウの入ったパンだよ。さあ、われらが英雄に続きを話してもらおう」

パルネシウスは槍でパックの足をつつくまねをしたが、パックはすかさず手を伸ばすと、馬の尾の毛をつかんで、かぶとをとってしまった。

「やあ、ありがとう」パルネシウスは言って、黒い巻き毛をさっと振った。「おかげで涼しくなった。ついでにかけておいてくれ」

それからダンに向かって言った。「妹さんに、わたしが軍隊に入ったいきさつを話していたんだ」

「試験があるんですか?」ダンは目を輝かせてきいた。

「いいや。父のところへいって、ローマの属州ダキアの騎馬隊に入りたいと言ったのだが(アクアイソリスで何人か見かけたのだ)、父は、まずローマからきた正規軍に入るほうがいいと言った。たいていの若者と同じで、わたしもローマと名のつくものは好きではなかったんだ。ローマ生まれの将軍や執政官は、われわれブリテン生まれを蛮族かなにかのように見下していたからな。わたしは父にそう言った。

しかし、父は言った。『それはわかっておる。だが、われわれの先祖はローマ人であり、われわれの本分は帝国に仕えることなのだ』

『どちらの帝国ですか？　わたしが生まれる前に帝国は二つに分かれているではありませんか[10]』

『帝国が分かれるなど、いったいどこの盗人の言い草だ？』

『すみません。ローマには皇帝はひとりです。しかし、その周辺にある属州が勝手に皇帝を立て、もはや何人皇帝がいるのかもわからぬ状態です。いったいだれに従えばいいのです？』

『グラティアヌス帝だ。少なくとも彼は正々堂々とした人物だ』父は答えた。

『そうでしょうか。生の牛肉を食らうスキタイ人になってしまったのでは？』

『どこでそんなことをきいた？』父は言った。

『アクアイソリスです』本当にそうだった。われわれのすばらしきグラティアヌス皇帝は、毛皮のマントを着たスキタイ人の護衛をつけ、すっかり彼らを気に入って、格好まで真似ているといううわさだった。よりにもよってローマで！　父が体じゅう青

10　三六四年にヴァレンティニアヌス一世とヴァレンスがローマを東西に分けたことを指している

く塗っているのにも等しい[11]！
『服装などどうでもよい。些細なことだ。そもそもの始まりは、わたしやおまえの時代より前に遡る。ローマは自分たちの神を見捨てたから、その罰を受けたのだ。われわれの神を祭った神殿が破壊されたその年に、〈色を塗った者〉たちとの戦いが起こった。そしてやつらを倒したのは、まさに神殿が再建された年だ。それよりさらに遡って……』父は、ディオクレティアヌス帝の時代までもどって説明した。父の話をきいていると、永遠であるはずのローマは、一部の人間がやや放漫だったばかりに崩壊寸前まできているようだった。

　それまでわたしはそんなことはなにひとつ知らなかった。アグライアは、わたしの国の歴史は何も教えてくれなかったのだ。彼女の頭の中は、古代ギリシャのことでいっぱいだった。

『ローマに未来はない』最後に父は言った。『自分たちの神々を見捨てたのだからな。しかし、もし神々がここにいるわれわれを許してくださるなら、ブリテンは救えるかもしれん。そのためにも、〈色を塗った者〉たちの侵入を許してはならない。父として言っておく。おまえが兵士となって国に尽くす決意なら、帝国の〈防壁〉の任務につけ。女がうようよしている町の任務ではなくてな』」

「帝国の防壁って?」ダンとユーナは同時にきいた。

「ハドリアヌスの長城と呼ばれている防壁のことだ。あとで詳しく説明するが、はるかむかし、北ブリテンに、〈色を塗った者〉たちの侵入を防ぐために造られたものだ。〈色を塗った者〉というのは、きみたちの言うピクト人のことだな。父は二十年以上続いたピクト人との戦いを経験していたので、戦争というのがどういうものかわかっていた。偉大なる将軍テオドシウスが、あの小柄な蛮族どもを北へ押し返したのは、わたしの生まれる前のことで、ウェクティスでは、ピクト人のことなど考えたこともなかった。しかし、父の話が終わると、わたしは父の手にキスをして、指示を待った。われわれブリテン生まれのローマ人は、親に対する態度を心得ているのだ」

「ぼくが手にキスしたら、おとうさんは笑うだろうな」ダンが言った。

「習慣は変わるものだからな。だが、もしきみがおとうさんに従わなければ、神はそ

11 ピクト人のこと。体に刺青をほどこしていたため、ローマ人たちに〈色を塗った者〉の名で呼ばれた

のことをお忘れにならない。そのことだけは肝に銘じておいたほうがいい。

わたしが真剣だということがわかった父は、わたしをクラウセンタムの兵舎に送り、厳しい訓練を受けさせた。兵舎には、鎧の胸当てどころか、体を洗わず、ひげもそったことのないような蛮族の兵士たちがうじゃうじゃいた。隊列を組ませるにも、腹に棍棒をお見舞いし、顔に盾を押しつけてやらなければならないような連中だ。わたしは仕事を覚えると、教官にゴール人とイベリア人の連中を任された。実際、厄介な任務だった！　やつらをなんとか鍛えあげて、奥地の駐屯地に送りこまなければならなかったんだから！　だが、わたしは努力を重ね、ある晩、郊外の屋敷で火事が起こったとき、部下を連れ、どこの隊よりも先に駆けつけて作業にあたった。ところがふと気づくと、男がひとり、杖にもたれて、われわれが次々と桶で池から水をくみあげるのを落ち着きはらった様子で見ている。やがて男は『おまえはどこの者だ？』ときいてきた。

『配属を待っている見習い兵です』わたしは答えた。そのときは、相手が何者だか、まったく知らなかったのだ！

『ブリテン生まれか？』

『はい。そういうあなたはスペインですね』というのも、その男はイベリア産のラバみたいなしゃべり方をしたからだ。

『故郷ではなんと名乗っている？』男は笑いながら言った。

『時と場合によりますね。そのときによって色々です。とにかく、今は忙しいので』

男はそれ以上なにも言わずに、われわれが家の守護神の像を救うのを見ていた[12]（家の主は、信心深い立派な一族だったのだ）。それから月桂樹の茂み越しに低い声で言った。『よいか、そこの〈そのときによって色々〉とやら、これからは、ウルピアヌス・ウィクトリクス、すなわち第三十軍団第七隊の百人隊長を名乗れ。そうすれば、わしも忘れないからな。わしは、おまえの父親をはじめ、ほかの人間にはマクシムスと呼ばれておる』

そして、さっきまでもたれていた磨きあげた杖を投げて寄こすと、いってしまった。頭をガツンと殴られたような衝撃だった！」

12　ローマの家では、戸の守り神ヤヌスと、炉の神ゼスタと、家の神ラールを守護神として祭っていた

「だれだったんですか?」ダンがきいた。

「マクシムスその人さ! 偉大な将軍だよ! ピクト人との戦いでテオドシウスの右腕だったブリテンの将軍だ! そのマクシムスが直接、百人隊長の杖を渡してくれただけでなく、いきなり三階級も昇進させてくれたんだ! ふつう新兵は配属になった軍団の第十部隊から始めて、だんだんと昇進していくんだ」

「じゃあ、嬉しかった?」ユーナはきいた。

「嬉しいなんてものじゃない。てっきり自分が格好もよく、行進する姿も美しかったために彼の目にとまったのだと思って、家に帰ってみると、父がピクト戦争のときにマクシムスに仕えていたので、わたしの世話を頼んでいたことがわかった」

「まだ青二才だったんだな!」パックが上から叫んだ。

「その通りだ」パルネシウスは答えた。「あまりからかうなよ、フォーン。結局そのあと、わたしは出世の望みを捨てることになるのだから!」パックはうなずいて、茶色い手に茶色のあごをのせ、大きな目でじっとパルネシウスを見つめた。

「出発する前の晩、われわれはご先祖にいけにえを捧げた。といっても、いつものちょっとしたいけにえだが――あれほど熱心に祈ったことはない。あらゆる霊魂に祈りを捧げたよ。それから、父といっしょに舟でレグナムに向かった。東へ向かってアンデリダまで」

「レグナム？　アンデリダ？」子どもたちはパックのほうを見た。

「レグナムはチチェスターのことさ」パックはチェリー・クラックのほうを指さした。それからうしろの南のほうへ向かって腕を大きく振って言った。「アンデリダはペベンシーだ」

「またペベンシー！　ウィーランドが上陸したところ？」ダンがきいた。

「ウィーランドだけじゃないけどね。ペベンシーは若くはない。このおれと比べてもね！」

「夏のあいだ、第三十軍団の本部はアンデリダにあったんだ。だが、わたしの配属になった第七部隊はもっと北の防壁に駐屯していた。マクシムスは、アンデリダの補助軍の視察にきたんだ。たしかアブルチの守備隊だったと思う。それでわたしも父といっしょにアンデリダに泊まったんだ。マクシムスと父は古い友人だったからね。だがわたしは、十日後に命令が下り、三十人の部下を連れて自分の部隊へ向かった」パルネシウスは楽しそうに笑った。「最初の行軍は忘れないものなのだろう。わずかな部下たちを率いて、北門を出たとき、わたしは皇帝よりも幸せだった。護衛兵と勝利の祭壇に敬礼するんだ」

「どうやって？　どんなふうに？」ダンとユーナはきいた。

パルネシウスはにっこり微笑むと、立ち上がった。鎧がきらりと光った。

「こんなふうにさ！」そしてゆっくりとした美しい動きで右手を挙げローマ式の敬礼をした。最後に盾が背中に戻り、鈍い音を響かせた。

「ほう！　見直したよ！」パックは言った。

「われわれは完全武装して出かけた」パルネシウスは座りながら言った。「だが、大きな森に入るとすぐに、部下たちが荷馬に盾をかけたいと言い出した。『だめだ！　アンデリダでは女のようなかっこうをしていてもいいが、わたしといるあいだは、自分の武器と武具は自分で持て』

『しかし、暑くて。医者もいないんですよ。もし日射病になったり、熱でも出たらどうするんです？』

『そのときは、死ね』わたしは言った。『ローマにとってもいい厄介払いだ！　盾をあげろ！　槍もだ！　靴の紐を締めろ！』

『もうブリテンの皇帝にでもなったつもりか』ひとりの兵士が叫んだ。わたしはそいつを槍の柄で打ち倒し、ローマ生まれのローマ人どもに、これ以上つべこべ言えば、ひとり足りないまま進むぞと告げた。実際、太陽の光にかけて本気だった！　クラウセンタムの粗野なゴール人どもだって、わたしに対してこんな態度は取らなかったのだ。

そのとき、雲のように静かに、シダの陰から馬に乗ったマクシムスが出てきた（うしろに父もいた）。そして、手綱をひいて馬の歩調をゆるめながら街道を渡ってこちらまできたが、すでに皇帝であるかのように紫の服をまとい、金のふち飾りのついた白い鹿革のすねあてをつけていた。

部下たちはひざを突いて小さくなった――そう、鶉《うずら》のように。

マクシムスはしばらくなにも言わずに厳しい顔で見つめていた。それから人差し指をくいと曲げると、兵士たちは歩いて――いや、這うようにして、片側に寄った。

『日なたに立て』マクシムスが言うと、兵士たちは固い街道の上に隊列を作った。

『もしわしがいなかったら、どうしていた？』マクシムスはわたしにきいた。

『あの兵士を処刑していたでしょう』

『ならばさっさと殺せ。今なら、指一本動かせないぞ』

『いえ、今、彼らの指揮権はあなたにあります。彼を殺せば、わたしはあなたの殺し屋になり下がります』わたしの言った意味がわかるかい?」パルネシウスはダンにきいた。

「うん。卑怯だってことですよね」ダンは言った。

「そのとおりだ」パルネシウスは言った。「だが、マクシムスは顔をしかめた。『おまえは決して皇帝にはなれぬ。将軍も無理だろう』

わたしは黙っていた。だが、父は嬉しそうだった。

『最後におまえの様子を見にきたのだ』父は言った。

『見ただろう』マクシムスは父に言った。『もうきみの息子は必要ない。彼は軍団の一士官として生き、一士官のまま死ぬだろう。もしかしたら属州の長官になれたかもしれないのに。さあ、パルネシウス、ともに食事にしよう。おまえの部下は、食事が終わるまで待たせておけ』

哀れな三十人の部下たちは鎧に熱い陽射しを浴び、ワイン袋のようにくたっとなったまま残された。マクシムスは、食事のしたくをさせた場所へわれわれを連れていき、自らワインを用意した。

『一年後に、今日のことを思い出すだろう。ブリテンと——そしてゴールの皇帝とともに食事をしたことを』マクシムスは言った。

『たしかに』父は言った。『あなたなら二頭のラバを御すことができる。ゴールとブリテンというラバをな』

『そして五年後に、思い出すのだ』マクシムスは杯をまわした。中には青いルリチザの花びらが浮かんでいた。『ローマ皇帝とともに飲んだことを！』

『いいや。三頭のラバを御すことはできない。ばらばらに引き裂かれてしまう』父は言った。

『そしておまえは、ヒースの荒れ野の防壁で嘆くことになるだろう。ローマ皇帝に気に入られることより、自分の正義感を優先させたことをな』

わたしはじっと黙ってすわっていた。紫の服を着ている将軍になにを言えばいいというのだ？

『怒っているわけではない』マクシムスは続けた。『おまえの父親には本当に世話になった——』

『わたしは何もしていない。助言はしたが、あなたはききいれなかった』父が言った。

『――だから、その息子を悪いようにはしない。実際、軍団司令官にならなれるだろう。だが、一生防壁の上で生き、防壁の上で死ぬことはまちがいない』マクシムスは言った。

『かもしれませんな。だが、そろそろまた、ピクト人や彼らの仲間が襲ってくるころだ。皇帝になるために、ブリテンの兵士たちをすべて連れていくわけにはいかないでしょう。北がおとなしくしているはずがない』父は言った。

『わしは運命に従うまでだ』

『ならばそうなさるがいい』父は言って、シダの根を引き抜いた。『その先には、テオドシウスと同じ死が待っていますぞ』

『ああ！　わが将軍が殺されたのは、帝国に忠誠をつくしたからだ。わしも殺されるかもしれんが、同じ理由では死なん』マクシムスがふっと暗い笑みを浮かべたのを見て、わたしの血は凍った。

『なら、わたしも自分の運命に従い、部下たちをつれて防壁へまいります』わたしは言った。

するとマクシムスは長いあいだわたしを見つめ、スペイン人がよくやるように頭をななめに傾けた。『ならばそうするがいい』それだけだった。わたしは、とにかくその場から立ち去りたかった。本当は父に頼みたい故郷への伝言が山のようにあったがな。もどってみると、部下たちはさっきとまったく同じ状態で、土ぼこりの中、一歩も動かず立っていた。出発したあとも、マクシムスのおそろしい笑みが東の風のように絶えず背中に付きまとっているような気がした。わたしは隊を率いて一度も休まずに日の入りまで歩き続け、それからようやく足を止めたのは、あそこだった」パルネシウスは向き直って眼下に広がるプークが丘を見下ろすと、ホブデンじいさんの小屋の裏手に広がる、フォージヒルのシダに覆われた起伏のある斜面を指さした。

「あそこ？　あそこにはむかし、鍛冶場《フォージ》があったんです。鉄を作ってたんだ」ダンは言った。

「ああ、いい鉄だった」パルネシウスは驚くようすもなく答えた。「あそこで肩ひもを三本直し、槍の先を留めなおした。カルタゴから来たという片目の鍛冶屋が、国から借り受けていてな。オデッセイアの片目の巨人の名をとってかキュークロープスと呼ばれていた。彼から、妹の部屋用にビーバーの敷物を買ったんだ」

「だけど、ここのはずないです」ダンは言い張った。

「いや、ここだ！　アンデリダの勝利の祭壇からこの森の第一鍛冶場まで十二マイルと七百歩ある。すべて街道の地図に記してある。最初の行軍を忘れるものか。途中の駐屯地もすべて覚えている。ここから――」パルネシウスは身を乗り出したが、沈む夕日に目を留めた。

夕日はチェリー・クラックの丘の向こうに沈もうとしていた。木の幹のあいだから光があふれ、ファーウッドの奥深くが赤や金や黒に輝いて見える。光は鎧にも反射して、パルネシウスは炎に包まれているかのように輝いた。

「待て」パルネシウスは片手をあげた。ガラスの腕輪に夕日が跳ね返った。「待ってくれ。ミトラの神に祈りを捧げねば！」

パルネシウスは立ちあがって両手を西のほうへ伸ばすと、太い美しい声でラテン語の祈りを捧げはじめた。

するとパックもいっしょに歌いだした。鳴り響く鐘のような声で歌いながらウォラテッラエからすべりおりると、子どもたちにもついてくるよう手招きした。ふたりは言うとおりにした。まるで歌声に背中を押されるように。そして、金茶色に輝くブナの葉のあいだを歩いていった。ふたりのあいだでパックが歌っていた。

“Cur mundus militat sub vana gloria
Cujus prosperitas est transitoria?
Tam cito labitur ejus potentia
Quam vasa figuli quae sunt fragilia.”

なぜ世界はむなしき栄光のために戦う？
繁栄など一時《いっとき》のものだというのに
陶器のようにあっという間に砕けてしまう

気がつくと、鍵のかかった小さな木の門の前まで来ていた。

“Quo Caesar abiit celsus imperio?
Vel Dives splendidus totus in prandio?

Dic ubi Tullius—"
権勢を誇ったシーザーはどこへいったのだ?
すばらしい宴をもよおしたダイヴスは?
教えてくれ、トゥリウスは——

まだ歌いながらパックはダンの手を取ると、くるりとまわしてユーナと向かい合わせに立たせた。ユーナが出ると、門が閉まり、それと同時にパックはふたりの頭の上に忘却の魔法をもたらすオークとサンザシとトネリコの葉を降らせた。

「遅かったのね」ユーナが言った。「もっと早くこられなかったの?」

「そのつもりだったんだ。ずいぶん前に出たんだよ。だけど——だけど、どうしてこんなに遅くなっちゃったんだろう。どこにいってたんだい?」

「ウォラテッラエよ。待ってたんだから」

「ごめん。ほんと、ぜんぶラテン語のせいさ」ダンは言った。

ブリテン生まれのローマ人の歌（紀元四〇六年）

父の父も見ることはなかった
おそらくわたしも、見ることはないだろう
神聖なる場所
まったきローマを――

時と芸術と力に王冠をさずけられた
神と人間との作品
最も古い丘のふもとに広がる町で
ローマははじまったのだ！

そしてすぐに仲間を送りだした
われらは祈る——ああ、どうか、どんな困難なときも
揺らぐことのないよう
鍛え抜かれた
ローマの不屈の精神を失わぬように

強い心に固い鎧をまとい、
勇敢に戦え、なぜならわれらには
帝国の血が脈々と流れているのだから
ローマの息子であるわれらのなかには

ローマの七つの丘から遠く離れたこの地で
ローマを愛し、ローマに尽くしたわれらを
どうか守りたまえ——故国で生まれた苦難から
帝国の戦火から！

大いなる防壁にて

　　ララゲーのためにローマを離れ
　　軍団《レギオン》の街道をリミニの港町へ
　　　彼女が捧げてくれた心を
　　　盾とともに携え、リミニへ
　　（鷲がリミニを飛び去る日まで！）
わたしはブリテンを旅して、ゴールを歩き、
　　雪の舞う黒海の海岸をさすらった
　雪は、ララゲーのうなじのように白く
　　ララゲーの心のように冷たかった！
そしてわたしはブリテンを失い、ゴールを失った

（その声はちっとも悲しそうではなかった）

そして、ローマも失った——が、いちばん辛いのは

ララゲーを失ったこと！

この歌がきこえてきたとき、ダンとユーナはファーウッドの門のところに立っていた。ふたりは何も言わずに走り出し、生垣の秘密の穴をくぐり抜けたので、もう少しでパックの手からえさを食べていたカケスを踏んづけるところだった。

「気をつけて！」パックは言った。「なにか探しものかい？」

「もちろん、パルネシウスだよ」ダンが答えた。「やっと昨日思い出したんだ。こんなの、ずるいよ」

パックはクスクス笑うと、立ちあがった。「ごめんよ。だけど、おれやローマの百人隊長なんかと半日もすごしたあとは、家庭教師と夕食の席につくまえに、ちょっと魔法で落ち着かないとさ。おーい、パルネシウス！」

「ここだ、フォーン！」ウォラテッラエから答える声がした。ブナのふたまたになっ

た枝のところで、青銅の鎧《よろい》がちらちらと輝き、盾が持ちあげられて親しげにぴかっと光った。

「ブリトン人を追い出してやったぞ」パルネシウスは少年のように笑った。「やつらのこの高い砦を占領した。だが、ローマは寛大だ！ のぼってきてもいいぞ」そこで三人はさっそくウォラテッラエまでのぼった。

「今、歌っていたのはなんていう歌？」ユーナは腰を落ち着けると、すぐにきいた。

「ああ、あれかい？『リミニ』だ。ああいった歌は、常に帝国のどこかしらで生まれているんだ。疫病みたいに半年か一年くらいはやって、そのうちまた新しい歌が生まれる。そうすると、軍団《レギオン》も新しい歌に合わせて行軍するようになる」

「行軍のことを話してやったらどうだい、パルネシウス。最近じゃ、この国の端から端まで歩く者など、ほとんどいないからね」パックが言った。

「それはもったいないな。長い行軍は足を鍛えてくれるのに。朝霧が立ちこめるころに出発して、そうだな、だいたい日が沈んでさらに一時間くらい歩くんだ」

「食べ物は？」ダンがすかさずきいた。

「脂身たっぷりのベーコンに、豆、パン、宿泊所にワインがあれば尚ありがたい。だが、兵士というのは生まれながらの不平家だ。部下たちは初日から、ブリテンの水車でひいた小麦が気に入らないと文句を言っていた。ローマの牛の引いた歯ごたえのあるやつじゃないと、腹にたまらないと言うんだ。結局、水車でひいた小麦を取ってきて食うしかなかったがね」

「取ってくる？　どこから？」ユーナがきいた。

「フォージの下流にある新しく発明された水車《ミル》からさ」

「フォージミル？　うちの水車よ！」ユーナはパックを見た。

「そうだ、きみたちのうちの水車だ」パックは言った。「どのくらいまえのものだと思ってたんだい？」

「わからないわ。リチャード・ダリングリッジ卿が水車のことを話していたわよね？」

「ああ。彼の時代でも、すでに古いものだったんだ。数百年はたっていたな」

「わたしの時代にはまだ新しかった」パルネシウスが言った。「部下たちはかぶとに入れた小麦粉を、毒蛇の巣でも見るように眺めていたよ。わたしを試そうと、わざとやったんだな。だが、わたしは努めて彼らと話し、だんだんと親しくなっていった。実は、ローマ式の歩き方を教わったのも連中からなんだ。それまでは補助軍の速い行進しか知らなかったからな。正規の軍団《レギオン》の歩き方はまったくちがう。一歩一歩がもっと幅広く、ゆっくりで、日の出から日の入りまでまったく乱れることがない。『ローマの行進はローマの速さで』という格言のとおりだ。八時間に二十四マイル。それ以上でもそれ以下でもない。まっすぐ前を見て槍を高くかかげ、盾を背負い、胸当てのえりはちょうど手の幅ひとつ分。そうやってローマ帝国の象徴である鷲のついた長い棒を持ちブリテンを歩く」

「何か冒険はあったんですか？」ダンがきいた。

「防壁の南では何もなかった。いちばん困ったのは、北の執政官のもとへ出向いたとき、宿無しの哲学者が鷲をあざ笑ったことだ。その男がわざとわれわれの邪魔をするためにやったと伝えると、執政官は哲学者に、おそらく聖書の言葉だと思うが、おまえの神がなんであろうと、皇帝には敬意を払えと言った」

「それでどうしたんですか？」

「そのまま進んださ。わたしには関係のないことだろう？　わたしの使命は、駐屯地へ行くことなのだから。結局、二十日かかった。

当然、北へ行けばいくほど、街道の人の姿も少なくなっていった。森はよけてまわらなければならなくなり、木一本生えていない丘をあがっていくと、かつてローマの町があった廃墟に、狼の遠吠えが響いていた。もはや美しい女はいない。若いころ父の知り合いだったという陽気な執政官が、家に招いて泊めてくれることもない。神殿や宿泊所で様々なうわさをきくこともなく、耳に入ってくるのは野生のおそろしい獣たちのことばかり。そういったところには、狩人や曲芸に使う動物を捕るわな猟の猟師らがいた。猟師の鎖につながれた熊や口輪をはめた狼にポニーがおびえると、部下たちがどっと笑った。

建物も、庭のある屋敷から閉ざされた砦に変わった。灰色の石の見張り塔がそびえ、巨大な石塀が羊小屋を囲い、北海岸のブリテンの兵士たちが武器を持って見張っている。飾りも何もない家の向こうの、木も何もない丘を、雲の影が騎馬隊のように駆け抜け、鉱山から黒い煙があがっている。踏み固めた土の道がどこまでも続き、風がうなりながらかぶとの羽根飾りをなびかせ、忘れ去られた軍団や将軍たちの祭壇や神々や英雄たちの壊れた像のまわりをめぐり、山ギツネやアナウサギがじっとようすをうかがっている墓石のあいだを吹き抜けていった。夏は燃えるように暑く、冬は凍えるように寒く、ごつごつした岩と紫のヒースの広大な荒れ野だった。世界の果てにいると思ってはるか遠くへ目をやると、東から西まで目の届くかぎり点々と煙があがり、その下に、やはり目の届くかぎり家や神殿や店、劇場、兵舎や穀物倉庫といった建物がさいころのように散らばっている。そしてその先に——そう、必ずその先に、小さな塔が高くなり低くなり、見え隠れしながらどこまでも連なっているのだ。そう、それこそが帝国の防壁、ハドリアヌスの長城だった！

「ああ！」子どもたちはため息をついた。

「そうなんだ」パルネシウスは言った。「子どものころからローマの鷲に従ってきた老人たちは口をそろえて、初めて見た防壁ほどすばらしいものはないと言う！」

「それってただの塀なんですか？　庭の菜園を囲っているような？」ダンがきいた。

「まさか、ぜんぜんちがう！　帝国の壁だ。防壁の上には衛兵所の塔が並び、そのあいだに小さな塔がある。いちばん幅のせまい場所でさえ、三人の兵士が横一列に盾を持って歩くことができる。厚い防壁の上には、高さが首まである胸壁があり、遠くからだと、衛兵のかぶとがいったり来たりしているのが数珠のように見える。防壁自体は高さ三十フィート、ピクト人の側、つまり北側には溝が掘ってあって、古い剣の刃や槍先が突き出た木の板や、鎖でつないだ車輪がばらまかれている。ピクト人たちは、矢じりを作るために、よく鉄を盗みにきていた。

だが、防壁そのものよりもっとすばらしいのは、その壁に守られて広がっている町だ。むかしは南側に土塁と溝があり、建物を造ることは許されていなかった。しかしその頃は、土塁の一部が取り壊され、その上に、防壁にそうようにずらりと建物が並んで、八十マイルもの細長い町を作っていた。考えてもごらん！　どなり声が響き、あちこちで騒ぎが繰り広げられ、闘鶏、狼いじめ、競馬、なんでもありの町が、西はイトゥナから東は寒い海岸のセゲドゥヌムまで続いているのだ！　広大なヒースの野の北側には、ピクト人が隠れている森と廃墟、南側には大きな町が広がっているのだ。蛇のように長く、よこしまな町が。ああ、まさに暖かい壁の下にぬくぬくとねそべる蛇のようにな。

さて、わたしの部隊はハノの町に宿営するよう命じられた。ここでは北の大街道《グレート・ノース・ロード》が防壁を突き抜け、ヴァレンシアのかつての属州まで続いていた」パルネシウスはさげすむように笑った。「ヴァレンシアの属州！　われわれは街道を進んで、ハノの町に入り、仰天した。町はまるで見世物市――帝国のありとあらゆる場所から来た人々の見本市のようだった。競馬をしている者もいれば、酒場に座りこんでいる者もいる。

犬が熊をいじめているのを見物している者もいれば、闘鶏を見に大勢の人間が溝に集まっている。すると、わたしとたいして年の変わらない青年が馬に乗ってやってきて、目の前で止まった。若いが、将校だ。そして、何の用だとたずねた。

『ここに配属されたのだ』わたしは答えて、この盾を見せた」パルネシウスは、白地に、ビール樽によく描かれているようなX《エックス》の文字が三つ並んだ大きな盾をかかげて見せた。

「『いいところで会ったな！　きみの部隊の塔は、われわれの塔のとなりだ。だが、今は全員闘鶏に行っている。ここは楽しいぞ。さあ、早速鷲をうるおしにいこうではないか』青年が言ったのは、飲み物のことだ。

『まず部下たちを引き渡すのが先だ』怒りと恥ずかしさがこみあげた。

『ああ、そんな無意味なことはすぐに卒業するさ』青年は言った。『だが、きみの希望を打ち砕く役はごめんだ。このままディアの女神の像のところまで行けばいい。すぐわかる。ヴァレンシアへいく本街道だ！』そして笑いながら行ってしまった。四分の一マイルも離れていないところに像が見えたので、わたしはそちらへ向かった。いつの間にか北の大街道は像の下を抜けてヴァレンシアに入っていた。が、反対側の出口は、ピクト人の侵入を防ぐために封鎖されていた。誰かが防壁のしっくいに落書きをしていた。『ここで行き止まり!』まるで洞穴に入ったようだった。われわれ三十人の小部隊が槍をまとめて地面に置くと、アーチ型の天井に音が響き渡ったが、それでもだれも出てこない。脇に扉があって、われわれの番号が記されていたので、中に入ってみると、料理人が眠りこけていた。食事を作るよう命令し、わたしはひとり、防壁の上にのぼって、ピクト人の土地を見渡した。レンガでふさがれたトンネルに、『ここで行き止まり!』と書かれたトンネルに衝撃を受けていたんだ。まだほんの若造だったからな」

「ひどいわ!」ユーナが叫んだ。「でも、そのあとはうまくいったの? その――」

ダンがひじでつついて黙らせた。

「まさか」パルネシウスは言った。「これから自分が指揮することになる部隊の兵士たちが、かぶともかぶらず、鶏を抱えて闘鶏からもどってきたんだ。あげくにおまえはだれだとぬかした。うまくなんかいくはずがない。もちろんやつらにも思い知らせてはやったが……母への手紙には、うまくやっていると書いたさ。だが、ああ」パルネシウスは、ひざの上に両手を伸ばした。「たとえにっくき敵にすら、あの防壁で過ごした最初の数ヶ月に値する苦しみを与えたいとは思わない。いいか、将校たちの中で、わたしを除いてひとりも、そう、ただのひとりも、不正や愚行と縁のない者はいなかったのだ（わたしもマクシムス将軍に見限られたと思っていたが）。人を殺したか、金を盗んだか、執政官を侮辱したか、神を冒瀆したか。そして、不名誉や恐れから逃れるため、この辺境の防壁にやってきたのだ。兵士たちも、将校と大して変わらなかった。防壁にはあらゆる人種や育ちの者がいた。同じ言語をしゃべり、同じ神を信仰する兵のいる塔が二つあることはない。ただひとつだけ、みな同じことがあった。防壁にくるまえにどんな武器を使っていようと、ここでは全員がスキタイ人のように弓を使う。ピクト人は矢に背を向けたり、這いつくばってよけることはしない。自分も射手だからだ。逃げるようなまねはできないことがわかっているのだ！」

「いつもピクト人と戦っていたの？」ダンがきいた。

「ピクト人はめったに襲ってこなかった。半年のあいだ、ピクトの戦士は一度も見なかったくらいだ。みな北へ行ってしまったと、文明を知ったピクト人は言っていた」

「文明を知ったピクト人って？」ダンがきいた。

「われわれの言葉を片言で話し、防壁を越えてポニーや猟犬を売りにくるピクト人たちのことだ。馬や犬、そして友人がいなければ、人間は生きることはできない。神はわたしにその三つをお与えくださった。友情ほどすばらしい贈り物はない」そしてパルネシウスはダンのほうをむいて言った。「大きくなったら、思い出してほしい。運命は、最初にできた真の友人で変わる」

パックはにやっと笑った。「パルネシウスが言いたいのは、若いときに立派な人間になろうと努力すれば、大人になったときに立派な友人ができるってことさ。嫌な人間には、嫌な友人しかできない。パルネシウス先生によるためになる教えをよく覚えておくんだな」

「先生などではない。だが、善いということがどういうことかはわかっている。彼には希望はなかったかもしれないが、わたしなどより一万倍もすばらしい男だった。おい、笑うな、フォーン！」

「永遠の青春時代とすべてを信じる心は尊い！」パックは枝をゆらゆらと揺らした。

「パルティナックスのことを話してあげなよ」

「彼はまさに、神が与えし友人だった。防壁に着いたときに、最初に話しかけてきた若者だよ。わたしより少し年上で、となりの塔でアウグスタ・ウィクトーリアの部隊とヌミディア人の指揮を取っていた。わたしなどよりはるかに優れた男だったんだ」

「じゃあ、どうしてその人は防壁にいたの？」ユーナはすかさずきいた。「防壁にくる人はみんな悪い人だったんでしょ？　さっきそう言ってたわ」

「パルティナックスの父親は早く亡くなって、おじはゴールの資産家だったんだが、彼の母親につらく当たっていたらしい。パルティナックスが大きくなってそれに気づいたのを知ると、おじは彼をだまして無理やり辺境の防壁へ送ってしまったんだ。わたしと彼は、神殿の儀式で知り合いになった。ほら、暗がりの中で雄牛のいけにえを捧げているときだ」パルネシウスはパックに向かって説明した。

「ああ、なるほど」パックは言って、子どもたちのほうを向いた。「きみたちにはわかりにくいかもしれないね。パルネシウスは教会でパルティナックスに出会ったってことさ」

「そうだ。ミトラ[13]の儀式をする洞穴でばったり会い、ともにグリュプスの等級にあ

13　太陽神ミトラを主神とする宗教でペルシアを起源とするが定かではない。現在ではローマ帝国で広く信仰されていたと考えられている

がった」パルネシウスは片手を一瞬、首のほうへ持ちあげるしぐさをした。「パルティナックスは防壁に来て二年たっていたから、ピクト人のことをよく知っていた。それでまず、ヒースにいく方法を教えてくれたんだ」

「何のこと？」ダンがきいた。

「文明を知ったピクト人と彼らの土地へ狩りにいくことだよ。ピクト人の客人であるかぎり、危険な目にはあわない。そのときは必ず目に付くところに一本、ヒースの小枝をつける。ひとりで行けば、まちがいなく殺される。それもその前に湿地にはまらなければの話だ。湿地は暗く、沼がどこにあるのかもわからないから、ピクト人にしか抜けられないんだ。アロは特別な友人だった。片目の年寄りのピクト人で、われわれはいつも彼からポニーを買っていた。はじめは、ただ忌まわしい町を離れてふたりで故郷のことを語り合いたくて、出かけていたのだが、そのうちアロに、狼やユダヤの燭台のようにいくつも枝わかれした角を持つ赤鹿の狩り方を教えてもらうようになった。ローマ生まれの将校たちは、そんなわれわれをばかにしていたが、こっちにしてみればやつらの遊びよりよほど面白かった」パルネシウスはダンのほうを向いた。

「いいかい、男の子なんてものは馬にまたがってるか鹿を追いかけていれば、悪の道に引きこまれることなどないのさ」それからパックのほうを向いた。「そうだ、覚えているか、フォーン、わたしが造って森の牧神《パン》に捧げた小さな祭壇を？　小川の向こうの松の森の近くにあった？」

「どっちだい？　岩でできたやつかい？　クセノフォン[14]の詩が刻まれた？」パックがそれまでにきいたことのない声で言った。

「ちがう。わたしがクセノフォンなど知っているはずがないだろ？　それはパルティナックスが最初の山ウサギを矢でしとめたあとに造った祭壇だ。あれはまぐれあたりだったけどな！　わたしのは、初めて熊をしとめた記念のやつだ。丸石で丸一日かけて造ったっけな。楽しかった」パルネシウスはぱっと子どもたちのほうへ向き直った。

「そんなふうにして、防壁で二年を過ごしたんだ。たまにピクト人との小競り合いがあったほかは、アロとピクト人の土地で狩りばかりしていた。アロはわれわれのことを自分の息子のように扱ってくれるようになって、われわれもアロや彼の部族と親しくなった。といっても、体に色を塗るのだけは断った。あの模様は死ぬまで消えない

14　ソクラテスの弟子で、軍人・著述家

んだ」

「どうやるの？　刺青《いれずみ》みたいなもの？」ダンがきいた。

「肌を刺して血を出し、そこに色のついた汁をすりこむんだ。アロは額から足首まで青や緑や赤の模様を入れていた。信仰のひとつの形だそうだ。われわれはアロにピクト人の宗教について教わった（パルティナックスは常にそうしたことに興味を持っていた）。そのうち、われわれの理解が深まると、アロはブリテンでどんなことが起こっているか話してくれるようになった。そのころ、われわれの知らないところでいろいろなことが起こっていたんだ」そしてパルネシウスは真剣な声で言った。「太陽の光にかけて、小さな人々が知らないことなど、ほとんどなかった！　アロは、マクシムスがブリテンの皇帝になったあと、いつゴールに渡ったかということから、連れて行った軍隊や移民のことまで、すべて話してくれた。防壁にその知らせが届いたのは、それから十五日後だった。アロは、ゴールを征服するのにマクシムスが毎月のように連れていった部隊の名前を教えてくれたんだが、ちがっていたことは一度もなかった。すごいだろう！　ほかにもふしぎな話があるんだ！」

パルネシウスはひざの上で手を組み、背中にしょった盾の縁に頭をもたせかけた。

「夏が終わり、最初の霜が降りてピクトたちが蜜蜂殺しを始めたころ、われわれは三人で新しい猟犬を連れ、狼狩りに出かけた。ルティリアヌス将軍から十日の休暇の許可がおりたのだ。われわれは第二の壁を越え、ヴァレンシアの属州のさらに先の丘陵地帯まで馬を進めた。そのあたりまでいくと、ローマがかつて建設した町の跡すらない。昼前に雌の狼を一匹しとめ、アロが皮をはぐのを見ていた。と、アロが顔をあげて言った。『防壁の指揮官になったら、もうこんなことはできないぞ！』

いっそ南ゴールの長官にでもなったほうがましだと思っていたので、わたしは笑いながら答えた。『まあ、指揮官になるのを楽しみに待っていてくれ』『いや、待たん。言うことをきいて、すぐに帰れ――ふたりともな』パルティナックスが答えた。『おれたちには帰るところなどない。それはおまえもよく知っているだろう。おれたちに未来はない。運に見はなされたんだ。希望を持たぬ者でなければ、お前の売ったポニーに乗ったりするものか』アロは、ピクト人特有の、霜の降りた夜に鳴く狐のような声で短く笑った。『わしはおまえたちを気に入っている。それに、ささやかながら狩りのことも教えた。わしの言うことをきいて、故郷へ帰るんだ』

『無理だ』わたしは答えた。『ひとつには、わたしは将軍に嫌われているし、パルティナックスにはおじの問題がある』

『パルティナックスのおじのことは知らん。だが、パルネシウス、おまえの問題に関して言えば、将軍はおまえのことを気に入っている』

『ディアの女神よ！』パルティナックスは起きあがった。『いったいどうしておまえのような年寄りの馬商人に、マクシムスの考えていることがわかるのだ？』

そのとき（食べているときは、獣が近寄ってきても気づかないものなんだ）、うしろから大きな雄の狼が躍り出てきた。猟犬たちはいっせいにやつを追いはじめ、われわれもすぐさまそれに続いた。気がつくと、名をきいたことのある土地をはるかに過ぎ、矢のように夕日に向かって走っていく狼を追って、岬まできていた。長く伸びた岬の先で浪がうねりをあげ、下を見ると、灰色の砂浜に船が引きあげられている。数えると、四十七隻。ローマのガレー船ではない。カラスの翼のような帆をかかげた船だ。船の上で男たちが動き回り、夕日がかぶとにあたって輝いている。ローマの支配が及んでいない北からやってきた、翼のかぶとをかぶり赤い髪をした蛮族どもだ。われわれはやつらのようすをうかがい、数を数え、目を見張った。ピクト人が〈翼のかぶと〉と呼んでいる部族のうわさは耳にしていたが、実際に見るのは初めてだった。

『離れろ！　こっちだ！』アロが叫んだ。『ここでは、ヒースの枝の印は通じない。殺されるぞ！』アロの足は、声と同じくらい震えていた。われわれは引き返し、月の下、ヒースの荒野を明け方近くまで進んだ。かわいそうにポニーも犬たちも廃墟の上にへたりこんでしまった。

目が覚めると、体が冷え切ってすっかりこわばっていた。アロがひき割りの小麦粉と水を混ぜている。ピクトの土地では、村の近くでないかぎり火はたかない。小さな人々は常に煙で合図を送りあっていたから、見慣れない煙を見れば蜜蜂のように群がってくる。おまけに彼らには毒針もあるのだ！

『昨日の夜見たのは、交易港だ。ただの交易港にすぎない』アロが言った。

『腹が減っているときに、ウソはききたくない』パルティナックスが言った（彼は鷲のような鋭い目をしていた）。『なら、あれも交易所か？』そして、遠くに見える丘の頂上からあがる煙を指さした。われわれが、ピクトの信号と呼んでいる合図だ。ポッと一回煙があがり、次が二回。それから二回あがって、一回。濡れた皮を火にかぶせたり外したりすることで信号を送るのだ。

『ちがう』アロは言って、皿を袋にもどした。『あれは、わしとおまえたちへの合図だ。おまえたちの運命は決まった。来い』

わたしたちはアロについていった。ヒースを行くときは、ピクトの言うことに従わなければならない。だが、煙のあがっているのははるか先の東の海岸で、二十マイルは離れていたし、おまけにその日は風呂場にいるように暑かった。

ポニーたちが鼻を鳴らしながら歩いていると、アロが言った。『何があっても、わしのことを忘れないでほしい』

『忘れるわけないだろう。朝食を食わせると見せかけて食わせなかったんだから』パルティナックスが言った。

『ひき割りの麦などローマ人の口には合わないだろう』アロは言って、笑いにならない笑いを浮かべた。『もしおまえが、ひきうすでひかれようとしている麦だとしたらどうする？』

『おれは謎解きは苦手なんだ』

『おまえは愚か者だ。おまえたちの神とわれわれの神は、見知らぬ神に脅かされているのだぞ。なのに、笑うことしかできないのか』

『脅かされる立場の者が、結局長生きする』わたしは言った。

『そうであることを祈ろう。だが、もう一度言っておく。わしのことを忘れるな』

暑いなか、最後の丘にのぼると、東の海が三、四マイル沖まで見渡せた。北ゴールの様式の小さなガレー船が錨をおろしている。岸に板が渡され、帆は半分巻きあげられていた。下を見ると、くぼ地にぽつんと、ポニーを連れたマクシムスが――ブリテンの皇帝が、すわっているではないか。狩人のような格好をして、小さな杖にもたれていたが、あの後姿は見まがいようもない。わたしは、パルティナックスにそう言った。

『おまえはアロ以上の大ばか者だな！　暑さのせいでおかしくなったんだ！』

マクシムスは、われわれが目の前に立つまでじっと待っていた。それから、わたしを頭の先から足の先までじろじろ見て言った。『また腹が減っているのか？　会うたびにおまえに食事をさせるのが、定めのようだな。ちょうどここに食料がある。アロに料理してもらおう』

『いや。族長たる者、自分の土地では迷いこんだ皇帝には仕えん。わが息子に食べさせるのに、いちいち許可を請う必要もない』アロはそう言って、火を熾《おこ》しはじめた。

『おれはまちがっていた』パルティナックスが言った。『おかしくなったのは、おまえだけじゃない。ここにいる全員がどうかしている。何か言ってください、皇帝と呼ばれるお方！』

マクシムスは、唇を結んだまま、あのぞくっとさせるような笑みを浮かべた。だが、二年間防壁で過ごした者は、それくらいで動じはしない。わたしはもう、こわいとは思わなかった。

『パルネシウス、おまえが防壁の百人隊長として生き、そのまま死ぬだろうと言ったとき、わしは本気だった』マクシムスはそう言って、胸元をさぐった。『だが、どうやらこれを見ると、おまえは絵が描けるうえに、考えることもできるらしい』そして、引っ張り出したのは、わたしが家族に送った手紙の束だった。手紙には、ピクト人や熊や防壁で出会った人々の絵が描いてあった。母と妹はむかしからわたしの絵が好きだったのだ。

そのなかから、マクシムスは『マクシムスの兵士たち』と題された絵を差し出した。そこには、ワインではちきれんばかりになった皮袋がずらりと並び、ハノの病院の医者がそのにおいをかいでいる絵が描かれていた。マクシムスは、ゴールを制するために次々ブリテンの軍隊を連れていったが、そのたびに、駐屯地にワインを送ってきていた。兵士たちをおとなしくさせておくためだろう。だから防壁では、ワインの皮袋のことを『マクシムス』と呼んでいた。ああ、そうだ、わたしは袋に帝国のかぶとまでかぶせていたのだ。

『つい最近までは、これより些細な冗談でも、皇帝に報告がきていた』マクシムスは言った。

『そうでしょうね、皇帝殿』パルティナックスが言った。『しかし、それは、あなたの友人の友人であるおれが優れた槍投げになるまえの話だ。お忘れか?』

実際、パルティナックスはマクシムスに槍先を向けてこそいなかったが、重さをはかるように槍を手の上で揺らしていた、こんなふうにな!

『わしはむかしの話をしているのだ』マクシムスは、まぶたをぴくりともさせずに言った。『このごろでは、これほどうれしいことはない。自分の頭で考えられる若者に出会うとな。その友人もしかりだ』そしてパルティナックスのほうへあごをしゃくった。『パルネシウス、おまえの父親がこの手紙を貸してくれたのだ。従っておまえに危険が及ぶことはない』

『ああ、どんな危険もな』パルティナックスは言って、袖で槍先をぬぐった。

「ゴールを攻めるために、やむなくブリテンの駐屯地の兵士を減らしてきたが、ついに、この防壁の部隊も連れていかねばならなくなった』

『そりゃ、お気の毒に。われわれは帝国のくずだ。希望などない。おれなら、むしろ死刑囚のほうを信頼しますがね』

『ほう、そうか？』マクシムスは真剣そのものだった。『だが、それもゴールを勝ち取るまでだ。人は常に命を、魂を、平和を、そう、何かを賭けなければならない』するとと、アロがじゅうじゅう音を立てている鹿の肉を持って、たき火の向こうからこちらへまわってきた。そしてまず、わたしたちふたりに渡した。

『ほう！』マクシムスは自分の番を待った。『パルネシウス、ここではおまえはよそ者ではないらしい。まあ、当然だろう。ピクト人の中には、おまえを支持する者がかなりいるらしいからな』

『わたしは彼らと狩りをしているだけです。たしかに何人か友人はいると思いますが』わたしは答えた。

アロが言った。『あなた方、鎧を着た兵士たちのなかで、われわれのことを本当に理解しているのは彼だけだ』そして、わたしとパルティナックスの美徳とやらを次々

並べ始めた。一年前、彼の孫を狼から救ったときの話やらなにやらな
「本当に助けてあげたの？」ユーナはきいた。

「ああ。だが、たいしたことではない。なのに、あの緑色の小男ときたら、まるで――そう、キケロのように熱っぽくとうとうと語り、さもわれわれがすばらしく立派な人物であるかのように持ちあげたんだ。マクシムスはそのあいだ一度もわれわれの顔から目をそらさずにきいていた。

『よくわかった』マクシムスは言った。『アロのおまえたちに対する考えはきいた。今度は、おまえたちのピクト人に対する考えをききたい』

わたしは、パルティナックスの助けを借りながら、知っているかぎりのことを話した。なにを望んでいるのかをきちんと理解しさえすれば、ピクト人は害のない部族だ。彼らの不満のいちばんの原因は、われわれがヒースの野を焼くことなのだ。防壁の駐屯地は年に二回、場所を移すが、そのとき北に十マイルほど、ヒースを燃やしていた。ルティリアヌス将軍はこれを土地の浄化と称していた。当然、そのたびにピクト人は逃げなければならない。われわれは、彼らの蜜蜂が夏のあいだ蜜を集める花を燃やし、羊たちが春に食《は》む草をだいなしにしているのだ。

『そうだ。その通りだ』アロはうなずいた。『あなた方に蜜蜂の花を焼かれて、どうやって神に捧げるヒース酒を造れというのだ?』

われわれは長いあいだ話し合った。マクシムスの鋭い質問をきいて、彼が本当にピクト人のことをよく理解し、よく考えていることがわかった。そして最後にマクシムスはわたしに向かって言った。『もしおまえにヴァレンシアのかつての属州をやったら、わしがゴールを手に入れるまで、ピクトたちの不満を抑えておくことはできるか? 向こうをむいて立て。アロの顔を見るな。自分の考えを言え』

『無理です』わたしは答えた。『ヴァレンシアを再び属州にすることはできません。ピクト人たちはずっと自由にやってきたのですから』

『今までどおり村の集会を開き、自前の軍隊を持つことも許可してやればいい。そうすれば、あとは軽く手綱を握っていればいいはずだ』

『それでも無理です。少なくとも今はだめでしょう。何年ものあいだ、虐げられてきたので、ローマと名のつくものは信用しないと思います』

うしろでアロがつぶやくのがきこえた。『よく言ってくれた!』

『なら、どんな方法がいいと思うのだ? わしがゴールを制するまで、北をおとなしくさせておく方法はないのか?』

『ピクト人たちを放っておくのです。今すぐピースを燃やすのをやめ、時折、船一隻分か二隻分ほどの麦を送ってやるといいでしょう。彼らは食糧を蓄えるということをしませんから』

『そして彼ら自身に分配させる。ギリシャ人の会計係どもが不正をしないように』パルティナックスが言った。

『そうです。そして、病気のときは、われわれの病院で治療してやることです』わたしは言った。

『それくらいなら、彼らは死を選ぶだろう』マクシムスが言った。

『パルネシウスがいっしょにきてくれれば、そんなことはない』アロが言った。『ここから二十マイル以内に、狼に嚙まれた者や熊の爪にやられた者が二十人はいる。だが、病院でもパルネシウスにいっしょにいてもらわねばならない。でないと、恐怖でおかしくなってしまう』

『よくわかった』マクシムスは言った。『結局はこの世すべてがそうだが、これは男がひとりで果たすべき仕事だ。そして、おまえがそのひとりだ』

『パルティナックスとわたしで、ひとりです』わたしは答えた。

『好きなようにするがよい。任務さえ果たせばな。さあ、アロ。これでわしがおまえたちに害を及ぼす気がないことがわかっただろう。われわれだけで話させてくれ』

『断る！　わしは石臼のあいだにはさまれた麦だ。下の石がなにをするつもりなのか、知る必要がある。息子たちは、知っているかぎり本当のことを言った。今度はわしが、族長として、残りを話す。わしが心配しているのは、北の者たちのことなのだ』アロはアナウサギのようにヒースの中にしゃがみこむと、肩越しに北のほうを振り返った。

『わしもだ』マクシムスは答えた。『だからこうしてここにきたのだ』

『いいか。今からずっとむかし、翼のかぶと（北の蛮族のことだ）がわれわれの海岸にきて言った。「ローマは落ちる！　やつらを倒せ！」われわれはあなた方と戦った。あなた方は兵士を送ってきて、われわれは負けた。そのあと、われわれは翼のかぶとに言った。「うそつきめ！　ローマに殺された仲間を生き返らせろ。そうすれば信じてやる」彼らは恥じて去っていった。だが、今再び、やつらはやってきて、あつかましくも同じ話をしている。そしてわれわれもまた、信じはじめている。ローマは落ちると！』

『あと三年くれ！　防壁の平和を！』マクシムスは叫んだ。『そうすれば、おまえたちとあのカラスどもに、やつらがうそつきだということを見せてやる！』

『わしとて、それを望んでいるのだ！　石臼から逃れた麦を救いたいのだ。だが、あなた方はわれわれが溝に少しばかりの鉄を借りにいけば矢を射かけ、われわれにとって穀物同然であるヒースを焼き、巨大な投石器で撃ってくる。そうかと思えば、防壁のうしろに隠れて、ギリシャの炎[15]で火を放つ。それでどうやって若い者たちに翼のかぶとの話に耳を傾けるなと言える？　特に冬の飢えている時期に？　若者たちは言うだろう。「ローマはもはや戦うことも治めることもできない。ブリテンから兵を引きあげているじゃないか。翼のかぶとの力を借りれば、防壁を崩すことができる。彼らに湿地《マーシュ》を抜ける秘密の道を教えよう」わしがそうなることを望んでいると？　ありえん！』アロは蝮《まむし》のようにツバを飛ばして叫んだ。『わしは、たとえ生きたまま焼かれようと部族の秘密は守る。わが息子たちが言ったことは本当だ。われわれピクト人を放っておいてくれ。われわれを安心させ、不安を取り除き、養ってくれ。遠くから

15　七世紀、ギリシャ人がアラブとの戦いに使ったと言われる火器

こっそりとな。パルネシウスはわれわれのことをよくわかってくれている。彼に防壁を任せてくれ。そうすれば、若い者たちを抑えておく』アロは指を折りながら言った。『一年は楽にやれる。二年目はそう簡単にはいかないが、できる。三年目もおそらくは！　よし、三年待とう。そのときまでに、ローマの兵士は強く、ローマの武器はおそろしいということを証明できなければ、翼のかぶとたちは左右両方の海から押し寄せ、防壁を倒し、あなた方を追い出すだろう。それはそれで仕方がないが、部族がほかの部族に手を貸せば必ず代償を支払うことになる。結局はわれわれピクト人もこの地を離れることになるだろう。翼のかぶとはわれわれを麦のようにすりつぶすにちがいない。粉々になるまで！』アロは砂をひとつかみ、投げた。

『女神ディアよ！』マクシムスは叫ぶように言った。『すべてはひとりの男にかかっているのだ。どの時代でも、どの国でも！』

『そしてひとりの男の命にかかっている』アロが言った。『あなたは皇帝かもしれんが、神ならぬ身だ。いつかは死ぬ』

『それはわかっている。よし、これで決まりだ。この風が続けば、明日の朝には防壁の東端につける。明日、視察のときに再び会おう。そのときに、おまえたちふたりを防壁の指揮官に任命する。この任務を果たすためにな』

『お待ちください』パルティナックスが言った。『全員が代価を手に入れました。しかし、わたしはまだ頂いていません』

『もう取引をしようというのか？ 言ってみろ』マクシムスは言った。

『おじのイセヌスに正しい裁きを。ゴールのディビオで官吏をしているのです』

『命だけか。てっきり金か地位かと思ったが。いいだろう。約束する。この書字板にそいつの名前を書いておけ。赤い側にな。反対側は生かしておく者の名を記す場所だ！』そして、マクシムスは書字板を差し出した。

『おじが死んでしまっては役に立ちません。母は父に先立たれ、わたしも遠方にいる身です。おじが母に定められた相続分をすべて払うようにしていただきたいのです』

『お安い御用だ。わしの力もその程度には及ぶ。そのうちおまえのおじの帳簿を調べてやる。さあ、明日までしばしの別れだ、防壁の指揮官たちよ！』

マクシムスはヒースの野を船へ向かって歩きはじめた。われわれは小さくなっていく後姿を見送った。その両側の岩陰には大勢のピクト人たちがひそんでいたが、マクシムスはまっすぐ前を向いたまま一度も左右を見なかった。やがて彼の船は、夕方の風を帆いっぱいに受けて、南へ向かって去っていった。船が沖に消えるのをわれわれは黙って見ていた。ああ、あのような男はめったにいない。

ほどなくアロがポニーを連れてきた。アロは、われわれが乗るまでポニーを押さえていた。こんなことは初めてだった。

『ちょっと待っていてくれ』パルティナックスは言うと、切り取った芝土で小さな祭壇を作り、ヒースの花を散らして、その上にゴールの女性からの手紙を置いた。

『なにをするんだい？』わたしはきいた。

『青春の終わりにいけにえを捧げるのさ』そして炎が手紙を焼きつくすと、かかとで踏みつけた。こうして、われわれは防壁へもどっていった。これから指揮をとることになる防壁に」

パルネシウスは口をつぐんだ。子どもたちも、もう終わりかともきかずにじっと座っていた。するとパックが手招きして、森から出る道を指さした。「ごめん。だけど、もう帰ったほうがいい」パックはささやいた。

「怒らせちゃったんじゃないわよね？　なんだかとても遠くを見ているような感じ。なにか考えているような」

「まさか。怒らせてなんかいないよ。明日までお待ち。すぐさ。いいかい、きみたちは古代ローマの物語詩を演じていた。そういうことにするんだよ」

オークとトネリコとサンザシの生えている穴をくぐり抜けると、もはやふたりが覚えているのはそのことだけだった。

ミトラの神へささげる歌

ミトラ、朝の神よ、ラッパの音で防壁は目覚める！
「ローマはあらゆる国の上に立ち、神よ、あなたはすべての上に立つ！」
そして点呼が行われ、兵士たちは持ち場へ向かう
ミトラ、兵士でもあるミトラよ、今日一日、われらに力をあたえたまえ！

ミトラ、真昼の神よ、ヒースも揺らめく暑さのなか
かぶとが額を焦がし、サンダルが足を焼く
われわれの気が緩み、目をしばたたかせまどろむまえに
ミトラ、兵士ミトラよ、われらに務めを果たさせたまえ！

ミトラ、夕暮れの神よ、西の大海原へ日が沈む
だが決して死ぬことはなく、再びのぼってくる
見張りは終わった、ワインを抜こう
ミトラ、兵士ミトラよ、夜明けまでこの穢れなき身を守りたまえ！

ミトラ、真夜中の神よ、ここは大きな雄牛をほふる場所
闇にたたずむあなたの子どもに目を向け、生贄《いけにえ》を取りたまえ！
あなたは多くの道を作った、そのすべてが光へつながる
ミトラ、兵士ミトラよ、正しき死を教えたまえ！

次の日の午後は偶然、〈なんでもし放題の日〉になった。おとうさんとおかあさんはよその家に招待され、ブレイク先生は自転車に乗って出かけていった。そんなわけで、ダンとユーナは八時までふたりきりですごすことになったのだ。

大好きな両親と先生を行儀よく見送ると、ふたりは園丁からラズベリーがいっぱいのったキャベツの葉をもらい、使用人のエレンもそんな〈なんでもし放題の日〉にぴったりのおやつを用意してくれた。ラズベリーをつぶれないように食べてしまうと、キャベツの葉を三頭の牝牛たちに分けてやろうと〈劇場〉に向かった。ところが、途中で死んだハリネズミを見つけたので、結局その葉に包んで埋めてやった。

それからフォージへいくと、ホブデンじいさんは息子と家にいた。ホブデンさんの息子は蜜蜂の世話をしていて、頭はちょっと弱いけれど、素手で蜜蜂をたくさん捕えることができた。その子がふたりにアシナシトカゲの歌を教えてくれた。

もしもわたしに目があれば
人間なんかにゃ手は出さぬ

それからみんなで蜜蜂の巣のそばでお茶にした。ホブデンさんは、エレンがくれたパウンドケーキは、むかし奥さんがよく焼いていたものと同じくらいおいしいと言った。お茶が終わると、二人はアナウサギをとるわなの仕掛け方を教えてもらった。ふつうの兎のとり方はもうちゃんと知っていた。

それからロングディッチをあがって、ファーウッドの森の南のはずれまできた。こちら側は、ウォラテッラエがある側より寂しくて暗い。泥灰地のくぼみに黒い水が溜まっていて、柳やハンノキの切り株からもじゃもじゃしたコケが垂れ下がっている。枯れ枝には小鳥たちがたくさんきていた。ホブデンじいさんが、苦い柳の汁は病気の動物たちの薬になるのだと教えてくれた。

二人はブナの低木の陰に倒れているオークの幹に腰を下ろすと、ホブデンさんがくれた針金で輪を作りはじめた。すると、パルネシウスが現われた。

「いつの間にきたの！」ユーナは言って、横にずれて座る場所を空けた。「パックは？」

「きみたちにこのあいだの話をぜんぶ話すか、あのまま話さずにおくかで、フォーンと口論になったのだ」パルネシウスは言った。

「ありのままに話しても、きみたちには分からないって言っただけさ」パックが丸太の後ろからリスみたいにぴょんと飛び出してきた。

「ぜんぶはわからないけど、ピクト人の話をきくのは面白いわ」ユーナは言った。

「ぼくがわからないのは、マクシムスはゴールにいたのにどうしてピクト人たちのことをあんなによく知っていたかってこと」ダンは言った。

「皇帝にならんとする者はどこにいようと、あらゆる場所の、あらゆることを知っていなければならない。マクシムスの口から、試合のあと直接きかされたよ」

「試合？　なんの試合ですか？」ダンはきいた。

パルネシウスは腕を伸ばすと、親指を下に向けた。「試合といえば剣闘士さ！　マクシムスはなんの予告もなく防壁の東端のセゲドゥヌムに到着した。それで、彼を歓迎するために、急遽、剣闘士の試合が行われることになったんだ。そうだ、われわれが彼に会った次の日から、二日間だ。だが、もっとも危険な目にあったのは、砂の上で戦った剣闘士たちより、マクシムスだったと思う。そのむかし、軍団《レギオン》は皇帝の前では黙していたものだが、われわれはそうではなかった！　彼の乗った輿《こし》が防壁に沿って大きく揺れながら群衆の中をかきわけるように運ばれてくると、それといっしょにどよめきが西へ駆け抜けた。兵士たちはマクシムスに駆け寄り、いっせいにどなったり、おどけたしぐさをして、給料を要求し、軍舎を変えろと言い、とにかく頭に浮かんだことを片っ端からわめきちらした。マクシムスの輿は、荒波にもまれる小舟のように傾いたり沈んだりしたが、もうだめだと思って目をつぶると、次には必ず浮上していた」パルネシウスはブルッと震えた。

「みんな、マクシムスに怒ってたんですか？」ダンがきいた。

「おりの中に入れられた狼たちのあいだを、調教師が歩き回っているようなものさ。万が一背中を見せれば、いや、一瞬でも相手から目を離せば、その瞬間に防壁で新しい皇帝が生まれていただろう。そうだろ、フォーン？」

「ああ、そうだ。いつの時代だってそういうものさ」パックは答えた。

「その日の夜遅く、マクシムスの使いの者が呼びにきて、われわれふたりは勝利の神殿に急いだ。マクシムスは防壁の将軍であるルティリアヌスとそこに泊まっていた。将軍に会うのは初めてといってもいいくらいだったが、ヒースに行くのに休暇を願い出ると、いつも許可してくれていた。かなりの大食漢でな、アジア人のコックを五人雇い、神託を信じる一族の出だった。中に入っていくと、夕食のおいしそうなにおいが漂っていたが、食卓の上は空っぽで、ルティリアヌスは長いすの上でいびきをかいていた。マクシムスはというと、離れたところに、長い巻物に囲まれて座っていた。ドアが閉められた。

『このふたりがおまえの部下だ』マクシムスは将軍に向かって言った。ルティリアヌスは痛風のせいで関節の腫れた指で目の端をくいっと持ちあげると、魚のような目でじっとわれわれを見つめた。

『覚えたと思います』ルティリアヌスは言った。

『よし。いいか、よくきけ！　このふたりの意見をきかずに、防壁の兵士一人、盾ひとつ動かすな。彼らの許可なしには、食うこと以外何もするな。ふたりは頭であり腕だ。おまえは腹だけあればいい』

『皇帝のお言葉のままに』老将軍はぼそりと言った。『給料と儲けさえ減らなければ、わがご先祖の神託者を主《あるじ》にしてもかまいません。ローマは過去のものとなった！ローマは衰退の一途だ！』そしてくるりと寝返りを打って眠ってしまった。

『理解したようだな。さあ、では必要なものを頂くか』

マクシムスは兵士の番号を記した巻物から、防壁の供給物資の目録や、その日ハノの病院にいた病人の名簿にいたるまで、すべての巻物を広げた。ああ、わたしは思わずうめいた。マクシムスはわれわれのなかでもいちばんいい部隊――つまり、いちばんましな部隊ということだが――に次々印をつけていったのだ。スキタイ人の兵士を二塔分、北ブリテンの補助部隊を二隊、ヌミディア人の部隊も二隊、ダキア人を全員、ベルギー人を半分。屍肉《しにく》をあさる鷲同然だ。

『さて、投石器は何台持っている？』マクシムスは新しい目録を開いたが、パルティナックスがその上に広げた手を置いた。

『だめです。神をも恐れぬ行為はおやめください。兵士を取るか、兵器を取るか。両方持っていくのはあまりです。そうでなければ、この話はお断りします』」

「兵器？」ユーナがききかえした。

「防壁の投石器のことさ。高さが四十フィートある巨大なものだ。岩や鉄釘を網にくるんで飛ばすんだ。あれには、どんなものもかなわない。結局、投石器は残したが、マクシムスは無慈悲にもわれわれの兵士の半分を連れていくことにした。目録を巻いてしまったときには、こちらは抜け殻のようになっていた！

『皇帝ばんざい！　われわれ死にいく者から敬意を！』パルティナックスは笑いながら言った。『今なら敵が防壁に寄りかかっただけで倒れるでしょう』

『アロが言っていた三年だけくれ』それがマクシムスの答えだった。『そのあとは、二万人の兵士を好きなように選ばせてやる。だが、今は賭けに出る——神々に対する賭けだ。賞金はブリテンとゴール、うまくいけばローマもだ。わしの側につくか？』

『ええ、あなたに賭けます』わたしは答えた。こんな男に会ったことはなかったのだ。

『よし。では明日、兵士たちのまえでおまえたちを防壁の指揮官に任命しよう』

月明かりの照らす表へ出ると、試合のあとの掃除が行われていた。塀の上の大いるディアの女神の像を仰ぎ見ると、そのかぶとには霜が降り、槍はまっすぐ北極星をさしていた。点々と並ぶ見張りの塔でちらちらと火が燃え、ずらりと並んだ投石器の黒い影が遠くへいくほど小さくなっていく。うんざりするほど見慣れたものばかりのはずだったが、今夜は初めて見るような気がした。明日から、自分たちがここの主君になるとわかっていたからだ。

兵士たちは、知らせを好意的に受け止めた。しかし、マクシムスが兵力の半分を持ち去ってしまうと、残った兵士を分け、空になった塔を埋めなければならなかった。町の者たちは商売あがったりだと文句を言い、やがて秋の強い風が吹きはじめると、われわれ二人にとっては暗い日々が続いた。パルティナックスは、わたしの右腕以上の存在になった。ゴールの地主の家に生まれ育ったため、パルティナックスはローマ生まれの百人隊長から第三部隊の野良犬――つまりリビア人に至るまで、あらゆる者に対する物言いを心得ていた。一人一人に対し、相手が自分と同じ高い志を持った人物であるかのように話すのだ。わたしは、やらなければならないことばかりに気を取られ、それをやり遂げるには人の協力が欠かせないということを忘れていた。それは大きなまちがいだった。

少なくともその年は、ピクト人から攻撃を受ける心配はなかったが、翼のかぶとたちが海から防壁の両端を攻めようとしていると、アロが情報をくれた。ピクト人にローマの弱さを見せつけるつもりなのだ。それをきいてわたしはすぐに準備にとりかかった。早すぎるということはない。まず優れた兵士を壁の両端に送り、海岸に投石器を配し、覆いをかけた。おそらく翼のかぶとたちは雪が降り出す前に襲ってくるだろう。一度に十隻から二十隻、風向きによって東のセゲドゥヌムか西のイトゥナに上陸するはずだ。

船は陸につけるとき、帆を巻きあげなければならない。船乗りたちが帆の下に集まってくるのを待って、たるんだ帆に投石器で網に包んだ石を打ち込む(釘では布を引き裂くだけだ)。そうすれば船はひっくり返り、あとは海がすべて片づけてくれる。岸にあがってくる者もいるかもしれないが、たいした数ではない。砂と雪の吹き荒れる海岸で待ち伏せすることをのぞけば、それほど難しい作戦ではなかった。事実、その冬はこの方法で翼のかぶとたちを追い払った。

春になってすぐ、東風が皮をはぐナイフのように鋭く吹きつけはじめると、翼のかぶとは再びセゲドゥヌムの沖に集結した。正々堂々と戦って塔をひとつでも手に入れるまでは何度でもくるつもりだろうと、アロは言った。その言葉通り彼らは正面から攻めてきて、丸一日の戦いの末、われわれは完膚《かんぷ》なきまでにやつらを叩きのめした。すべてが終わったとき、沈みかけた船から男が一人海に飛び込み、岸に向かって泳いできた。待ち構えていると、波に運ばれてわたしの足元に打ち上げられた。

ところが、かがんでよく見ると、男はわたしと同じ印をつけていた」パルネシウスは手を首のほうへ持ちあげるしぐさをした。「それで、男が口がきけるようになると、ある特別な質問をしてみた。すると、男は決められた言葉を使って答えたのだ。わが神ミトラのグリュプスの段階に属する言葉だった。わたしは男の上に盾をかかげ、立ちあがらせてやった。ごらんの通り、わたしは背が低いほうではないが、男はわたしより頭ひとつ分高かった。『わたしをどうするつもりだ?』男は言った。わたしは答えた。『兄弟よ、ここにとどまるなりいくなり好きなようにするがいい』

男は打ち寄せる波の向こうを見渡した。投石器の届かないところに一隻だけ、無傷の船が残っていた。わたしは投石器を止めるよう命じると、男は手を振って船を呼び寄せた。船はまるで主人のもとへ走ってくる猟犬のようにやってきた。そして岸から百歩ほどのところまできたとき、男はいきなり長い髪をはねのけ、海へ飛びこんだ。船は男を引きあげて、去っていった。ミトラを信仰する者はあらゆる人種にまたがることは知っていたので、このときのことも特に深く考えずに忘れてしまっていた。

一ヶ月後、アロが馬を連れてやってきた。ほら、フォーン、あのパンの神殿のそばだ。そして、わたしに珊瑚《さんご》をちりばめた大きな金の首飾りを渡した。

最初わたしは、町の商人からルティリアヌスにあてた賄賂《わいろ》だと思った。だが、アロは言った。『そうじゃない。これはアマルからの贈り物だ。おまえが浜辺で命を助けた翼のかぶとの男だ。おまえのことを、立派な男だと言っていた』

『それを言うならあの男もだ。喜んで贈り物を身につけると伝えておいてくれ』

『いや、やつはまだほんの若造だ。いいか、これからは、もののわかった者同士の話だ。おまえたちの皇帝はゴールで目覚しい成果をあげている。だから翼のかぶとたちもなんとか彼と近づきになりたいと思っている。だが、もっといいのは、その部下と近づきになることだ。おまえとパルティナックスを味方につければ、勝利を手にできると思っているようだ』アロは、片目のワタリガラスさながらにじっとわたしを見た。

『アロ、おまえは二つの石にはさまれた麦だ。等しくひいてもらうことで満足するのだな。あいだに手を入れようなどと、思わぬほうがいい』

『わしが?』アロはききかえした。『わしは、ローマも翼のかぶとも同じくらい憎んでいる。だが、翼のかぶとに、いつかおまえとパルティナックスが自分たちと手を組んでマクシムスに反旗を翻すと思わせておけば、おまえたちが決意を固めるまでは放っておいてくれるだろう。今、われわれに必要なのは時間だ。わしとおまえたち、そしてマクシムスに必要なのはな。わしに任せろ。翼のかぶとたちが喜ぶような返事を伝えるのだ。そうすれば、やつらはそれについてあれこれ話し合うにちがいない。われわれ蛮族はみな同じだ。ローマ人が何かひとこと言えば、そのことについて夜中まで議論する。そうだろう？』

『われわれに兵力はない。なら、言葉で戦うしかない』パルティナックスが言った。『この件はおれとアロに任せてくれ』

こうしてアロは翼のかぶとに、彼らが戦いを仕掛けてこないかぎり、こちらも戦いを仕掛けることはないという返事を伝えた。翼のかぶとは、（海で仲間を失うのにうんざりしていたこともあるだろうが）停戦に応じた。おそらくアロは、マクシムスがローマに反旗を翻したように、いつかわれわれがマクシムスに反旗を翻す可能性をほのめかしたのだろう。なにしろ彼は、うそをこよなく愛する馬商人なのだから。

実際、その年、翼のかぶとたちは、わたしがピクトのもとに送った穀物船を黙って通過させた。おかげでその冬、ピクト人にはじゅうぶん食料がいきわたり、わたしはほっと胸をなでおろした。彼らのことをある意味で養わなければならないわが子のように感じはじめていたのだと思う。防壁には二千人の兵士しかおらず、わたしはマクシムスに再三手紙を送って、元の北ブリテンの部隊を一隊だけでいいからもどしてくれと頼んだ――いや、懇願した。だが、マクシムスにその余裕はなかった。ゴールでさらなる勝利を勝ち取るためには、どうしても兵力が必要だったのだ。

やがて、マクシムスが敵を破り、グラティアヌス皇帝の首を取ったという知らせが届いた。これでマクシムスも安泰だろうと、わたしは再び兵士をもどしてくれるよう手紙を書いた。マクシムスから返事がきた。〈おまえの耳にも届くと思うが、とうとうわしは青二才のグラティアヌスに雪辱を果たした。命まで奪う必要はなかったが、やつは錯乱してしまったのだ。皇帝にあるまじきことだ。おまえの父親に伝えておけ。わしは二頭のラバだけで満足することにすると。かつてわが将軍だった男の息子が、わしを滅ぼすのが天命だと思わぬかぎりは、ゴールとブリテンの皇帝の地位に腰を落ち着けよう。そうなれば、息子同然であるおまえたちにも、必要なだけの兵士を送ってやることができる。だが、今はまだだめだ〉」

「将軍の息子ってだれのことですか？」ダンがきいた。

「ローマ皇帝テオドシウスのことさ。その父親がかつてのテオドシウス将軍で、この将軍のもとでマクシムスは前のピクト戦争を戦ったのだ。ところが二人は仲が悪く、グラティアヌスが息子のほうのテオドシウスを東ローマの皇帝に任命したあとも（少なくとも、わたしはそうきいていた）、マクシムスはこのテオドシウス皇帝を相手にさらに戦いを続けた。それがマクシムスの命運を決定し、力を失わせたのだ。だが、テオドシウス皇帝自身は優れた人物だ。わたしの知っている限りではな」パルネシウスはしばらく黙ってから、また話しはじめた。

「わたしは、防壁の平和は保たれているが、もう少し兵力と投石器があれば助かると書いて送った。すると、返事がきた。〈おまえには、もう少しわが勝利の加護により持ちこたえてもらわねばならない。息子のテオドシウスの意図が読めるまでな。わしを同等の皇帝として受け入れるか、それとも軍隊を集めるか。どちらにしろ、今はまだ、こちらの兵士を減らすわけにはいかん〉」

「いつも同じことを言ってる！」ユーナが大声で言った。

「それが事実だったからだ。マクシムスは言い訳はしなかった。だが、マクシムスの言うとおり、彼の勝利の知らせのおかげで、長いあいだ防壁では問題は起きなかった。ピクト人たちはヒースの野で、羊たちとともに肥え、われわれの兵士たちも戦いの訓練にいそしんだ。ああ、防壁は見た目は強固だった。だが、わたしは、自分たちの弱さをよくわかっていた。たとえ根も葉もないものでも、マクシムスが負けたというううわさが回れば、翼のかぶとたちは一気に攻めこんでくるにちがいない。そうなれば、防壁も戦うしかないのだ！ ピクトたちのことは心配していなかったが、この数年で翼のかぶとたちの兵力についてはよくわかるようになっていた。彼らは日々兵力を増やしていたが、こちらは兵士を増やすことはできない。マクシムスは防壁の南側、ブリテンを空にした。わたしは壊れた柵の前で、腐った棍棒一本で雄牛を追い払おうとしているようなものだったのだ。

こんなふうにして、防壁の暮らしはすぎていった。われわれは待って、待って、待ち続けた。マクシムスが決して送り返してこない兵士たちを。

やがて、マクシムスからローマ皇帝テオドシウスと戦うための軍隊を集めているという手紙が届いた。兵舎でわたしが手紙を読んでいると、パルティナックスも黙って肩越しにのぞきこんだ。〈おまえの父親に伝えてほしい。わが運命は、三頭のラバを御《ぎょ》すか、もしくはばらばらに引き裂かれるか、どちらかを求めているようだと。一年以内に、テオドシウスの息子の息の根を止めてやる。そしておまえにブリテンを、パルティナックスには望めばゴールをやる。おまえたちがここにいて、補助軍を叩きなおしてくれればと願う日々だ。いいか、わしが病気だというわさを信じるな。老いた体に小さな災いを抱えてはいるが、ローマに馬を駆って攻めこむことで癒してみせる〉

パルティナックスは言った。『マクシムスは終わりだ。この手紙は、希望のない人間の書いたものだ。同じ希望のない者として、わかる。最後になんと書いてある？〈パルティナックスに伝えてくれ。ディビオの官吏だった彼のおじと死ぬ前に会い、彼の母親の金についてすべて説明させた。母親は、ふさわしい付き添いをつけてニケアに行かせた。あそこは気候が穏やかだ。英雄の母親にふさわしいだろう〉

これが何よりの証拠だ。ニケアはローマからそう遠くはない。女でも船を使えば、戦争のときはローマまですぐ避難できる。マクシムスは自分の死を予感して、約束をひとつひとつ果たしているんだ。だが、おじに会ってくれたのはありがたい』

『今日はずいぶん悲観的だな』わたしは言った。

『真実を見ているだけさ。神々は、われわれが神々にそむいて演じてきたゲームにうんざりなさったんだ。マクシムスはテオドシウスに敗れるだろう。それで終わりだ！』

『そう手紙に書くか？』

『まあ、見ていろ』そう言って、パルティナックスはペンを取り出して、太陽の光のように明るく、女のように優しく、冗談にあふれた手紙を書いた。彼の肩越しに読んでいたわたしさえ、心慰められる気持ちがしたほどだ——ああ、パルティナックスの表情を見るまではな！

『さあ、これでわれわれ二人は死んだも同然だ』パルティナックスは封をしながら言った。『神殿へ行こう』

われわれは、今まで何度も祈りを捧げた場所で、しばらくミトラに祈った。それからは、悪いうわさがひっきりなしに届くようになり、そのうちまた冬を迎えた。

ある朝、たまたまパルティナックスと東の海岸にいくと、金髪の男が板切れに縛りつけられたまま倒れ、凍えかけていた。体を返すと、ベルトの留め金で東軍団《レギオン》のゴート人だとわかった。と、ふいに男は目を開けて、大声で叫んだ。『死んだ！　手紙を持っていたが、翼のかぶとに船を沈められた』それだけ言って、男はわれわれの腕の中で息を引き取った。

だれが死んだのか、きくまでもなかった。きかなくてもわかっていた！　われわれは激しい雪の中を馬を駆り、ハノまで急いだ。アロがきているだろうと思ったのだ。果たしてアロは馬屋にいて、顔を合わせるなり、われわれがすでに知らせをきいたことを悟った。

『海辺のテントの中で』アロはつかえながら話しはじめた。『テオドシウスに首をはねられたのだ。マクシムスは処刑を待つあいだに手紙を書いたが、それを運んでいた船が翼のかぶとに見つかり、手紙は奪われた。そのせいで、知らせは野火のようにヒースの地に広がった。わしを責めるな！　もう若い者たちを抑えることはできない』

『こちらの兵士とて、同じだ。だが、ありがたいことに、彼らは逃げられない』パルティナックスは笑った。

『おまえたちはどうする？』アロはきいた。『命令を――伝言を持ってきたのだ。翼のかぶとから、彼らの軍に加わり、南へ兵を進め、ブリテンを手に入れろと』

『残念ながら、われわれはそれを阻止するためにここにいるんだ』パルティナックスは言った。

『そんな返事を持っていったら、わしは殺されてしまう。翼のかぶとにはずっと、マクシムスが倒れれば、おまえたちが兵を挙げると言ってきたのだ。まさか本当に敗れることは思わなかったんだ』

『そりゃ、気の毒に！』パルティナックスはまだ笑いながら言った。『とはいえ、いいポニーをたくさん売ってくれたおまえを、蛮族の友人たちのもとへぽいと返すわけにはいかないな。捕虜にしてやろう。使節として送られてきたわけだからな』

『ああ、それがいちばんいい』アロは言って、端綱《はづな》を差し出した。われわれはアロを軽く縛った。なにしろ年寄りだからな。

『翼のかぶとがおまえを探しにくるかもしれん。そうなれば時間が稼げる。すっかり時間を稼ごうとするくせがついてしまったな！』パルティナックスは綱を結びながら言った。

『いや、実際、時間が味方してくれるかもしれない』わたしは言った。『マクシムスが処刑を待っているあいだに手紙を書き、テオドシウスはそれを運ぶために船を送った。船が送れるなら、兵士も送れるはずだ』

『それがなんの役に立つ？　われわれが仕えていたのはマクシムスで、テオドシウスではない。何かの奇跡で南にいるテオドシウスが兵を送り、この防壁を救ったとしても、われわれにはマクシムスと同じ死が待っているだけだ』

『われわれにとって重要なのは、防壁を守ることだ。皇帝がどう死のうが、どう殺されようが関係ない』

『おまえの兄のような哲学者にはふさわしい考え方かもしれんが、おれのような希望のない人間はそんなまじめくさったおろかなことは言わん！　さあ、兵士たちを起こすぞ！』

われわれは防壁の端から端まで武装した兵士で固め、将校たちにはこう話した。マクシムスが死んだという根も葉もないうわさが流れたので翼のかぶとたちが襲ってくるかもしれない、もしうわさが本当だったとしても、テオドシウスはブリテンを守るために援軍を送ってくるはずだ、だから、なんとしても踏みとどまらなければならない、と。それにしても、悪い知らせをそれぞれがどう受け止めるか、実にふしぎなものだ。それまで最も強かった者がたちまち弱くなり、一方で、弱かった者が天へ手を伸ばし、神々から勇気を掠《かす》め取る。防壁でもそれは同じだった。さらに、これまで何年ものあいだ、パルティナックスは、冗談と優しさと努力でもって数少ない兵士たちを勇気づけ、鍛えてきた。その成果は、わたしの想像をはるかに上回り、リビア人の部隊ですら——第三部隊の兵士たちですら、泣き言ひとつ口にせずに胸当てをつけて立ちあがったのだ。

三日後、翼のかぶとたちは七人の族長と長老たちを送りこんできた。そのなかには、あの長身のアマルもいた。海岸で出迎えたわたしが首飾りをつけているのを見て、アマルはうれしそうな顔をした。われわれは、彼らをもてなした。彼らは使節なのだ。そして、アロを連れてきて、縛られてはいるが生きているところを見せた。翼のかぶとたちは、われわれがアロを殺したと思っていたが、もし本当に殺していたとしても、なんとも思わなかっただろう。アロもそれに気づくと、腹を立てた。話し合いはハノの兵舎で行われた。

翼のかぶとたちは、ローマの力は弱まっている、だから自分たちの仲間になれ、と迫った。そうすれば、自分たちがとるものをとった後、南ブリテンをすべてわれわれに与えると言う。

わたしは答えた。『まあ待て。防壁は略奪品のようにおいそれと渡すわけにはいかない。まずは、わが将軍マクシムスが死んだという証拠を見せてもらいたい』

『断る』長老のひとりが言った。『なら、彼が生きているという証拠を見せろ』さらに、もう一人が抜け目なく言った。『もしマクシムスの最後の手紙を読んできかせたら、そっちはなにを寄こす？』

するとアマルがどなった。『商人のように取引をするな！　この男はおれの命の恩人だ。証拠を見る権利がある』そして、マクシムスからの手紙をこちらに投げてよこした（封印ですぐにわかった）。

『これは、おれたちが沈めた船から奪ったものだ。おれには読むことができないが、少なくともそれがなんの印かはわかる。本物だという証拠だ』そしてアマルは巻物の外側についている黒いしみを指さした。わたしの心は沈んだ。それは勇士マクシムスの血だった。

『さあ読め！』アマルは言った。『読んで、どちらの側につくか決めるがいい！』

パルティナックスは手紙に目を通すと、穏やかに言った。『今からぜんぶ読んできかせるから、よくきけ、蛮族ども！』そのあと彼が読んだ手紙は、それ以来わたしがずっと懐にしまい、持ち歩いている」

パルネシウスは懐から小さくたたまれたしみだらけの羊皮紙を取り出すと、かすれた声で読みはじめた。

「〈パルネシウスとパルティナックス、ふたりの防壁の優れた指揮官たちに、かつてゴールとブリテンの皇帝であり、今は海のそばのテオドシウスの野営地で死を待つ捕虜の身であるマクシムスより最後のあいさつを送る。さらばだ！〉

『じゅうぶんだろう』若いアマルが言った。『これが証拠だ！　さあ、われらの仲間になれ！』

パルティナックスは黙ってじっとアマルを見た。アマルは、金髪の少女のように赤くなった。パルティナックスは読みはじめた。

〈わしは、わしに災いを願う者たちに対しては喜んで災いをもたらしてやったが、おまえたち二人に災いをもたらしていたとしたら、許しを請いたい。なんとか三頭のラバを御そうとしたが、おまえの父親が予言したように、結局はこの身を引き裂かれてしまった。テントの入り口で抜き身の剣が待っている。かつてグラティアヌスに与えた死を、自分が受けることになる。従って、おまえたちの将軍として、また皇帝として、おまえたちの任務を解き、名誉ある除隊を認める。おまえたちはこの任務を金や地位のためでなく、わしを愛しているから引き受けてくれたのだと、そう信じることでいかに慰められたことか！〉

『太陽の光にかけて、マクシムスは偉大な男だった！　われわれは、彼の部下のことを誤解していたかもしれん!』アマルが大声で言った。

パルティナックスは読み続けた。〈おまえたちは、要求したとおりの年月をわしに与えてくれた。それを生かせなかったことを、嘆かないでくれ。われわれは神々に対して賭けを挑んだが、神々は重りを仕込んだサイコロを握っていた。わしは負けた分を支払わなければならない。いいか、わしは過去の人間だ。だがローマは現在であり、未来だ。パルティナックスに、彼の母親はニケアで無事に暮らしていると、財産はアンティポリスの長官が責任を持って管理していると、伝えてくれ。おまえの両親にもよろしく伝えてほしい。おまえたちふたりとの友情はわしにとって宝だった。ピクト人と翼のかぶとたちにも伝えろ。やつらの鈍い頭でも理解できるようにな。すべてがまちがいなく運べば、今日、三軍団《レギオン》がそちらへ向かう。わしのことを忘れないでくれ。われわれはともに戦ったのだ。さらばだ! さらば!〉

これが、わが皇帝の最後の手紙だ」(パルネシウスが羊皮紙を懐にしまうカサカサという音がした)。

「『おれはまちがっていた。このような男の部下は、なにひとつ、戦わずして売り渡すようなまねはしないだろう。おれはうれしい』アマルはそう言って、手を差し出した。

するとと、長老が言った。『だが、マクシムスはあなた方の任務を解いた。これからは、だれに仕えようが、だれの上に立とうが自由なはずだ。仲間になれ。従えというのではない――ともに戦おう！』

『感謝する』パルティナックスは言った。『だが、マクシムスはあなた方に伝えよと、失礼ながら彼の言葉を使わせてもらえば、あなた方の鈍い頭でも理解できるように伝えろと書いている』そして、戸口の向こうに見えている、紐をぴんと張った投石器を指さした。

『よくわかった。防壁を勝ち取るには相応の代価が必要だということだな？』長老のひとりが言った。

『残念ながらな。そうだ。勝ち取ってもらうしかないということだ』パルティナックスは笑い、南のいちばんいいワインをふるまった。

翼のかぶとたちはワインを飲むと、だまって黄色のひげをぬぐい、立ちあがった。

アマルが無作法にも伸びをしながら言った（蛮族だからな）。『こちらは大軍勢だぞ。この雪が解けるまえに、ワタリガラスと鮫どもがどんなエサにありつくことになるか、楽しみだな』

『そんなことより、テオドシウスが送ってくるものを、楽しみにしたらどうだ』わたしは言った。彼らは笑ったが、痛いところをついてやったようだった。

　アロは最後まで残っていた。

『この通りだ』アロは目をしばたたかせながら言った。『わしはしょせんやつらの犬にすぎない。やつらに湿地《マーシュ》を抜ける近道を案内してやったところで、どうせ犬のように蹴られるだけだ』

『なら、あせって案内をすることはない。おれなら、ローマが本当に防壁を守れないとわかるまで待つ』パルティナックスは言った。

『本当にそう思うか？　ああ、悲しいかな！　わしはただ、部族の平和を願っているだけなのに』そして、雪のなかをよろめくようにして、背の高い翼のかぶとたちのあとをとぼとぼと追いかけていった。

　こうして、じりじりと日が過ぎていった。不安を抱えた軍隊には辛かった。そしてとうとう戦いが始まった。最初、翼のかぶとたちは前と同じように海から押しよせ、われわれも前と同じように投石器で迎え撃った。翼のかぶとたちは、投石器にうんざりしていたが、いまさら陸にあがったアヒルのごとき戦いぶりをさらす気にはなれず、ピクト人もまた、いざ部族の秘密に関わることになると、ヒースの野を抜ける道を案内することにおそれやためらいを感じるようだった。こうしたことはすべて、ピクト人の捕虜からきいたのだ。彼らは敵であったが同時にスパイでもあった。翼のかぶとたちに虐《しいた》げられ、冬の蓄えも奪われてしまったのだ。おろかな者たちだ！

しばらくすると翼のかぶとたちは壁の両側から攻め入ってきた。わたしは南へ伝令をやり、ブリテンの情報を探らせようとしたが、その冬は狼たちが、軍隊が去ってしまったあとの兵舎にまでのさばっていて、一人としてぶじにもどってきた者はいなかった。それに、馬たちの飼い葉も足りなかった。わたしとパルティナックスはそれぞれ十頭を所有しており、鞍の上で寝起きし、東へ西へ走らせ、使い物にならなくなったものは食用にした。町の人間の扱いも面倒だった。そこで、全員をハノの後方にある兵舎に集め、両側の壁を取り壊して砦にした。密集隊形のほうが、兵士たちもよく戦った。

二ヶ月目の終わりには、まるで雪か夢にはまるように、戦争の泥沼にはまっていた。眠っている時も戦っていたような気がする。少なくとも、防壁にのぼり、またおりたことは覚えていたが、そのあいだに起こったことはなにひとつ覚えていない。だが、命令を下したためにのどはかれ、剣にも使った形跡があった。

翼のかぶとは狼のように戦った。群れをなして襲ってくるのだ。もっともてこずったところを、次に集中して攻めてくる。防御するのは並大抵ではなかったが、なんとかブリテンへの侵入は食い止めていた。

わたしとパルティナックスは、ヴァレンシアに入るレンガのアーチ道のしっくいに塔の名前と、その塔が落ちた日にちを記していた。何でもいいから形にして残しておきたかったのだ。

戦い？　戦いはいつも、ディアの女神の像の左右がいちばん激しかった。ルティリアヌス将軍の家のそばだ。われわれが数にも入れていなかった太った年寄りは、トランペットの鳴り響く音で若さを取りもどしたらしい！　自分の剣は神託を告げる導き手だと言うのだ！『神の言葉をきこう』そう言って柄を耳につけ、さもわかったようにうなずく。そして『今日もルティリアヌスは生き延びることを許された』と言うと、マントをたくし上げ、息を切らしながらもうれつな勢いで戦うのだ。ああ、防壁には食い物はなくても、そんな笑える話なら腹を満たすほどあった。

われわれは二ヶ月と十七日持ちこたえた。常に三方から攻められ、徐々に狭い場所に追い詰められながらな。アロは何度か、援軍は目の前まできていると伝言を送ってきた。われわれは信じなかったが、おかげで兵士たちは大いに勇気づけられた。

終わりは、歓喜の叫びとともにやってきはしなかった。いつもと同じで、すべてが翼のかぶとたちが突然、兵を引きあげたのだ。何もないまま一晩がすぎ、次の日もそれが続いた。疲れ果てた兵士たちにとって、それはあまりにも長い静寂だった。最初はいつでも起きられるようにうつらうつらしていただけだったが、やがて全員が横になったその場所で泥のように眠りこけた。きみたちはあのような眠りを経験をせずにすむことを祈るよ！　目を覚ますと、塔のなかは見たこともない鎧《よろい》をつけた兵士たちであふれ、われわれがいびきをかいているのをじっと見ていた。わたしはパルティナックスを揺り起こし、あわてて飛び起きた。『テオドシウス帝に剣を向ける気か？　見よ！』

『なんのつもりだ？』ぴかぴかの鎧を着た若い兵士は叫んだ。

北を見渡すと、一面真っ赤に染まった雪に覆われていた。翼のかぶとたちの姿はなかった。はっとして南を見ると、白い雪が広がり、鷲の軍団《レギオン》が二隊、テントを張っていた。西と東には炎が見え、戦いが行われていたが、ハノの周辺は静まり返っていた。

『もう心配ない。ローマの力がここまで届いたのだ。防壁の指揮官はどこにいる？』

われわれは、自分たちだと答えた。

『だが、あなた方は白髪の老人ではないか。マクシムスは、二人ともほんの少年だと言っていたぞ』

『ああ、たしかに数年前まではそうだった』パルティナックスが答えた。『これからおれたちはどうなるんだ？　育ちのいい立派なおぼっちゃん』

『わたしはアンブロシウス、皇帝の書記官だ。マクシムスがアクイレイアで処刑されたときに書いた手紙を見せてくれ。それがあれば、信じよう』

わたしは胸元から手紙を取り出した。アンブロシウスはそれを読むと、さっと敬礼した。『あなた方の運命は、ご自身でお決めください。テオドシウス皇帝に仕えることを選べば、皇帝は軍団《レギオン》をお与えになるでしょう。故郷に帰るとおっしゃるなら、凱《がい》旋式《せんしき》を執り行います』

『それより、風呂とワインと食べ物とかみそりと石鹸と油と香水がほしいな』パルティナックスは笑いながら言った。

『それをきいて、お若いと納得しました』アンブロシウスは言って、わたしのほうを見た。『して、あなたは?』

『テオドシウスにはなんの恨みもない。だが、戦いというのは――』

『戦いというのは、恋愛のようなものだ』パルティナックスが後を引き継いで言った。『相手がよかろうが悪かろうが、一度心を捧げれば、それが最初で最後なのだ。もう一度捧げる価値のあるものなど残らない』

『確かに』アンブロシウスは言った。『わたしはマクシムスが処刑される前、その場にいあわせたのです。彼はテオドシウス皇帝に、あなた方が皇帝に仕えることはないだろうと言っていました。率直に言って、わが皇帝にとっては残念なことだと思います』

『皇帝にはローマがあるさ』パルティナックスは言った。『そろそろ家へ帰してくれないか。この臭いをなんとかしたいんだ』

それでも、凱旋式は執り行われたがね!」

「当然さ」パックは言って、泥灰地の穴に溜まった水の上にぱらぱらと葉を降らせた。

静かな水面に黒いぬらぬらした輪が広がるのを見ていると、子どもたちはめまいがしてきた。

ダンが言った。「まだ知りたいことが山ほどあるよ。アロはどうなったの？　翼のかぶとはまた攻めてきた？　アマルはどうしたの？」

「五人の料理人を雇ってた太った将軍はどうなったの？」ユーナも言った。「それに、家へ帰ったら、おかあさんはなんて……？」

「こんな遅くまであそこの池で遊んでいたの、っておっしゃるんじゃないか？」うしろからホブデンじいさんの声がした。「おや！」ホブデンさんは小さく声をあげた。ホブデンさんは、凍りついたように立ちつくしていた。二十歩もはなれていないところに、すばらしい雄狐がちょこんと座って、まるでむかしからの友だちみたいに子どもたちをじっと見ていた。

「おお、レノルズ、狐のレノルズ！」ホブデンさんは小声で歌った。「おまえの頭の中をぜんぶのぞけりゃ、物知りになれるのに。さあ、ダンぼっちゃん、ユーナじょうちゃん、帰りましょう。わしはうちの小さな鶏小屋の鍵を閉めにいきますから」

ピクト人の歌

ローマは足を下ろす先など見やしない
いつも重いひづめで
われわれの腹を、心臓を、頭を踏みつける
われわれがわめこうが、気にも留めず
番兵たちは通り過ぎていく――それでおしまいだ
われわれは、そのうしろに群がり
防壁を奪い返す策略を練る
剣の代わりにこの舌だけを武器に

われわれはささやかな民――ああ、そうだ！
ゆえに愛することも憎むこともない
だからほうっておいてくれ、そうすればわかるはずだ
われわれが巨人をも倒せることを！
われわれは森を這い回るミミズに過ぎぬ！
根を腐らすカビ！
血に入りこむ菌！
足に刺さるとげなのだ！

寄生木《やどりぎ》はオークをも枯らす
ネズミは太い綱も真っ二つに嚙み切り
蛾はマントに穴を開ける
彼らはその力を愛しているのだ！
そうだ――われわれも同じく、小さき者、
忙しく動き回り

だれにも見られることなく仕事をする
目を凝らせ、そうすればいつか見えるだろう！

いや、ちがう！　われわれには力などない
ただ、知っているのだ、人間というものを
そうだ、われわれは敵を誘いだし
戦いで叩きつぶす！
それでも奴隷なのは変わらない？
ああ、そのとおりだ。われわれはいつの時代も奴隷だった
だが、おまえたちは――恥にまみれて死ぬことになる
そうしたら、おまえたちの墓の上で踊ってやろう！

ああ、われわれはささやかな民だ、ごくささやかな者に過ぎん

図面ひきのハル

預言者は世界中で尊敬されている
預言者は世界中で尊敬されている
だが、自分が生まれた村だけはべつだ
村の人間は彼が生まれたときから知っている
そしてとうぜん、彼を見くだしている

子どものころ、彼はいたずら好きのうぬぼれや
何度、叱られたことだろう
(彼らの文句を書き連ねた手紙を見ればわかる)
だが、それさえうれしいことだったのだ!

ニネヴェ[16]の都がなにをくれようが
（そう、鯨に飲みこまれたとしても）
故郷にまさる場所はない
彼が何者だったのかなど、気にかけない
彼はさまざまな偉業を成し遂げた、そう、あれもこれも
だが、故郷は今の彼だけを見て、愛し、憎むのだ

その日の午後は雨だったので、ダンとユーナは水車小屋で海賊ごっこをすることに

16 アッシリアの首都。預言者ヨナが神の言葉を伝え、人々が改心したために、滅亡をまぬかれた（ヨナ書）

した。垂木《たるき》にネズミがいることや、靴のなかに麦粒が入るのを気にしなければ、水車小屋の屋根裏は、撥ね上げ戸があったり、梁《はり》に洪水や恋人のことが落書きしてあって、すてきな遊び場だった。一フィート四方のダックウィンドウと呼ばれる明かりとりの窓があって、ここから外を眺めると、リトル・リンデンス農場と、ヘンリー六世に反旗を翻したジャック・ケイドが処刑された場所が見えた。

屋根裏に通じるはしごをのぼると（ふたりはこのはしごをメーンマストと呼んでいた。『アンドルー・バートン卿のバラッド』[17]からとったのだ。ダンはバラッドの中で歌われているように『力いっぱいよじのぼる』ことにしていた）、ダックウィンドウに男がすわっていた。濃い紫の胴着に同じ色のぴちっとしたタイツをはき、赤いふちのノートにせっせと何か描いている。

『やあやあ！』天井の垂木からパックの声がした。「美しいというのはこういうことを言うんだろうな！　ハリー・ドー卿――いやハルとよばせてもらうよ――は、おれの顔はガーゴイルにもってこいだって言うんだよ」

ハルは笑って、子どもたちに向かって黒いベルベットの帽子を持ちあげた。すると、帽子の下から灰色の髪がピンピンと飛び出した。若くはなく、少なくとも四十歳は超えているように見えたが、目は若々しくて、笑いじわに囲まれている。幅広のベルトからさがっている刺繍のついた革の袋が目をひいた。

「見てもいい?」ユーナは前に進み出た。

「もちろん、もちろんさ!」ハルは言って、窓の下の椅子に座ると、銀の画筆でまた描きはじめた。パックは幅の広い顔に笑みがはりついたかのように、じっと座っている。そのあいだに、ハルの指はすばやく確かな動きで輪郭を写し取っていった。それが終わると、今度は革の袋から葦のペンを出し、魚の形をした象牙の小刀でペン先を整えた。

「その小刀、すごい!」ダンは感嘆した。

「さわってもいいけれど、指に気をつけて! 刃がとても鋭いんだ。低地地方一の石弓用の鋼から、自分で作ったんだ。この魚もわたしが作った。こっちの背びれを尾びれまでずらすと——ほら——刃がしまえるようになっている。ヨナを飲みこんだ鯨み

17 イギリスの子どもたちに親しまれているバラッド。スコットランドの海軍指揮官から海賊になったバートン卿の物語

たいだろう……そうだ、そっちがインク入れだ。周りを銀の四人の聖人像で飾ってみた。聖バルナバ[18]の頭を押してごらん。ふたが開くから」ハルは削ったペン先をインクに浸すと、さっき下書きをした薄い銀色の線の上から、繊細かつ大胆に、パックの毛むくじゃらの顔の輪郭をなぞった。

子どもたちは息を飲んだ。今にもページから飛び出してきそうだったのだ。ハルは絵を描きながら、話しはじめた。雨が屋根のかわらをたたいている。ハルははっきりしゃべることもあれば、ぼそぼそつぶやくこともあり、そうかと思えば、ときどきふっとだまって、絵を見て顔をしかめたり、にっこり笑ったりした。わたしはリトル・リンデンス農場で生まれたんだ、とハルは言った。仕事をしないで絵ばかり描いていたので、しょっちゅうおとうさんにぶたれていたらしい。だが、お金持ちの注文で写本に色模様や飾り字を書いていたロジャーという老神父が、両親を説得して、画家の見習いとして弟子入りさせてくれた。こうしてハルはロジャー神父とオクスフォードに行き、マートンと呼ばれていた学寮で皿洗いや、学生たちのマントや靴を運ぶ仕事をすることになった。

「いやじゃなかったんですか？」ダンは次々に質問をした。

「そんなことは思いもしなかったよ。当時オクスフォードの半分で新しい学寮を建てたり、古い建物をきれいに補修していたから、世界じゅうのキリスト教国からすばらしい人々が集まってきていたんだ。それぞれの分野の第一人者や、そのなかでも最もあがめられている人々がね。そういった人たちと知り合いになれて、彼らのために働いていたんだ、それでじゅうぶんだったよ。もちろん――」ハルはそこで言葉を切ると、笑いはじめた。

「あなただって、立派になったじゃないか、ハル」パックが言った。

「みんなそう言ってくれたよ、ロビン。[19] あの有名な建築家ブラマンテさえそう言ってくれた」

「どうして？　何をしたんですか？」ダンがきいた。

芸術家はふしぎな目でじっとダンを見た。「石や色々な材料を使って建物を建てたんだ。イングランドのあちこちでね。だが、きみはきいたことがないかもしれないな。

18　一世紀の使徒
19　シェイクスピアの『夏の夜の夢』の中に出てくるパックの別名。ロビン・グッドフェローこのあたりなら、聖バルナバ教会を建て直したよ。生涯携わった仕事の中でも、あれほど大変な思いをしたことはなかった。だが、いい勉強になった」

「うへっ、勉強なら、もう午前中にたっぷりしました」

「いやいや、きみに勉強をさせるつもりはないよ」パックが大笑いしている横で、ハルは言った。「ただ、あの小さな教会が建て直され、新たに屋根がふかれ、立派に生まれ変わったことを考えるとふしぎでしょうがないのだよ。実に様々な人間が関わったのだ。サセックスの信心深い鉄職人たち、ブリストルの船乗りの青年、そして絵や図面ばかり描いていたために図面ひきのハルと呼ばれた生意気な若造」そして、最後の言葉は引っぱるようにゆっくりと発音した。「それから、スコットランドの海賊」

「海賊？」ダンは針にひっかかった魚みたいに身をくねらせた。

「さっききみがはしごをのぼりながら歌っていたアンドルー・バートンも関わっていたんだ」ハルはまたペンをインクに浸すと、息を止め、一気に線をひいた。その瞬間、ほかのことはすべて忘れてしまったようだった。

「だけど、海賊は教会なんて建てないでしょう？」ダンは言った。「それとも、建てるんですか？」

「大いに力になってくれた」ハルは笑った。「午前中、勉強をしていたのにききたいのかい？」

「海賊の話は勉強じゃないもの。今日の授業は、ブルース王と蜘蛛《くも》のつまらない話だったの」[20]ユーナが言った。「アンドルー・バートン卿が力を貸してくれたってどういうこと？」

「彼自身がそのつもりだったかどうかは疑問だがね」ハルは目を輝かせた。「ロビン、この無邪気な子どもたちに悪漢どもの話をして、うぬぼれるとどういうことになるか教えてやるのはどうだろう？」

「あ、それなら知っている」ユーナは知ったように言った。「あんまり調子にのってると――、つまり、生意気だと、鼻をへし折られることになるんでしょ」

ハルはペンを空に浮かせたまま、一瞬考えこんだ。すると、パックがなにか長い言葉で説明しなおした。

20　スコットランド王ブルースは蜘蛛が根気強く巣を張っているのを見てイングランドに対する戦いを続けることを決意したという逸話

「ああ、そういう意味か！　そうそう。ただ、きみの言った――調子にのる――というより、わたしの場合はまったく自分が見えていなかったのだ。得意でしょうがなかった。自分の作品――たとえば柱廊ならリンカン大聖堂の礼拝堂の柱廊などはすばらしいと思っていたし、フィレンツェの彫刻家トリジアーノが肩に腕を回してくれたことも、王の船ソヴリン号に飾る金箔の渦巻き細工を作って騎士の称号を賜ったことも自慢だった。だが、マートンカレッジの図書館にいたロジャー神父は、そんなわたしの様子をずっと見ていたんだ。リンカンの柱廊を建てて得意の絶頂だったときに、ロジャー神父はわたしのおごりを厳しく指摘し、サセックスにもどって自らの金で、わがドー家が六世代にわたって葬られている故郷の教会を建て直せと命じた。『さあ、行ってこい、わが弟子よ！　一人前の職人を名乗るまえに、故郷で自分の悪魔と戦ってこい』わたしは震えあがって、出発した……どうだね、ロビン？」ハルは描き終わった絵をパックの前にかかげた。

「おれだ！　まちがいなくおれだ！」パックは鏡を見ている人のようににんまり笑った。「ああ、ほら！　雨がやんだ！　昼間に家のなかにいるのはきらいなんだ」

「よし、いったん休憩だ！」ハルは大きな声で言うと立ちあがった。「わが故郷のリトル・リンデンスにいかないか？　あそこならゆっくり話せる」

四人はころがるように下へ降りて、日のさしはじめた貯水池のほとりで滴《しずく》をしたたらせている柳の角を曲がった。

「ほう！」ハルはホップの花がまさに咲こうとしている畑をじっと見つめた。「ブドウか？　いや、ブドウじゃない。それに、豆とはつるの巻き方が反対だ」そして、すぐに持っていたノートにスケッチを始めた。

「ホップだよ。あなたの時代にはまだなかったな」パックが答えた。「戦いと農耕の神マルスの薬草で、花は乾燥させてビールの風味づけに使うんだ。こんな歌がある――

七面鳥も異端もホップもビールも
ぜんぶ同じ年にイングランドへやってきた」

「異端なら知っている。ホップも見た――実に美しい！　だが、シチメンチョウとは？」

子どもたちは笑った。リンデンスには七面鳥がたくさんいたのだ。丘の上の果樹園についたとたん、群れをなして突進してきた。

すぐさまハルはノートをとりだした。「いやはや！　あの仰々しい紫の羽根！　派手でいばりくさった体つき！　なんという名前だと言ったね？」

「七面鳥！」子どもたちが大声で答えると、雄の七面鳥がハルの紫のタイツに向かってゴブゴブ鳴きわめいた。

「こりゃ驚いた！」ハルは叫んだ。「今日は、新しいものを二つも描けた」そして帽子を取ってゴブゴブ鳴いている七面鳥にあいさつした。

それから四人は草原を歩いてリトル・リンデンス農場のある小さな丘に行った。タイル張りの古い農家は、午後の日差しを浴びて血のようなルビー色に染まっていた。何羽もの鳩が組み合わせ煙突のモルタルをつっつき、家が建ったときからタイルの下に住みついている蜂の羽音が、暑い八月の大気を震わせている。搾乳所の窓のわきに生えているツゲの木の香りと、雨のあとの土のにおいと、焼きたてのパンの香りと、薪《まき》の煙のむずむずするにおいが混ざり合っていた。

農場のおかみさんが赤ん坊を抱いて表へ出てきた。強い日差しに手をかざし、しゃがんでローズマリーの小枝を折ると、果樹園のほうへ降りていった。年取ったスパニエル犬が犬小屋代わりの樽から、留守宅を預かった証拠に一、二度吠えた。パックはカチリと音を立てて庭の門を閉めた。

「ふしぎなのだが、わたしはこの土地を愛しているのだ」ハルはささやくように言った。「町の人間は、こうした家や――土地のことがなにもわかっていない」

四人は庭にあったオークの丸太を半分に切ったベンチに並んで腰を下ろし、谷川の向こうのシダに覆われたくぼ地や、ホブデンさんの小屋の裏に広がるフォージの谷間を眺めた。ホブデンさんが、庭の蜜蜂の巣のそばで薪を割っている。なたが振り下ろされてから、のんびりくつろいでいる四人のもとに音が届くまで、たっぷり一秒はあった。

「おや――やっぱりそうだ！」ハルが言った。「あのじいさんが立っているところは、ネザー・フォージじゃないか。ジョン・コリンズ親方の鋳造所があったところだ。よく夜中に、親方のはねハンマーの音で目が覚めたよ。ドーン、カン、ドーン、カン！ってね。東風の日は、ストッケンにあったトム・コリンズの鍛冶場から、兄貴のハンマーの音に答えるようにカーン、カーンって音が響いてくるんだ。そしてそのあいだに、ジョン・ペラム卿のいるブライトリングから大ハンマーの音が、まるで学生たちがラテン語の勉強をしているみたいに『ヒック　ハエク　ホック』[21]ときこえてくる。『ヒック　ハエク　ホック』って、寝るまでずっとだ。ああ、そうだ。ここは鍛冶場や精錬所の谷で、カッコウの鳴く五月の森のようだったんだ。それも今はすべて草に埋もれてしまった！」

「なにを造っていたんですか？」ダンがきいた。

「大砲だ。王の船にのせる――実際は王の船だけではないのだが。ほとんどが、サーペンタインと呼ばれる小型の大砲と、カノン砲だった。大砲ができあがると、役人がやってきて、畑の雄牛に荷車を引かせて海岸まで運ぶ。ほら、この男が、最初にして最高の海の男、航海の名手だ！」

ハルはノートをパラパラともどして、若い男の顔を見せた。下に『セバスティアヌス』と記してあった。

「この男が、国王からの注文を携え、ジョン・コリンズ親方のところにやってきたんだ。サーペンタイン砲を二十（恐ろしい威力の小型の大砲だ！）。これを船にのせ、探検の旅に出かけるのだ。暖炉のそばにすわってこの絵を描きながら、この男が世界の反対側に探しにいくという新しい国のことを母に話してきかせたのを覚えているよ。実際、彼は見つけたのだ！　未踏の海をわたって！　セバスチャン・カボット[22]というブリストル出身の半分外国人の若者でね。彼には世話になった。教会の建設に手を貸してくれたのだ」

「アンドルー・バートン卿じゃなかったんですか？」ダンは言った。

「ああ、だが、屋根の前に基礎が必要だ」ハルは答えた。「その世話をしてくれたのがセバスチャンだったんだ。わたしがここにきたのは、職人として神に仕えるためではなかった。故郷の人たちに自分がどれだけ立派になったか見せてやろうとしていたのだ。ところが、だれひとり洟《はな》もひっかけてくれなかった。当然の報いを受けたわけだな。おまえの腕や立派さなどどうでもいい、聖バルナバ教会に余計なことをしやがって、ということだ。黒死病のときからずっと荒れ果てているのなら、荒れ果てた

21　ラテン語の指示代名詞
22　英国、スペインに仕えた航海者。北アメリカ大陸を発見したといわれるイタリア人、ジョン・カボットの息子

ままにしておけばいいじゃないか、てめえの新しい絞首台でも作ってろ、と。紳士も職人もあらゆる階級の人々が、そう、ヘイの一族もファウルの一族も、ファナーもコリンズも、村の全員が反対していた。唯一、ブライトリングのジョン・ペラム卿だけがわたしを励まし、ぜひやれと言ってくれたのだ。だが、どうやってやれというのだ？　コリンズ親方に梁《はり》を運ぶ荷車を貸してくれと頼むのか？　雄牛は畑に石灰を撒いたあとは、ルイスにいってしまって、ここにはいない。本当に親方は屋根に使う鉄の金具を作ってくれるのか？　ちっともできあがってくる気配はなかったし、ようやくできあがったものも割れるかひびが入っていた。万事がこんな調子だ。なにか文句を言うわけではないが、わたしが横に立っていないかぎり何もやらない。そうこうしているうちに問題が起こる。田舎というのは魔物に魅入られていると思ったよ」

「まさにその通りさ」パックは両ひざにあごをのせて言った。「だけど、おかしいとは思わなかったのかい？」

「セバスチャンが大砲を取りにくるまでは、これっぽっちも思わなかった。コリンズ親方は、わたしの注文の時と同じように、セバスチャンにもくだらないごまかしを並べたんだ。くる週もくる週も、サーペンタイン砲三門につき二門に鋳造の欠陥があって、再び溶かすしかないと言い、完璧でない大砲を王さまの船に乗せるわけにはいかない、と首を振り振りのたまうんだ。信じられん！　セバスチャンがどれだけ怒ったことか！　なぜ知っているかと言えば、まさにこのベンチに座って、ふたりで愚痴を言い合ったのだよ。

セバスチャンはそんな調子で怒りくるったが、六週間たってもたった六門のサーペンタインしか手に入れられなかった。そこへ今度は、一本マストの小型帆船シグネット号の船主ダーク・ブレンゼットが、航海の途中で海賊のアンドルー・バートンに追われ、船を軽くするために、教会の新しい洗礼盤用にフランスから運んでいた石をライの港に捨ててしまったと言ってきたのだ」

「とうとう海賊だ！」ダンが言った。

「その通り。それをきいてわたしが髪をかきむしっていると、うちのいちばんの石工タイスハースト・ウィルががたがた震えながらやってきて、教会の塔で角と尾のある鎖をひきずった悪魔に出くわした、もうおれたちは塔には一歩もはいらねえ、と言ってきた。しょうがないので、基礎の補強工事をいったん中止し、ベル亭へビールをいっぱい、ひっかけにいった。すると、そこにコリンズ親方がいた。『まあ、好きなようにやるがいい。だがもしおれがあんただったら、こうしたしるしの意味を理解して、バルナバ教会には関わらねえようにするがな！』すると、ほかの連中もうなずいた。本当は連中が恐れていたのは悪魔ではなく、わたしだったのだが——それがわかったのは、あとになってからだった。

このめでたい知らせを持ってリンデンスにもどると、セバスチャンが母のために台所の梁を塗りなおしてくれていた。母のことを、実の息子のように慕ってくれていたのだ。

『元気出せよ。神はいるところにはいらっしゃる。おれたちが、大バカだっただけだ。ふたりともだまされてたんだ、ハル。おれなど船乗りだというのに、疑ってみもしなかったんだからな！　おまえは、悪魔がとりついているせいで鐘つき台の工事ができないし、おれはサーペンタイン砲がいつまでも手に入らない。ジョン・コリンズがちゃんと造れないからだ。そうこうしているうちに、アンドルー・バートンがライの港にやってくる。なぜだと思う？　哀れなこのカボットさまがどうしても手に入れられなかったサーペンタイン砲をちょうだいするためさ。いいか、新大陸を賭けてもいい。今、そのサーペンタイン砲は聖バルナバ教会の塔に隠されている。真昼間のアイルランドの海岸みたいに、はっきりしてる！』

『まさか。大砲を王の敵に売るなんて、重大な反逆罪だ。絞首刑になって一巻の終わりだぞ』

『だが、利益は大きい。金のためなら、絞首刑の危険も冒すさ。おれも商人だったからわかる。生まれ故郷のブリストルにかけて、やつらにひと泡吹かせてやる』

セバスチャンは、塗料の入った桶の上にすわって計画を練った。そして火曜日、われわれはロンドンへもどると言って、友人たちに別れを告げてまわった。特にジョン・コリンズ親方には大げさにあいさつをした。しかし、ウォドハーストの森までいくとひき返し、牧草地までもどってふもとの柳の木立に馬を隠したのだ。そして夜になるのを待って、こっそり丘をのぼってバルナバ教会にいった。濃い霧がたちこめ、月光がぼんやりとあたりを照らしていた。

塔に入ってドアに鍵をかけたとたん、暗闇のなかで大きな音を立ててセバスチャンが転んだ。

『くそ！　足を高くあげて、床を探りながら進めよ、ハル。大砲につまずいちまった』

闇の中を手探りしながら数えると、乾かしたエンドウの茎の上に、サーペンタインの砲身が二十本、隠しもせずに堂々と置いてあった！

『こっちにはデミカノンが二門ある』セバスチャンがぴしゃりと砲身を叩いた。『アンドルー・バートンの船の下甲板用ってところだな。とんだ正直者だよ、ジョン・コリンズのやろうめ！ここがやつの倉庫であり、工場であり、兵器庫だったわけだ！さあ、これで、おまえさんがしゃしゃり出てきたせいで、サセックスの悪魔が眠りから覚めた理由がわかっただろ？おまえさんは、ジョンのまっとうな商売を何ヶ月も邪魔していたんだ』セバスチャンは床に倒れたまま、笑い転げた。

夜になって塔は、暖炉の火も消え、冷え切っていたので、鐘つき台の階段をのぼっていった。すると、セバスチャンがまたなにかにつまずいた。角と尾のついた牛の皮だった。

『なるほどな！おまえさんの悪魔は胴着を忘れていっちまったようだ！どうだ、似合うか？』セバスチャンは皮をかぶって、窓からさす細長い月明かりの中で跳ね回ってみせた。そのようすは、悪魔そのものだった。それから階段にすわって、尾で板を叩いたが、その後姿は前から見たときよりもずっとおそろしかった。梟《ふくろう》が一羽舞い降りてきて、セバスチャンの角に向かって一声、鋭く鳴いた。

『〈悪魔を入れたくないなら、戸を閉めろ〉というが』セバスチャンはささやいた。『どうやらこのことわざもまちがってるようだ。塔のドアが開く音がした』

『鍵はかけたはずだぞ。ほかにだれが鍵を持ってるんだ?』

『足の数を見るかぎり、全員みたいだな』セバスチャンは言って、闇の中を透かすように目をこらした。『シッ、じっとしてろ、ハル。やつら、ウンウンうなってやがる! またもやおれのサーペンタイン砲を持ってきたんだ。まちがいねえ。一、二、三、ぜんぶで四本だ。アンドルーのやろう、提督並みに武装してやがる! ぜんぶでサーペンタイン砲が二十四門だぞ!』

その声に応えるように、下からジョン・コリンズ親方の声が響いてきた。「サーペンタインが二十四門にデミカノンが二門。これでアンドルー・バートン卿の注文がそろったな」

『礼儀に金はかからねえ、って言うがな。ここから、やつの頭に短剣をお見舞いしてやろうか?』セバスチャンはささやいた。

『木曜日に羊毛の下に隠して、荷車でライまで運ぶ。前と同じように、ウディモアでダーク・ブレンゼットが待っている』ジョンは言った。

『こりゃまたすごい！　ずいぶんと手馴れたようすだ！　村じゅうで、分け前をいただけないのは、なにも知らないおれたちふたりだけらしい』

下には少なくとも二十人かそこらの男がいて、ロバーツブリッジの市場さながらに騒々しくしゃべっていた。われわれは声をききわけて人数を数えた。ジョン・コリンズ親方が大きな声で言った。『フランスのキャラック《武装商船》の分は来月までここに置いておく。ウィル、おまえのところの間抜けな若造は（わたしのことだ！）いつロンドンからもどってくる？』

『その心配はありませんぜ』タイスハースト・ウィルの答える声がした。『大砲はここに置いておいて大丈夫です、親方。おれたちゃ、悪魔が怖くて塔には入れないことになってんですから』そして悪党は笑った。

『ああ、おまえなら悪魔を眠りから覚ますのなんぞ、簡単だろう、ウィル』もうひとりが言った。鍛冶屋のラルフ・ホブデンだ。

『その通り《アーメン》！』セバスチャンはどなって、とめるひまもなく階段を飛ぶように駆け下りた。あれは悪魔そのものだった！　すさまじい勢いで吠えまくってな。だが、そんな悪魔ぶりをろくに披露する間もなくやつらは逃げ出した。いや、あれは見ものだった！

やつらがベル亭のドアをドンドン叩いている音がして、われわれも出ていったんだ。『さあ、次はどうする？』セバスチャンは、牛の尻尾をくるりと巻いて持つと、イバラのしげみをピョンと飛び越えた。『正直者のジョンの顔に一発お見舞いしてやったあとは？』

『ペラム卿のところへいこう。味方になってくれるのは、卿しかいない』わたしは言った。

そこでわれわれはブライトリングまで馬を走らせ、番人のいる小屋の前も何も言わずに素通りした。鹿泥棒とまちがえられて撃たれたっておかしくなかったな。それで、ジョン卿を判事のイスに引っ張り出したんだ。われわれがこれまでのいきさつを話して、セバスチャンがまだ腹の周りに巻いていた牛の皮を見せると、ジョン卿は涙を流して大笑いした。

『なるほどな！』ジョン卿は言った。『日が昇るまえに、裁きをくだすか。おまえの申し立てはなんだ？　コリンズはわしの古い友人だぞ』

『わたしには友人でも何でもありません。やつと仲間がわたしをだまして、教会の再建をいちいち邪魔していたかと思うと』わたしはそこまで言って、怒りに息を詰まらせた。

『ああ、しかし、やつらが別の目的で教会を必要としていたことがわかったというわけだ』ジョン卿はすらすらと言った。

『おれのサーペンタイン砲も同じだ。あれさえ手に入ってりゃ、今ごろ大西洋を半分渡ってるところだ。だが、あんたの友だちはそれをスコットランド人の海賊に売りやがった』

『どこに証拠がある？』ジョン卿はひげをなぜながら言った。

『やつに一発お見舞いしてやってからまだ一時間もたっていない。それに、ジョンのやろうが大砲を運ぶ場所を指示していたのをこの耳できいたんだ』セバスチャンが言った。

『きいた、か！　きいただけか。コリンズ親方は精一杯誉めても、うそつきという男だからな』

ジョン卿があまりにまじめな顔でいうので、一瞬、卿もこの陰謀にかかわっているのではないかという疑いがよぎった。サセックスには、正直な鉄職人はいないのか！

『正しい裁きを！』セバスチャンは叫んで、牛の尾で机を叩いた。『じゃあ、あれはだれの大砲なんだ?』

『もちろん、おまえのだ』ジョン卿は答えた。『おまえは王の注文を携えてここにきた。そしてコリンズ親方は自分の鋳造所でそれを造った。彼が大砲をネザーの鍛冶場から教会の塔へ持っていって並べたのは、あそこが本街道に近いからだ。おかげで、一日、運ぶ手間が省けたではないか。彼が親切でやってくれたことをそんなふうに悪くとることはないだろう!』

『確かに。おれはひどいことをしてしまいました』セバスチャンは自分のこぶしを見ながら言った。『しかし、デミカノンはどうします? ありがたいことはありがたいが、王の注文には入ってなかったからな』

『あれは好意だ。すばらしい好意じゃないか!』ジョン卿は言った。『コリンズが、王への熱意とおまえへの愛を示すために、あの二門のデミカノンを贈り物としてつけてくれたのだ。火を見るより明らかじゃないか!』

『その通りです。ああ、ジョン卿、なぜ船乗りにならなかったんです? 陸におられるのは、もったいない』

『わしはわしの持ち場で最善をつくしているよ』ジョン卿はまたひげをなでると、判決を言い渡すときの太い声で高らかに言った。『なんということだ！　こんな真夜中にわめきおって、酒場で飲み騒ぎ、コリンズ親方をおどかすとは――』ジョン卿は一瞬考えた。『――それも親方がこっそり親切な行いをしてくれているときに。そうとも、親方はすっかり驚いてしまったんだぞ』

『たしかに。親方の逃げていくようすをお見せしたかったですよ！』セバスチャンは言った。

『こんなことで、わしのところまで押しかけてきて、海賊やら羊毛の荷車やら牛の皮やらの話をまくしたてるとはな。たしかにおもしろい話で笑わせてもらったが、判事としてはこのままにしておくわけにはいかん。これからおまえたちといっしょに教会の塔へいくことにしよう。そうだな、付きの者何人かと、荷車も三、四台あったほうがいい。そして、ジョン・コリンズがおまえにくれた大砲とデミカノンの保証人になってやる。いいな、セバスチャン』そして、ふいにふだんの声にもどって言った。『あの古狐どもにはずいぶん前に忠告したのだ。武器の横流しや闇取引などに手を出すと今に面倒なことになるとな。だが、大砲の密輸入ごときで、サセックスの村の半分を絞首刑にするわけにもいかん。これでいいな？』

『デミカノンを二門もらえるなら、どんな大罪でも犯してさしあげます』セバスチャンはもみ手をしながら言った。

『賄賂を受け取って、折り合いをつけるということだな。では、いざ馬に乗って大砲を受け取りにいこう』そうジョン卿は言った」

「だけど、コリンズ親方は、大砲はアンドルー・バートン卿に売るつもりだったんでしょ？」ダンは言った。

「もちろんそうだ」ハルは言った。「だが、ぜんぶなくす羽目になったわけさ。夜が明け、空が赤く染まりはじめたころ、われわれは村に乗りこんでいった。ジョン卿は簡単な鎧をつけて馬にまたがり、翻った旗のうしろにブライトリングの屈強の若者たちが三十人、五列に並んで従っていた。さらにそのうしろに四台の荷車が続き、四つのトランペットが〈王がノルマンディさして出発された！〉を吹き鳴らしてこの茶番の勝利を知らしめたってわけだ。そして塔のまえで馬をとめ、大砲を運び出した。女王の祈禱書にロジャー神父が描いたフランス軍の包囲戦の絵そっくりだったよ」

「それでぼくたちは――というか、ぼくたちの村の人はどうしたんですか？」ダンがきいた。

「いや、実に堂々としていたよ！　確かにだまされはしたが、村人のことは誇りに思う。みな家から出てきて、門柱でも見るようにジョン卿の小部隊を眺めていた。いつものように口を結んで、あやしげなそぶり一つ見せず、一言も発さずにな！　くやしがってこっちを喜ばせるくらいなら、死を選んだだろう。あの悪党のタイスハースト・ウィルさえ、朝からビールをひっかけてベル亭から出てきたのだが、ジョン卿の馬を見るなりすっとんできた。

『おい、気をつけろ！』ジョン卿はたづなをひいた。

『おや！　今日は市の日ですかい！　ブライトリングの牛をぜんぶ連れてきなさったんで？』

この一言で、やつを勘弁してやる気になったよ。まったくずうずうしい野郎だ！　だが、ジョン・コリンズにまさる者はいなかった！　やつがやってきたのは（セバスチャンに殴られたあごには、包帯が巻いてあった）、ちょうどわれわれが墓地の門から一門目のデミカノンをひっぱりだしているときだった。

『そいつはけっこう重いだろう。金さえ払えば、おれの材木用の荷車を貸してやってもいいぞ。羊毛用の荷車じゃ、そう簡単にはのっけられないだろうからな』

セバスチャンがあそこまであっけにとられた顔をしたのを見たのは、最初で最後だ。まるで魚みたいに口をパクパクさせていた。

『そう怒るな』ジョン親方は言った。『そいつはかなり買い得だったはずだ。運ぶのを手伝ってもらうのに、一グロートくらいけちらなくてもいいだろう』まったく、たいした男だ！　その朝の仕事で、ジョンは二百ポンドを損したことになるんだが、大砲がすべてルイスに運ばれていくのを見送っているときも、まぶたひとつ動かさなかった」

「それからあとも？」パックがきいた。

「いや、一度だけ、それらしいそぶりを見せたことがあったな。あれは、やつが聖バルナバの新しい鐘を持ってきたときだった。（事件のあとは、コリンズもヘイもファウルもファナーも、教会の建設に惜しみなく協力してくれた！「頼めばすぐ持ってくる」という感じだったよ）われわれが鐘を鳴らしていると、やつがブラック・ニック・ファウルと塔に上がってたんだ。ちなみにファウルは教会の内陣仕切り[23]をくれた

23　身廊（入り口から祭壇までの中央部分）とその先の聖歌隊席との間の装飾のある仕切り

んだ。やつは鐘の綱を片手でつかむと、もう一方の手で首を引っかいた。『こいつはおれを吊るすかわりに、この鐘を鳴らすことになったわけだ』やつは言った。それだけだ！　あれこそ、サセックス人だ！　サセックスよ、永遠なれ！」

「そのあとはどうなったの？」ユーナがきいた。

「わたしはイングランドの内陸部へもどった」ハルはゆっくり言った。「おごりについてたっぷり学んでな。だが、みんなはわたしが聖バルナバに宝を残したと言ってくれた。宝と言ってくれたんだ！　わたしは故郷のためにやり遂げたのだ、ああ、故郷の人々とともに。ロジャー神父の言ったことは正しかった。あんなに大変な思いはしたことがないし、あれほどの勝利感を味わったこともない。あれこそがすべての基本だ。ああ、すばらしい土地、すばらしい土地だ」ハルは頭を垂れた。

「フォージにきみたちのおとうさんがきて、ホブデンじいさんに何か話してる」パックが言って、ぱっと手を開いた。三枚の葉があった。

ダンは小屋のほうを見た。

「あ、わかった。小川の向こう岸に向かって生えてる古いオークのことだ。おとうさんはまえからあれを掘り返したいって言ってるんだ」

静まり返った谷に、ホブデンじいさんの太い声が響いてきた。

「どうぞ、お望みならそうしてくだせえ」ホブデンさんは言っていた。「だが、根っこにくっついている細いひげのおかげで、土手が崩れないんです。やつを掘り返したら、いっしょに土手も崩れ落ちますよ。そしたら次の大水で小川は溢れだしちまう。それでもいいっておっしゃるなら、どうぞなさいませ」

「ああ、そういうことならもう一度よく考えてみよう！」おとうさんが言った。

ユーナはくっくと笑った。

「いったいあの頭にはどんな悪魔が住んでるんだ？」ハルはのんびりと笑った。「あの声はホブデンの一族だな」

「だって、あのオークは兎たちがスリー・エイカーからうちの牧草地へわたるときの橋になってるんだもの。罠をしかけるのに一番いい場所だって、ホブデンさんは言ってたわ。今だってふたつ仕掛けてるのよ」ユーナは言った。「だからぜったいに、掘り返したりさせないわ！」

「ああ、おろかなサセックスよ！　サセックスはいつまでもサセックスのままなのだ！」ハルはつぶやいた。そしておとうさんの呼ぶ声がリトル・リンデンスに響いてきた次の瞬間、魔法は解け、小さな聖バルナバ教会の鐘が五時を打った。

密輸人の歌

もし真夜中に起きて、馬の足音をきいても
よろい戸をあけてはいけない。通りをのぞいてはいけない
質問をしなければ、うそをつかれることもない
壁を見ていなさい、あの人たちが通り過ぎるまで！
　五頭と二十頭の馬が
　闇の中を進んでいく
　神父にブランディを
　学者にタバコを

ご婦人にレースを、密偵に手紙を
さあ、壁を見ていなさい、あの人たちが通り過ぎるまで！

森の中で走り回っていたら、見つけるかもしれない
縄で縛り、タールを塗った小さなブランディやワインの樽を
でも、人を呼んだり、樽で遊んではいけない
もとにもどしておきなさい——次の日は消えているから！

馬屋の囲いが大きく開いていても
なかに疲れた馬が横たわっていても
かあさんが破れたマントをつくろっていても
その裏地がぬれて暖かくなっていたとしても——なにもきかないように！

青と赤の服を着た、ジョージ王の使者に会ったら、
言葉に気をつけなさい、言われたことに注意なさい

もし「かわいいね」と、あごの下をくすぐられても
教えてはだめ、みんながどこにいるか、どこへ行ったか！

家のまわりでノックや足音をきいても――暗くなって、口笛がきこえても――
出ていってはだめ。家の犬がほえるまでは
トラスティがいる、ピンチャーもいる、ほら黙って寝てるだろう――
犬もついていったりしないのだ、あの人たちが通るときは！

言われたとおりにしていれば、いいことがあるよ
きれいなお人形がもらえるかもしれない、はるばるフランスからきた
フランスレースの帽子やベルベットのずきんをかぶったお人形
あの人たちからの贈り物、いい子にしていたごほうびだ！

五頭と二十頭の馬が
闇の中を進んでいく
神父にブランディを

学者にタバコを
質問をしなければ、うそをつかれることもない
壁を見ていなさい、あの人たちが通り過ぎるまで！

ディムチャーチの大脱出

蜂飼いの男の子の歌

蜂だ！　蜂だ！　ほら、あの音をきいて！
近所の人には隠してもいいけど
ぼくたちには言わなきゃだめさ、あったことはぜんぶね
でないと、もう蜂蜜はやらないよ！

晴れの日を迎えた女の人は
結婚式の日に
蜂に物語をきかせなくちゃいけない
でないと、蜂はみんな飛んでいってしまう

飛んでいって——死んでしまう
だんだん少なくなって、いなくなってしまう！
でも、蜂を裏切らなければ
蜂もみんなを裏切らない

結婚、誕生、お葬式
知らせは海を越え、
悲しみや喜びを誘う
そんなときはかならず蜂に話してやって
巣の外で羽を震わせ
出たり入ったりしている蜂に
なぜなら蜂は
人間と同じくらい知りたがりやだから！
森で待ってちゃだめ

稲妻が走り回っているときは
蜂がいるところで憎んじゃだめ
蜂がやせて弱っちゃうから
やせて弱って――ふらふらになって――
みんなの元から去ってしまう！
でも、蜂を悲しませなけりゃ
蜂もみんなを悲しませない

日が暮れ始めたころ、ホップをつんでいた人々の上に穏やかな九月の雨がふりはじめた。母親たちは乳母車を弾むように押しながらあわてて畑を出た。ホップの入った麻袋はしまわれ、記録帳にその日収穫した量が記入された。若い夫婦はみなふたりでひとつの傘に入ってのんびり家路につき、そのうしろから、独身の男たちが大声で笑いながら歩いていく。勉強が終わってから手伝いをしていたダンとユーナは、焼きジャガイモをめあてにホップの乾燥所《オーストハウス》へ向かった。ホブデンじいさんはホップを乾燥させるために、雑種犬の青い目のベスといっしょにまるまる一ヶ月、乾燥所に泊まりこんでいるのだ。

ふたりはいつものように窯《かま》の前にある、袋がいっぱいのった寝台の上に座り、ホブデンさんもやはりいつものように窯の扉をあけて、なかの炭をじっと見つめた。炭は炎を出さずに燃え、旧式の暗い通風孔から熱気があがっていく。ホブデンさんはおもむろに新しい炭を割ると、熱さにも指をぴくりともさせずに、うまい具合に並べていった。それからゆっくりうしろに手をのばし、その鉄シャベルのような手にダンがジャガイモをのせると、火のまわりにていねいに置いて、すっと背を伸ばした。後姿が一瞬、赤々と燃える炎を背景に黒く浮かびあがった。それから窯の扉を閉めると、外はまだ日が沈んでいないのに乾燥所の中はまるで夜のようになり、ホブデンさんはランタンのろうそくに火をつけた。子どもたちはこうした手順を知りつくしていて、心から愛していた。

蜜蜂の世話をしているホブデンさんの息子は、ちょっと頭は弱かったけれど、蜜蜂のことならどんなことでも心得ていた。影のように乾燥所に滑りこんできたが、ベスが短いしっぽをパタパタ振らなければ、だれも気づかなかっただろう。

するとが霧雨の降りしきる表から、大きな歌声が響いてきた。

レイディンウートルばあさんは死んで一年近く

ホップのできがいいとき、いきなりひょいと出てきたよ

「あんなにでかい声で歌うやつが、ふたりといるわけがねえ!」ホブデンじいさんは大声でそう言うと、さっとうしろを振り向いた。

それで言うには、「あたしが若くてきれいだったころ、一緒にホップをつんだ男の子、みんなホップをつむ運命《さだめ》、そしてこっちは……」。

ドアのところに男が現われた。

「おやおや、ホップつみは死人も引っ張り出すって言うが、どうやら本当らしいぞ。

おまえかい、トム？　トム・シュースミスだろ！」ホブデンさんはランタンを下げた。

「気がつくのが遅いぞ、ラルフ！」見知らぬ男はずかずか乾燥所に入ってきた。ホブデンさんよりたっぷり三インチは背が高くて、灰色のひげを生やし、大きな日焼けした顔に澄んだ青い目が光っている。ふたりが握手すると、固くなった手のひらがこすれる音がした。

「相変わらず手の力が強いな。おまえがピーズマーシュの市でおれの頭をぶんなぐったのは、三十年か四十年前だったたっけな？」ホブデンさんは言った。

「三十年前だ。頭のことに関しちゃ、貸し借りなしだろ。おまえもホップの棒でしっかり仕返ししたじゃねえか。あの夜はどうやって帰ったんだっけ？　泳いでか？」

「雉子《きじ》がいつの間にかポケットに入るのと同じ方法でな――ちょっとした運と手品のおかげだな」ホブデンさんは腹の底から大笑いした。

「相変わらず森には詳しいようだな。今もやってるのかい？」男は銃で狙いを定めるしぐさをした。

　ホブデンさんは、すばやく手を動かして兎のわなを仕掛けるまねをしてみせた。

「いいや。今じゃこっちだけさ。年とると、それなりのことしかできなくなるもんだ。

おまえさんこそ、長いあいだなにやっていた?」

「ああ、おれはプリマスにいった、ドーヴァーにも——あちこち歩き回ったのさ、世界中をね」[24]

男は陽気に答えた。そして子どもたちのほうを向くと、片目をつむった。「オールド・イングランドのことにかけちゃ、おれもそれなりに知ってるんだ」

「なら、たんまりうそを教えられたにちがいねえ。わしもウィルトシャーまではいったことがあるが、庭仕事の手袋のことですっかりだまされちまったよ」ホブデンさんは言った。

「どこへいったって、ほら話のひとつやふたつはあるさ。おまえさんは自分の土地にくっついて離れなかったからな」

「老木を植え替えたって枯れちまうだけさ」ホブデンさんはくっくと笑った。「まだお迎えはごめんだからな。おまえさんが今晩、ホップの乾燥を手伝うなんてごめんだと思ってるのと同じさ」

大きな男はレンガの窯に寄りかかると、両手を大げさに前へつきだした。「雇ってくれ！」男はそれだけ言い、ホブデンさんと連れ立って大声で笑いながら上へあがっていった。

布にシャベルのこすれる音がきこえてきた。黄色いホップの実を布の上に広げ、窯の熱で乾燥させているのだ。ホップをひっくり返すたびに、乾燥所は甘く眠気を誘う香りで満たされた。

「あの人はだれ？」ユーナはホブデンさんの息子にきいた。

「知らない。あんたも知らないなら、おれも知らない」息子はそう言ってにっこり笑った。

上からふたりがしゃべってはくすくす笑う声がきこえ、乾燥部屋を歩き回る重い足音が響いた。ほどなく二階の圧搾機の穴にホップが落とされ、パンパンになるまで大きな袋に詰められると、「ガチャン」と音がして、袋の中の乾いてさらさらになったホップを圧搾機が打ちかためて、固い塊にした。

24 サセックスのホップの収穫祭のときの歌

「気をつけてくれよ！」ホブデンさんの叫ぶ声がきこえた。「そんな風に置いたら、破裂しちまう。まったく、おまえときたらグリーソンちの雄牛なみにがさつだ。さあ、火のそばで休もう。あとは、こいつがやってくれる」

ふたりは降りてきた。ホブデンさんが窯の扉をあけてジャガイモが焼けているかどうか見ているあいだに、トム・シュースミスは子どもたちに向かって言った。「たっぷり塩をかけてくれ、そうすれば、おれのことがわかると思う」そしてまた片目をつむると、ホブデンさんの息子もまた笑った。ユーナははっとしてダンを見た。

「おまえのことなら、じゅうぶんわかってるよ」ホブデンさんはうなるように言うと、火のまわりに置いたジャガイモをとろうと手で探った。

「そうかい？」トムは、ホブデンさんが背中を向けているうしろで続けた。「おれたちの仲間には蹄鉄も教会の鐘も流水もだめなやつがいる。そうだ、流水といえば――」トムは、うしろ向きのまま窯から這い出てきたホブデンさんのほうを見た。「ロバーツブリッジの洪水のことは覚えているかい？　ほら、道で粉屋の男がおぼれ死んだだろ？」

「覚えてるとも」ホブデンさんは窯のたきぐちのそばに積んであった炭に腰を下ろし

た。「あの年に、湿地《マーシュ》で女房に結婚を申しこんだんだ。わしはプラムさんのところで荷馬車の御者をしていて、週に十シリングもらってた。女房は湿地《マーシュ》の民だった」

「まったく、ほかにねえ、すごい場所だよ、ロムニーマーシュは[25]」トム・シュースミスは言った。「世界はヨーロッパ、アッシィ、アフリキー、オーストラリー、それからロムニーマーシュに分けられるっていうくらいだからな」

「湿地《マーシュ》の連中はそう思ってるだろうな。女房をこっちへ連れてくるのはひと苦労だったんだ」ホブデンさんは言った。

「おまえの女房はどこからきたんだっけ？　思い出せないんだが」

「壁[26]のそばのディムチャーチさ」ホブデンさんはジャガイモを持ったまま答えた。

「とするとペットか。それともホイットギフトの出身か？」

「ホイットギフトだ」ホブデンさんはジャガイモを割ると、風の吹きすさぶ戸外で料理をしなれている者特有の器用な手つきで口に運んだ。「しばらくウィールドで暮ら

25　ケント州からイーストサセックスにかけて海岸に泥が沈積してできた沿岸湿地帯

26　ディムチャーチにあったという護岸用の防壁。最初に建設されたのはローマ時代といわれている

すうちにすっかり分別がついたが、最初の二十年かそこらは、なにをやるにも本当に変わっていたよ。あと、蜂の扱いは、かなりのもんだったね」そして小さなかけらをドアの外にほうった。

「ホイットギフトの連中は石臼の中まで見通す力があるときいたことがあるが。どうだった、おまえの女房は?」

「死人を呼び出すようなたぐいのまじないには、まったく手を出しちゃいなかったよ。ただ飛んでる鳥とか流れ星とか蜜蜂を見て、なにかのしるしだとか予兆だと言うことはあったがな。それからよく夜中に起きてたな。声をきいてるんだとかなんとか言ってた」

「それだけじゃ、特別な力があった証拠にはならんな。湿地《マーシュ》の民は、うんざりするほどむかしから密輸人だったんだ。だから、夜中に耳を澄ますのは一種の習性なんだろう」

「たしかにな」ホブデンさんは言って、にっと笑った。「密輸が湿地《マーシュ》よりもおれたちの村に近いところで行われてたころのことは覚えてるよ。だが、女房の問題はそのことじゃなかった。よくたわごとを言ったんだ」ホブデンさんは声をひそめてつづけた。

「フェアリーについてな」

「ああ。湿地の民《マーシュ》は信じてるそうだな」トムはベスの横で目を見開いている子どもたちをまっすぐ見た。

「フェアリー？　ああ、妖精ね！　わかったわ！」ユーナが叫んだ。

「丘の住人だ」ホブデンさんの息子は言って、ジャガイモの半分をドアのほうにほうった。

「そら始まった！」ホブデンさんは息子を指さした。「こいつは、女房の目と〈外の世界を感じる力〉を受け継いでるんだ。女房はそう呼んでいた」

「で、おまえさんはどう思ってたんだ？」

「うむ」ホブデンさんは低い声でうなった。「むかしのわしのように暗くなってから畑や森に行く人間は、森番でもないかぎり、道からはずれようとは思わんだろうな」

「それ以外はどうだ？」トムはうながすように言った。「たった今、贈り物を外へ投げてたじゃないか。信じてるのか？　どうなんだ？」

「あのジャガイモにはでかい芽がついてたんだ」ホブデンさんは怒ったように言った。

「おれの小さい目には、そんなものは見えなかったけどな。おまえさんが——そう、贈り物をほしがってる連中にやったように見えたぞ。だが、まあいい。おまえさんは信じているのか？　どうなんだ？」

「わしはなにも言わねえ。見てもきいてもいないもののことはな。だが、おまえさんが言ってるのが、暗くなったあとの森には、人間や毛のあるものや羽のあるものやひれのあるもの以外がいるってことなら、うそだとは言い切れねえ。今度はそっちの番だ、トム。おまえさんはどう思ってるんだ？」

「おまえと同じだよ。おれもなにも言う気はない。だが、ある話をしよう。それをどう考えるかは、おまえさんの自由だ」

「またどうせくだらんたわごとだろう！」ホブデンさんはうなったが、パイプにタバコの葉をつめた。

「湿地《マーシュ》の民は、ディムチャーチの大脱出と呼んでいる」トムはおもむろに続けた。

「きいたことはあるか？」

「女房から何度もきかされたよ。しまいには、こっちまで信じているような気がしたもんさ、ときどきだがな」

ホブデンさんはしゃべりながら部屋の反対側へ行き、黄色いランタンの火でパイプに火をつけた。トムは炭の横に腰を下ろし、大きなひざの上に大きなひじを乗せた。

「湿地《マーシュ》へは行ったことがあるかい？」トムはダンにきいた。

「ライまでなら、一度だけ」ダンは答えた。

「ああ、あそこはまだほんのはしっこだ。もっと奥へ行ったところに、教会があって横に塔が建ってる。村の家にはまじない女が、陸の向こうには海が、水路には鴨が群れをなして泳いでる。あそこは、いたるところに水路や堰や潮門や放水溝があるんだ。潮が満ちてくると、あちこちでざあざあ、ごぼごぼ音がしはじめて、波がものすごい音を響かせながらディムチャーチの壁に向かって押し寄せてくる。まっ平らだったたろう──あそこの湿地《マーシュ》は。上を歩くのなんて朝飯まえだと思ったろう？　ところが実際は、水路や放水溝のせいで道が魔女の糸車の糸みてえにこんがらがってやがるから、真っ昼間でもぐるぐるまわってまたもとの場所に後戻りなんてことはざらなんだ」

「そりゃ、水路に水を流すようになったからさ」ホブデンさんが言った。「女房を口説いてたころは、青々したイグサが生えてたんだ。青々としたイグサだぞ！　湿地《マーシュ》の番人は霧みてえに自由に湿地《マーシュ》を歩き回ってた」

「湿地《マーシュ》の番人ってだれのこと？」ダンがきいた。

「ああ、湿地熱のことだ。熱病だ。わしも一度か二度、肩をたたかれちまって、あんときはひでえ震えだった。だが、今じゃ水がすっかりはけて、それといっしょに熱病もいっちまった。それで、湿地《マーシュ》の番人は水路で首の骨を折ったなんて冗談も生まれたわけさ。蜂や鴨にも、もってこいの場所になったしな」

トムが続けた。「はるか昔から、あそこには、血と肉を持つ者、つまり人間たちが暮らしていた。ああ、湿地《マーシュ》の民にきけば、フェアリーたちははるか昔からオールド・イングランドのどこよりも湿地《マーシュ》が気に入っていたと言うだろう。連中が知ってるのも当然なんだ。湿地《マーシュ》の民は日が暮れると、父も息子もぞろぞろ出てきて、いろんなものを密輸してたんだからな。そう、羊の背中に毛が生えるようになってからずっとな。そんなときは必ずフェアリーのひとりやふたり、見かけたってさ。兎みてえにずうずうしくてな、真っ昼間から堂々とダンスをしてたそうだ。小さい緑の光がちらちらしながら、水路を行ったりきたりしてな、本物の密輸人みたいだったとよ。教会に鍵をかけちまって、神父が出てこられないようにしたこともあったってな」

「そりゃ、密輸人どもがレースやブランディを湿地《マーシュ》へ持っていくまでそこに隠してたからだろ。女房にもそう言ってやったんだ」

「だが、おまえの女房は信じなかっただろうな。ホイットギフト出身なら、なおさらだ。フェアリーたちにとっちゃ、すばらしい場所だったよ、湿地《マーシュ》はさ。いや、そうだったって話だ。だがそれも、エリザベス女王の父親が宗教改革を起こすまでだった」

「国会制定法とかそういうことかい？」ホブデンさんはきいた。

「ああ、そうだ。オールド・イングランドはそれなしじゃ、なにもできなかったんだ。法律とか令状とか召喚状とかそんなもんがないとな。王様は自分の作った法律で自分に許可を与えたってわけさ。エリザベス女王の父親のことだよ。教区教会を利用したんだ、自分の恥ずべき望みをかなえるためにね[27]。いったいどれだけの人間を殺したか、わからんくらいだ。なかにはそれでいいと思った連中もいたが、そう思わない者たちもいて、結局、イングランドは真っ二つに分かれて、争う羽目になっちまった。どっちが上かを争って相手を火あぶりにしたわけだ。それで、フェアリーたちはすっかり

27　ヘンリー八世のこと。ヘンリー八世はエリザベスの母親アンと結婚するため、ローマ教皇と決裂し、英国国教会を設立した

恐れをなしちまった。気のいい人間は付き合うのも楽しいが、悪い人間は毒みてえなもんだからな」

「蜜蜂も同じだ。蜜蜂は憎しみがある家のそばには寄りつかないんだよ」ホブデンさんの息子が言った。

「そのとおりだ」トムは言った。「宗教改革のせいで、フェアリーたちはすっかり怯えちまった。最後に残った麦が刈られちまってかくれる場所がなくなった怯える兎みたいにな。それで、イングランドじゅうからフェアリーたちが湿地《マーシュ》に集まってきたんだ。『こうなったら、照ろうが降ろうが、ここから逃げ出さなくては。楽しきイングランドはもはやない。あの人間たちにとっちゃ、あの聖者の像やステンドグラスもわれわれも同じなのだから』[28]とな」

「本当にフェアリーたちはみんな、そんなふうに思っていたのかね？」ホブデンさんがきいた。

「ああ、たったひとりをのぞいてね。ロビンって名前をきいたことがあるか？　おや、どうして笑ってるんだ？」トムはダンのほうを向いてきいた。「フェアリーたちに訪れた危機は、ロビンには関係なかった。なぜって彼は人間たちにとても近いところで暮らしていたんだ。だから、オールド・イングランドを出ていこうなんて考えはこれっぽっちも浮かばなかったわけさ、ロビンにはな。それで、人間たちに助けを求めるメッセージを持っていく役目を引き受けたんだが、人間っていうのは、いつも自分のことで頭がいっぱいなんだ。だから、どうしてもわからせることができなかった。いくら大声で叫んでも、湿地《マーシュ》から響いてくる潮の音か何かだと思われちまったんだな」

「パ——じゃなくて妖精——じゃなくて、フェアリーはなにがほしかったの？」ユーナはきいた。

「船さ、もちろん。連中の小さい羽じゃ、くたびれた蝶の羽と同じでとても海峡は渡れない。対岸まで渡してくれる船と船乗りが必要だったんだ。フランスじゃまだ、偶像を壊すようなことは始まっちゃいなかったからな。気の毒な人々が火刑に処せられるたびに、カンタベリーの無慈悲な鐘がブルヴァーハイスまで響き渡るのが、フェアリーたちには耐えられなかったんだ。王のえらそうな使者が、町や村を駆け抜けて像

28　宗教改革では、偶像崇拝も厳しく禁じられた

を壊せと叫ぶのも、がまんならなかった。だが、人間の許しと助けなしでは、船と船乗りを手に入れて出て行くことはできない。人間たちが自分たちのことにかかりっきりになっているあいだにも、イングランドじゅうからフェアリーがどんどん湿地《マーシュ》に集まってきて、湿地《マーシュ》はフェアリーたちであふれかえった。フェアリーたちはなんとか人間に自分たちの望みを伝えようとあの手この手を尽くした……フェアリーたちは鶏に似てるってきいたことはねえか?」

「女房がいつもそう言っていた」ホブデンさんは言って、日焼けした腕を組んだ。

「その通りなんだ。あまりにたくさんの鶏をひとところに集めると、地面が病んで、病気がはやって鶏たちは死んじまうだろ。それと同じで、あまりに大勢のフェアリーが一箇所に集まると、連中が死ぬことはないが、あたりを歩いた人間たちのほうは具合が悪くなったり、やせ衰えちまったりする。フェアリーたちがわざとそうしてるわけじゃないし、人間たちもそんなことは知らない。だが、本当なんだ——つまり、本当だって話だ。フェアリーたちはずっとひとところに閉じこめられて、すっかり怯えちまってな、必死で自分たちの望みを伝えようとするもんだから、それがあたりの空気やら人間たちの気分にまで影響しちまって、雷雲のように湿地《マーシュ》を覆いつくした。暗くなってから窓の外を見ると、教会が野火で燃えあがり、だれもいないのに牛たちがあちこちへ逃げ惑うのが見えた。羊は羊飼いもいねえのにひとところに固まり、馬たちはだれも引き綱をひいちゃいないのに汗だくになってる。水路で見かける小さな緑の光もぐんと数が増えて、そこいらへんをせわしく歩き回る音がいっそう激しくなった。それが昼夜問わず続いたもんだから、人間たちはまるでだれかがこっそり忍びよってきて、本人にもはっきりしねえ問題を訴えようとしているんじゃないかって気がした。ああ、ありゃ本当に大変だったろうな！　男も女も、母親も子どもも、湿地《マーシュ》にフェアリーたちが群れ集まっている何週間ものあいだ、なにひとつ自然の恩恵は受けられなかった。だが、彼らは血と肉を持つ人間であり、湿地《マーシュ》の民だった。だからこうしたいろんな兆《しるし》は、湿地《マーシュ》になにか問題が起こるってことを伝えてるにちがいないと考えたわけだ。海がディムチャーチの壁まで満ちてきて、その昔ウィンチェルシーの村人たちが波に連れ去られたみてえにみんな溺れ死んじまうのかもしれん。疫病がはやるのかもしれん。そこで、湿地《マーシュ》の民は、兆《しるし》を解き明かす鍵を探して海や雲を眺めた。そうやって、はるか遠くまで、空の高いところまで探したっていうのに、自分たちの足元を探そうとは思いつかなかったんだ。なにも見えなかったからな。

さて、ディムチャーチの壁のそばに貧しいやもめが住んでいた。夫も財産もない女で、そのぶん、ものごとを感じる時間があった。だから、自分の家のすぐ外で、今までにないような重くでっかい問題が起こっているのを感じとった。女には、ふたりの息子がいた。ひとりは生まれつき目が見えない。もうひとりは子どものころ壁の上から落ちて以来、口がきけなかった。そのころはふたりとも成人していたが、金は稼げなかったから、女が蜜蜂を飼い、村の人々の相談にのって、もらった金でふたりを養ってたんだ」

「どんな相談?」ダンがきいた。

「どこを探せば失くしものが見つかるかとか、赤ん坊の曲がった首の治し方とか、別れた恋人の心の取りもどし方とか、そんなことさ。だから女は、ユーナギが雷がくるのをかぎつけるように、湿地《マーシュ》になにか問題があることを感じとったんだ。まじない女だったんだな」

「女房も天気にかけちゃ、敏感だったぞ」ホブデンさんが言った。「雷雨がくるまえには、髪をとかすと、かなところみたいに火花が散った。だが、人の相談ごとをきいたりはしなかった」

「その女は、シーカー教徒だったんだ。連中はときに見えないものを見つける。ある暑い夜、女が体の節々の痛みに耐えながらベッドに寝ていると、夢がやってきた。窓をたたいて呼ぶんだ。『ホイットギフトのやもめ！　ホイットギフトのやもめ！』ってな。

翼の音と口笛のような声がきこえたんで、最初、女はユリカモメか何かだと思った。だが、とうとう起きあがると、服を着て、湿地《マーシュ》へ出るドアをあけた。とたんに、四方から熱病のもたらす熱みてえな強烈な苦しみが押し寄せ、うめき声が満ち満ちてきた。女は叫んだ。『これはなに？　いったいなんなの？』するると、水路で蛙が鳴いているような声がした。次に、水際で揺れるアシみてえな音がした。それから、壁に押し寄せる波の音がしたもんだから、女ははっきりききとれなかった。

三度女は叫び、三度その声は波音にかき消された。しかし女は、あいまのしんとした一瞬を見計らって、大声で言った。『湿地《マーシュ》でなにが起こっているのです？　この一ヶ月わたしの心とともに眠り、わたしの体とともに目を覚ます、この不安はなんなの？』すると、小さな手がそっと服のへりをつかんだのを感じた。女はかがんでその手を引っ張った」

トム・シュースミスは火に向かって大きな手を広げると、にっこり笑った。

『海が湿地《マーシュ》を飲みこもうとしているの?』女は言った。女は何よりもまず、湿地《マーシュ》の民だった。

『いや』小さな声が答えた。『それは、心配しなくていい』

『では、疫病《ペスト》がやってくるの?』女は言った。病といえば、女はそれしか知らなかった。

『ちがうよ。その心配はない』ロビンは言った。

女は回れ右をして家にもどろうとしたが、相手がか細い声で嘆き悲しむので、また振り返って叫んだ。『わたしたち人間の問題じゃないなら、このわたしに何ができるというの?』

すると、まわりからいっせいにフェアリーたちの声がきこえた。フランスにいく船がほしい、そうすれば二度ともどってこない、と。

『ディムチャーチの壁の上に船が一隻あるけど、わたしには海まで押していくこともできないし、海へ出せたとしても走らせることはできない』

『おまえの息子を貸してくれ』フェアリーたちは言った。『ふたりに許しを与えてくれ。われわれのために船を走らせる許しを！　おお、母親よ！』

『ひとりは口がきけないし、もうひとりは目が見えない。だけど、だからこそわたしにとってはかけがえのない子なの。あなたたちと行ったら、広い海であの子たちは死んでしまうわ』だが、妖精たちの声は女の胸を貫いた。そのなかには子どもの声もまじっていた。女は精一杯抵抗したが、子どもの声には耐えきれなかったんだ。それでついに言った。『息子たちを説得できれば、わたしはじゃまはしない。これ以上、母親のわたしにはきかないで』

すると、小さな緑の光がいっせいに飛び交い、女は目がくらんだ。フェアリーたちの小さな足音が響きわたって、無慈悲なカンタベリーの鐘がブルヴァーハイスまで鳴り響き、大いなる波が壁に押し寄せる音がきこえた。そのあいだに、フェアリーたちは夢を送って、眠っているふたりの息子を起こした。女が指を嚙んでると、自分の腹をいためた息子たちが部屋から出てきて、ひと言も言わずにまえを通りすぎていった。女は哀れにも泣きながらあとを追い、ディムチャーチの壁の上にある古い船のところまでいった。息子たちは船を海まで押していった。

マストを立て、帆をあげると、目の見えない息子が言った。『かあさん、ぼくたちかあさんの許しがないと、彼らをつれて海を渡ることはできないよ』」

トム・シュースミスは天を仰いで、目を閉じた。

「ああ！　女は立派だった。勇敢だった。長い髪の先を指でくるくるひねり、ポプラみてえに震えながら決意を固めようとしていた。フェアリーたちは泣いてる子どもたちを叱りつけ、静まり返って女の答えを待った。女の決断に彼らの運命がかかってるんだ。女の許しがなけりゃ、フェアリーたちは海を渡れねえ。なぜなら女は母親だからだ。だから女はポプラのように震えながらも心を決めた。重い口を開いて、女は言ったんだ。『行きなさい！　許します。行ってきなさい』

女は、自分も押し寄せる潮の中に立ってるみたいに足を踏ん張ってたよ——いや、そう、きいている。その横を、フェアリーたちが次々と通り抜けて、砂浜へおり、船へ向かった。何人いたかはわからねえ。妻も子どもも大切な持ち物もぜんぶ持って、無慈悲なオールド・イングランドから出て行くんだ。銀器の鳴る音や、小さな荷物を船底に落とす音、剣や盾を積むやかましい音、そして小さい手や足が船腹をこする音がして、全員が船に乗りこむと、息子たちは船を押しはじめた。船はどんどん浜をくだっていったが、やもめに見えるのは、ふたりの息子が妖精たちがいっぱいの船上で滑車を必死に動かしている姿だけだった。帆があがると、重い荷物を積んだライのはしけみてえに深く沈んだ船は、はるか沖の霧の中に吸いこまれていった。それを見届けるとホイットギフトのやもめはすわりこんで、朝日が昇るまで思う存分泣いたんだ」

「ひとりだったとはきいてないがな」ホブデンさんは言った。

「ああ、今思い出した。ロビンという妖精がいっしょにいたんだ。話ではそうなってる。だが、女は嘆き悲しむばっかりで、ロビンの約束が耳に入らなかった」

「ああ、交渉するなら前にしておくべきだったのに。わしは女房にいつもそう言っていたんだ！」ホブデンさんは言った。

「女は純粋な好意だけで息子たちを貸してくれた。湿地《マーシュ》におかしなことが起こっているのを感じて、ただただ何とかしたいと思ってくれたんだ」トムは声をあげずに笑った。「女はやった。やり遂げたんだ！ハイスからブルヴァーハイスまで、腹を立てていた男もけちな女も、患っていた母親も泣いていた子どもも、フェアリーが去ったとたん、ふっと周囲の空気が軽くなったのを感じた。まるで雨のあとのカタツムリみてえに、すっかり元気になって晴れ晴れとしたようすで出てきたよ。そのあいだも、ホイットギフトのやもめは壁の上で嘆いていた。おれたちのことを信じてりゃよかったのに。息子たちを無事に帰してくれるとな。だから、三日後にふたりの船が帰ってきたときは、たいへんな喜びようだった」

「もちろん息子たちの目と耳も治ってたのよね？」ユーナが言った。

「いいや。それは自然の摂理に反する。息子たちは送り出したときと同じ姿で帰ってきた。目が見えない息子は、何一つ見なかったし、口のきけない息子はもちろん、自分が見たものを説明することはできなかった。だからこそ、フェアリーたちはこのふたりを選んだんだろう」

「それでパックは——ロビンは女の人になにを約束したの？」ダンがきいた。

「なにを約束したんだっけ？」トムは考えるふりをした。「ラルフ、おまえの女房はホイットギフト生まれなんだろう？　何か言ってなかったかい？」

「こいつが生まれたときは、わけのわからんことをいろいろ言っていたがね」そう言って、ホブデンさんは息子を指さした。「女房の家系には、必ずひとり、石臼のなかまで見通せる力を持った者がいるんだとよ」

「ぼくだ！　ぼくのことだ！」急にホブデンさんの息子が言ったので、みんなは大笑いした。

「思い出したぞ！」トムがひざをぴしゃりとたたいた。「ホイットギフトの血が続くかぎり、必ずひとり、特別な者が生まれる――困難にあうこともなく、娘を悲しませることもない。夜におびえることも、恐怖に傷つくことも、過ちを犯すことも、女にばかにされることもない、そんな者が生まれる。そうロビンは約束したんだ」

「ぜったいぼくのことだ！　ちがう？」ホブデンさんの息子が座っているところに銀色の四角い光がさしていた。乾燥所のドアから九月の大きな月がのぞいていた。

「まさに女房が言った言葉のままだ。最初にこいつがほかの子とはちがうってことに気づいたときにな。だが、いったいどうしておまえが知ってるんだ？」

「ハハ！　この帽子の下にあるのは、髪の毛だけじゃないってことさ」トムは笑って、ウーンと伸びをした。「お若いおふたりさんを家まで送ったら、今夜は昔のように過ごそうじゃないか。昔の話でもしながらな。で、きみたちはどこに住んでいるんだい？」トムはまじめな顔でダンにきいた。それからユーナに向かって言った。「きみたちを送っていったら、おとうさんが一杯ご馳走してくれるかな？」

　ふたりはクスクス笑いながら外に飛び出した。トムはダンとユーナをひとりずつたくましい肩に乗せると、月明かりの照らすシダの生えた牧草地を歩いていった。牛がミルクくさい息を吹きかけた。

「ねえ、パック！　パック！　塩のことを言ったときからちゃんとわかってたのよ。いったいどうやったの？」ユーナはうれしくて体を揺らしながら言った。

「なんのことだい？」トムは言って、枝を刈り込んだオークのそばの踏み越し段をのぼった。

「トム・シュースミスのふりをしたこと」ダンが言った。ダンとユーナは、小川に架かった橋のそばに生えている二本のトネリコの木にぶつからないようにひょいと頭を下げた。トムはまるで走っているみたいだった。

「ああ、それがおれの名前さ。ダンぼっちゃん」トムは静まり返った輝く芝生の上をすたすたとわたっていく。クローケー場のそばの白いサンザシの根元に兎が一羽、ちょこんと座っていた。「さあ、ついたぞ」トムは台所の裏の庭に入っていくと、ふたりを下ろした。エレンがやってきて、あれこれ質問をはじめた。

「おれはスプレイさんちの乾燥所で手伝いをしてるもんです」トムはエレンに言った。

「いいえ、よそもんじゃありません、この土地のことなら、あんたのおかあさんが生まれる前から知ってます。そうです、ホップを乾かしてんです、じゃあ」

エレンは水差しを取りにいった。子どもたちは家の中に入った。またもやオークとトネリコとサンザシの魔法をかけられて！

三つの土地の歌

わたしは恋に落ちた、三つの土地に
ウィールドとマーシュとダウンズの土地に
その三つすべてに夢中なのだ
ウィールドもマーシュも白亜の海岸も！
わたしの心はシダの茂る丘に埋まっている

小さな低い森と、大きな高い峡谷のあいだに
おお、黄色いホップのつる、薪《まき》を燃やす青い煙
彼女こそ最愛の相手なのか！

解き放たれた気持ちは一直線に走っていく
マーシュへ、王たちが生まれたはるかむかしからの古き土地
おお、ロムニーの湿地、ブレンゼットのアシの原
わたしの心の求めるものがわかるだろう！

わたしは魂をサウスダウンズの牧草地にささげた
羊のベルが鳴っている
おお、ファールにディッチリング、海に見える帆
わたしの魂をつかまえておいてくれ！

宝と法

第五の川の歌

初め、エデンの木のそばに
四本の大きな川が流れていた
それぞれの川に、人間が選ばれ
王子となり、支配者となった

だが、それが定められたのち
（太古の伝説にあるとおり）
黒のイスラエルがやってきたときには
川はみな、消えてしまっていた

すると、まったき存在である神が
言われた。「一掴みの黄色い砂を
大地に投げよ
されば第五の川が流れ出る
かつての四本の川より力強く
ひそやかに大地を駆け巡る
その秘密はとこしえに、
おまえとおまえの子孫にだけ明かされるだろう」

そして言われたとおり行われた
大地の奥深くの水脈を巡り
幾千もの泉から湧き出《い》でる水をあわせながら
市を潤し
王の力を吸いあげ、

第五の川は生まれたのだ
予言されたとおり
黄金の秘密の川が！

そしてイスラエルは
しゃくと王冠を置き
川岸で考えた
どこから水は出でて
大地を掘ってもぐりこみ
じっと待っているのだろう

その答えを知る者はいない
ただ一人、イスラエルをのぞいては
イスラエルは最後の王

第五の川は、最もすばらしい大河
彼はきいた、自分の血の中に流れる
とどろくような川音、川のうたう歌を
そして予言する。「川の水が減る」と
なぜなら、彼は知っているのだ
どこの砂漠の、どの泉が涸れるかを
南へ千リーグいった先まで
彼は予言する。「川の水が増える」と
なぜなら、彼は知っているのだ
はるか遠く、どこの雪が解け、どの山壁に沿って流れていくのかを
北へ千リーグいった先まで
旱魃《かんばつ》をかぎわけ、
雨の訪れを見ぬく
それぞれがもたらすものを知って、
自分の力とするのだ

剣なき王子
玉座なき支配者
イスラエルは探求の旅へ出る
あらゆる土地の客人で
多くの土地の主君だが、
どこへいっても王ではない
だが、大いなる第五の川は
豊かな水の秘密を
イスラエルのみに明かす
そう、神に命じられたとおりに

十一月の三週目に入り、森には雉子撃《きじ》ちの銃声が響き渡っていた。こんな険しくて狭い土地で獲物を追うのは村のビーグル犬だけだ。犬はしょっちゅう犬小屋から抜け出してきて、一日好き勝手にすごしていた。ダンとユーナは、そのうち二匹が菜園に入りこんで洗濯室の猫を追っかけまわしているのを見つけた。小さな暴れん坊たちは兎を追いかけたくてしょうがないのだ。そこでふたりは犬を走らせて小川の流れる牧草地を抜け、リトル・リンデンス農場までいったが、農家の庭で年寄りの雌豚に追い出され、今度は石切り場まであがっていったところで、犬が狐を見つけた。一目散で逃げていく狐を追いかけてファーウッドの森までいくと、銃声の鳴り響く谷の向こうの猟場から逃げてきた雉子たちが、犬に驚いて飛び出してきた。するとまた容赦ない銃声がしはじめたので、ふたりは犬たちがはぐれてけがをしないようにおさえた。

「雉子にはなりたくないな。特に十一月はさ」ダンはフォリーの首輪をつかんで、息を弾ませた。「どうしてそんな変な笑い方をするんだ?」

「笑ってないわ」ユーナは言って、太った雌犬のフローラの上に座った。「あ、見て! 雉子ったらばかなんだから! 自分たちの森のほうへ戻っていくわ。こっちにいれば、安全だったのに」

「時間の問題だがね。いずれきみたちも喜んで猟をするようになる」ウォラテッラエの横に生い茂ったヒイラギのうしろから、巨人と見まがうような背の高い老人が出てきた。子どもたちは飛びあがり、犬たちはセッター犬のように地面にはいつくばった。老人は、地面を払うような黒い厚手のローブをまとっていた。ふちとすそに黄色っぽい毛皮がついている。老人が深々と腰を曲げてお辞儀をしたので、ダンとユーナは誇らしいような恥ずかしいような気持ちになった、それから老人はふたりをじっと見つめた。ふたりもなんの疑いも恐れもなくまっすぐ見つめ返した。

「こわくないのかね?」老人はきいて、立派な灰色のひげをなでた。「向こうにいる者たちが恐ろしくないのか?」そして、下の森からひっきりなしに響いてくるパンパンという銃声のほうへ頭を傾けた。「撃たれるかもしれないだろう」

「ええと」ダンはなるべく正確に説明したかったし、知らない人が相手のときはなおさらだった。「ホブデンさん――いえ、ぼくの友人からきいたんですけど、先週勢子《せこ》をやっていたワクシー・ガーネットが散弾銃で撃たれたって――足ですけど――。もちろん、マイヤーさんは兎を撃つつもりだったんです。だからお詫びにワクシーに一ポンド――つまりソヴリン金貨をあげたんです。そしたらワクシーがあとでホブデンさんに、あの半分の金でもらえるなら、二発食らったっていいって言ったんです」

「そんな言い方じゃ、わかってもらえないでしょ」ユーナは、老人が青白い顔をしかめるのを見て叫んだ。「ああ、わたし――」

ユーナが言いおわるまえに、ヒイラギの葉がさがさ鳴ってパックが出てきた。パックは早口で老人になにか言った。外国の言葉だった。午後になって霜がおりはじめていたせいか、パックも長いマントをはおっていたが、そのせいでいつもとすっかりようすがちがって見えた。

「いや、ちがいます！」パックは言った。「この子が言ったのは、そういうことじゃない。その自由民の男は軽いけがしかしてないんです。偶然の事故で、そう、狩りのときの」

「事故だというのはわかっておる！　彼の主人はなにをしていたのだ？　笑ってその上をまたいでいったのか？」老人は皮肉たっぷりに言った。

「けがをさせたのは、あなたの民ですよ、カドミエル」パックの目がちょっと意地悪そうに光った。「だから、彼は自由民に金貨をやって、それでこの件は終わりにしたんです」

「ユダヤ人がキリスト教徒の血を流して、それだけでおしまいだと？」カドミエルは叫んだ。「ありえん！ いつ彼は拷問を受けるのだ？」

「裁判を受けるまでは、つかまったり、罰金を科せられたり、刑に処せられることはないんです。オールド・イングランドには、相手がユダヤ人であれキリスト教徒であれ、法律はひとつしかない。ラニミードで王が調印した大憲章だけだ」

「あ、マグナカルタだ！」ダンは小声で言った。ダンが覚えている数少ない歴史的事件のひとつだ。すると、カドミエルがさっとダンのほうに向き直った。香料を焚きしめたローブがひるがえった。

「きみは大憲章のことを知っているのかね？」カドミエルは、驚いたように両手をあげた。

「はい」ダンはきっぱりと言った。

「マグナカルタはジョン王が調印し、ヘンリー三世がかかとで踏みつけた。

ホブデンさんは、もしこいつがなければ（ホブデンさんはなんでも『こいつ』って呼ぶんです）、自分は森番にとっ捕って、一年じゅうルイスの監獄に閉じこめられてるにちがいないって」

またもやパックが、耳慣れない仰々しい言葉に直してカドミエルに伝えると、ようやくカドミエルは笑いだした。

「子どもに教わるとは。ひとつ教えてくれ。そうすれば、これからは子ども扱いせずに先生《ラビ》と呼ばせてもらおう。王はなぜラニミードで新しい法律にサインしたと思う？王であるにもかかわらず？」

ダンは横にいる妹を見た。今度はユーナの番だった。

「そうするしかなかったからよ。貴族たちに調印するよう迫られたから」

「いいや、ちがう」カドミエルは首を横に振った。「きみたちキリスト教徒はいつも、黄金は剣よりも強いということを忘れる。善人の王がサインしたのは、われわれユダヤの悪人からもう金を借りられなくなったからだ」カドミエルはしゃべりながら肩をまるめた。「黄金を持たぬ王など、背骨の折れた蛇のようなものだ」そして鼻をくっと上に向けると、眉じりを下げた。「蛇の背を折るのは、大切な仕事だが、わたしはそれを成し遂げた」カドミエルはパックに向かって誇らしげに言った。「大地の精霊よ、あれはわたしがやったのだと証言してくれ！」カドミエルはすっと背を伸ばした。高いところから発せられた声は、ラッパの音のように響き渡った。その声は、さまざまに色を変えるオパールを思わせ、雷鳴のように低く太かったかと思うと、次には悲しんでいるようにか細くなり、めまぐるしく変化したが、常にきき手をひきつけた。

「あの事件の証人なら大勢いますよ」パックは言った。「この子たちに、顚末《てんまつ》を話してやってください。ただ、ふたりは疑いと恐れは知らないんです」

「それは、会ったときに顔を見てわかった。だが、本当に、この子たちはユダヤ人にツバを吐きかけるようには教わっていないのかね？」

「そんなこと、教えてるんですか？」ダンは興味を引かれて言った。「どこで？」

パックはあんまり笑ったのでうしろによろめいた。「カドミエルが言っているのは、ジョン王の時代のことさ。当時、彼の民はひどい扱いを受けていたんだ」

「あ、知ってる！」ふたりは答えて、（とても失礼だとわかっていたけれど、思わず）カドミエルの口の中をのぞきこんだ。歯が全部あるかどうか見たかったのだ。

ジョン王が金を借りるためにユダヤ人の歯を抜いたこと[29]を教わって以来、すっかりそれが頭にこびりついていた。

カドミエルはふたりがなにを考えているかわかると、苦笑した。

「いや、歯は抜かれなかった。むしろわたしのほうが王の歯を抜いてやったと言っていい。いいかな！　わたしはキリスト教徒の土地で生まれたのではない。ムーア人の、スペインの地で生まれたのだ。山のふもとの小さな白い町でな。ああ、確かにムーア人は残酷だ。だが少なくともムーア人の中でも学のある人間は考えようという意思がある。わたしは、生まれたときに将来を予言された。知らない言葉をしゃべり、難しい言語を使う者たちのための法を制定することになると。われわれユダヤ人は常に王子と立法者が生まれるのを待ち望んでいるからな。いけないか？　その町にはわれわれの民はわずかしかいなかったが、わたしは予言の子として特別に育てられた。選ばれし民の選ばれし子としてな。われわれユダヤ人は、多くの夢を見るのだよ。ユダヤ人地区でゴミの山をこそこそ歩き回る姿からは想像もつかないだろうが、一日の終わりには、戸口を閉め、ろうそくに火をともして――そうだ！　そして、選ばれし者に戻るのだ！」

カドミエルはしゃべりながら森のなかを歩きまわった。銃声は一向にやむ気配はなく、犬たちはクンクンと鳴いて落ち葉の上にすわりこんでしまった。

「わたしは王子だった。ああ、家で乱暴な言葉など一度もきいたことのない小さな王子が、いつも怒鳴り散らしているひげを生やしたラビたちのもとへ送られたときの気持ちがわかるか？　耳をひっぱられ、鼻をはじかれ、教わることといえば、そのときがきたらおまえは王になるのだ、とそれだけだ。ハ！　まったくたいした王子だ！　片目は常に石を投げてくるムーア人の少年たちを見張り、もう一方の目は自分の王国を求めて通りをさまよっている。ああ、声をあげずに泣くことも覚えた。いつも王国を探している通りで追い回されたときもそうだ。何をするにも声を出さないすべを身に着けたのだ。大いなるろうそくがともされた父親のテーブルの下で遊ぶときは、子どもなら誰でもするように、テーブル上で交わされる父と友人の会話に耳を傾けた。客人たちは、世界中から山を越えて父のもとへやってきた。小さな王子の父親に相談

29　常に財政的に困難な状況にあったジョン王は、金を貸すのを断ったユダヤ人の歯を七本抜いたという

事を持ってくるのだ。サラディンの軍のあとについてやってくる者。ローマから、べニスから、イングランドからもきた。裏通りをこっそりやってきて、ひそかにわが家の戸をたたき、ぼろぼろの服を脱いで美しい服を身につけ、ワインを飲みながら父と話をする。世界中で異教徒たちが戦っていた。客人たちはそうした戦いの情報をもたらし、小さな王子は机の下で遊びながら、それをきいていたのだ。王が王に剣を振りあげ、民が民に対して立ちあがる戦いのすべてを、みすぼらしい服をまとって訪れた客人たちが決めていくさまを。そうだ、戦争の時期や期間、戦い方、すべてだ。いけないか？　金がなければ戦争はできない。われわれユダヤ人は地上の金が季節や穀物、風とともにどのように動いているのか、すべて把握しているのだ。川のようにあらゆるところをめぐり、ときに元の場所にもどり、高みへのぼっていくかと思えば、また沈む。地下を脈々と流れる地下水のようにな。戦いや盗みや殺しあうことに明け暮れているおろかな王たちに、そんなことがわかると思うか？」

子どもたちの目を見開いた顔を見れば、そんなことはなにも知らなかったのは一目瞭然だった。大またですたすた歩く老人の横を、子どもたちは小走りでついていった。カドミエルがローブを肩にひきよせると、毛皮の奥で宝石をちりばめた金の四角い板が一瞬、きらめいた。降りしきる雪の向こうできらりと星が光るように。

「それはどうでもいい。だが、わかってくれ。王子は戦争か平和かを決定する場面を幾度となく見てきたのだ。大いなるろうそくがともされた父の家で、ベリーからきたユダヤの男とアレクサンドリアからきたユダヤの女がコインの裏表で運命を決定するさまを。異邦人たちに対し、われわれユダヤ人はそれだけの力を持っていた。ああ、わたしは小さな王子だった！ わたしがそうしたことを幼くして学んだのが不思議か？ いけないか？」カドミエルは独り言のようにつぶやいた。

「わたしは医者になった。スペインで医学をおさめると、わが王国を見出すため、東方へ旅に出た。ユダヤ人は雀のように――あるいは犬のように、自由なのだ。そして行く先々で追い払われる。東の国にはいくつもの図書館があった。人々が思索する場所。医学の学校もあった――人々が学ぶ場所だ。わたしは一生懸命勉強したよ。王たちの前にも出た。王子たちの兄弟として、物乞いたちの仲間として、生者と死者とのあいだを歩いてきたのだ[30]。だが、それによって得たものはなかった。王国は見つから

30 カドミエルはフリーメイソンのような組織に属していたと考えられる

なかったのだ。だから、旅に出て十年がたち、最東端の海までたどり着いたとき、わたしは父の家にもどることにした。神のお力で、わが家は驚くほどなにも変わっていなかった。殺された者どころか、けがをした者すらおらず、わずかに神の罰の下った者がいただけだった。わたしは再び父の息子となった。再び大いなるろうそくに火がともされ、日が暮れると、みすぼらしい服に身を包んだ者たちがわが家の戸をたたいた。そして金の重さを量るように、平和と戦争を天秤にかけるのだ。再びそうした話を耳にするようになったとはいえ、わたし自身には金がなかった。そこまでの金はなかったのだ。だから、力と知識と富を持っている者たちが話し合っているとき、わたしは物陰にひっそりと座っていた。いけないか?

だが、さまざまな土地を旅したおかげで、ひとつだけはっきりしたことがあった。金のない王など、槍先のない槍にすぎぬ。傷ひとつ負わせることもできない。だからわたしは、長老であるベリーのエリアスに言った。『なぜ、われわれを迫害する王たちに金を貸すのですか?』エリアスは答えた。『もし断れば、王たちは民衆をたきつけ、われわれを襲わせるからだ。そうなったときの民衆は、王の十倍も残虐だ。うそだと思うのなら、ともにイングランドのベリーにきて、わしのように暮らしてみるがよい[31]』

わたしはろうそくの炎ごしに母の顔を見て、それからエリアスに言った。『ともにベリーへ参りましょう。ベリーにこそ、わが王国があるかもしれません』

　こうしてわたしはエリアスとともに船に乗り、悪のはびこる闇の町ベリーへ向かった。この町には、学問のある者などいなかった。憎しみあっていて、どうして学ぶことなどできよう？　ベリーではエリアスの帳簿をつけながら、人々がユダヤ人を次々に殺すさまを見てきた。いや、エリアスに手をかける者はいなかった。なぜなら彼は王に金を貸していて、王のお気に入りだったからだ。金があるかぎりは、王に命を脅かされることはない。王は――そう、ジョン王のことだ――国民には容赦がなかった。彼らが金を出さないからだ。だが、彼の国はよい国なのだ。戦争さえしなければ、キリスト教徒がヒゲを刈るように穀物を刈りとることができただろうに。だが、そんなことさえ、あの王はわかっていなかった。神は王から理解する能力をお奪いになったのだ。そして、国民に疫病と飢饉《ききん》と絶望をもたらした。そして国民はわれわれユダヤ

31　サフォークの町。一一九〇年のリチャード一世の戴冠をきっかけに、ユダヤ人の大虐殺が行われた

人に怒りの矛先《ほこさき》を向けたのだ。彼らの犬であるわれわれにな。当然だろう？　だが、ついに貴族と国民は王の残虐さに耐えかね、ともに立ちあがった。いやいや、ちがう。貴族たちは国民のことを心配したわけではない。王がこのまま民衆を苦しめ、破滅させれば、次は自分たちの番だと思っただけだ。だから、彼らは手を結んだのだ。猫と豚が手を結んで、蛇を退治しようというわけだ。わたしは帳簿をつけながら、こうしたことをもらさず見ていた。自分の将来についての予言を忘れてはいなかったのだ。そしてベリーで貴族たちが集結し（そのほとんどに、われわれは金を貸していた）、さんざん話し合い、すったもんだの挙句に、新しい法律の文書を作り、王につきつけることになった。もしこの法律を守ると王が約束すれば、幾ばくかの金をやろうというのだ。金こそ、王にとっては神にも等しいものだから——無駄にしか使っていないがな。彼らはわれわれのところにも新しい法律案を見せにきた。当然だろう？　われわれに金を借りているのだから。彼らの計画はすべてわかっていた。ベリーのドアのうしろで震えていたユダヤ人にはな」カドミエルはいきなり両手を突き出した。「われわれはすべてを金で返してもらうことを望んでいたわけではない！　われわれが求めていたのは、力だ。そう、力、権力だ！　それこそ、われわれが手に入れたいと願っている神なのだ。権力こそが！

　そこでわたしはエリアスに言った。『新しい法律はいい法律です。もう王に金を貸すのはやめましょう。金があるかぎり、王はうそをついて、国民を殺すでしょう』

『だめだ。この国の民のことならよくわかっている。恐ろしいほど残虐なのだ。千人の殺戮者《さつりくしゃ》よりはひとりの王のほうがましだ。わしは貴族たちにもわずかな金を貸している。そうでなければ今ごろ、ひどい目にあっているだろう。だが、あとはすべて王に貸す。王はわしに宮廷での地位を約束した。それさえ手に入れれば、わしと妻は安泰なのだ』

『ですが、もし王が今度の新しい法律を守ることになれば、国は平和になり、われわれの取引も増えましょう。しかし金を貸せば、また戦争するに決まっています』

『いったいいつから、おまえはイングランドの立法者になったのだ？　わしは、彼らのことはよくわかっている。犬どもには勝手に殺し合いをさせておけ！　わしは王に金貨を一万枚貸す。それで勝手に貴族たちと戦うなら戦えばよい』

『今年の夏、イングランドにある金貨は二千枚にも届きません』わたしは帳簿をつけていたので、国の金が――豊かな地下水がどのように流れているか、すべて把握していたのだ。するとエリアスは窓をすべて閉ざし、手を口に当て、自分がかつてフランス船に乗ってこまごました品物を取引していたときの話をはじめた。あるとき、エリアスはペベンシーの城にいった」

「わあ！　またペベンシーだ！」ダンは叫んでユーナを見た。ユーナはうなずいて、うれしそうに飛び跳ねた。

「ところが、城の若い騎士たちはエリアスの船荷を大広間にぶちまけ、エリアスを二階の部屋へ運んで、壁の中にあった井戸に放りこんだ。その井戸の水位は潮であがったりさがったりしていてな、連中はエリアスのことをヨセフと呼んで、びしょぬれになったエリアスの頭に向けてたいまつを放りこんだ。やつらのやりそうなことだ」

「え！」ダンは叫んだ。「だってそこは――」パックが手を上げてダンを制した。カドミエルは気づかずに続けた。

「潮が引くと、エリアスは足の下に古い鎧《よろい》のようなものがあるのに気づいた。しかし足でなぞると、それは幾重にも積み重なったやわらかい金ののべ棒だったのだ。古い時代の邪悪な宝がしまいこまれたまま、忘れ去られていたのだろう。わたし自身、そのような話はきいたことがあった」

「わたしたちも」ユーナが声をひそめていった。「邪悪じゃないけど」

「エリアスはいくつか持って帰ってきた。そしてそれからは年に三度、行商人のふりをしてペベンシーにもどり、利益など考えずにものを売りあるいては、城の二階のなにもない部屋で一人で眠らせてくれるのを待って、こっそり井戸へ降りてのべ棒を少しずつ盗み出してきたのだ。だがそれでも、井戸の中にはまだ大量の金が残っており、長い間そのことばかり考えているうちに、エリアスはそれを自分のものだと思うようになった。だが、いざわれわれふたりで井戸から金を運び出す方法を考えると、なにひとつ思い浮かばない。まだ、神の声がわたしに届くまえのことだ。ノルマン人のものだった、城壁に囲まれた砦の、四十フィートもの深さの井戸から、馬何頭分もの黄金をだれにも見られずに運び出すなど、無理に決まっている！　それがわかると、エリアスは嘆き悲しんだ。妻のアダもいっしょに泣いた。アダは、約束どおりジョン王に高い地位につけてもらって、キリスト教徒のつまらぬ女官たちと肩を並べるのを楽しみにしていたのだ。わかるかな？　アダはイングランド生まれの鼻持ちならない女だった。

目下の問題は、エリアスがおろかにも王にさらに金を貸すと約束してしまったことだった。おかげで野営地にいた王は、貴族や国民たちの声に耳を傾けるのをやめてしまった。そして、毎日のように人が死んだ。アダは宮廷での地位欲しさに、エリアスに宝のありかを王に明かすよう迫ったが、そうなれば王は勝手に黄金を取り、エリアスは王の感謝の心を当てにするしかなくなる。わかるかな？　だから、エリアスは首を縦に振らなかった。エリアスはあの黄金を自分のものだと思っていたのだ。ふたりは口論し、夕食の席では涙を流した。その夜遅く、スティーヴン・ラングトンという男がたずねてきた。司祭で、なかなか学のある男でな。貴族たちのために金を借りにきたのだ。エリアスとアダは自分たちの部屋にもどってしまった」

カドミエルはひげの奥でばかにしたように笑った。谷の向こうからきこえていた銃声がやんだ。狩りの一隊は最後にもう一度、猟場を変えるつもりなのだろう。

「つまり、エリアスではなく、わたしだったのだ」カドミエルはおだやかにつづけた。「ラングトンと交渉し、あたらしい憲章の第四十章に手を加えたのは」

「どの言葉です？」パックがすかさずきいた。「『マグナカルタの第四十章はこうでしょう。『何びとに対しても、権利と正義を売ったり、拒んだり、否定してはならない』」

「そうだ。だが、最初貴族たちはこう書いていたのだ。『すべての自由民に対して』

となった。その言葉を変えさせるだけで、金貨二百枚が必要だった。ラングトンはすぐに理解したよ。『あなたはユダヤ人だが、この変更は正しい。イングランドでキリスト教徒とユダヤ人が平等になるときがきたら、あなたの民は必ずあなたに感謝するだろう』それから夜中にイスラエルと取引した者にふさわしく、こっそりと帰っていった。わたしからの贈り物は祭壇に使ったのではないかと思う。わたしはラングトンと話したわけだが、なかなかの男だった。もし、そう、もしわれわれユダヤ人に国というものがあれば、わたしも彼のようになっていたかもしれん。だが、あらゆる意味でまだ彼も子どもだった。

エリアスとアダが二階で言い争っている声がきこえた。女のほうが強いのは、わかっていた。結局、エリアスは王に金のありかを話すことになるだろう。そうすれば王は今のまま、決して折れぬ。つまり、あの黄金は何びとの手も届かぬところにやるしかない。そのときだった。ふいに神の声がきこえたのだ。『この地に住むものよ、おまえの順番がきた』[32]と」

32 エゼキエル書第七章第七節

カドミエルは足を止めた。森の向こうに広がる薄緑色の空を背に、ローブを羽織った巨大な黒い影が浮かびあがるのを見て、ダンとユーナは聖書の絵本のモーゼを思い出した。

「わたしは立ちあがり、家を出た。そして愚か者の家の戸を閉めた。女が窓から見下ろして小声で言った。『王に話すよう、夫を説得したわ!』わたしは答えた。『その必要はない。神はわたしとともにある』

そのときはもう、神のお力によって、自分が何をすればいいのかすべてわかっていた。神の手がわたしを守ってくださっていた。わたしはまずロンドンへ行き、われわれの民の医者のもとへいって、必要な薬を手に入れた。理由はこれから話す。それから急いでペベンシーへ向かった。あちこちで人々が争っていた。この忌まわしい国には統治者も判事もいなかったからだ。しかし、わたしを見ると、アハシュエロスがきたと叫び、逃げていった。キリストに再臨の日まで生き続け、放浪せよと言われたユダヤ人の名だ。このようにして、神はわたしが使命を果たせるように、手をお貸しくださったのだ。そしてペベンシーにつくと、わたしは小さな舟を買い、城の湿地側の門の下につないでおいた。それも、神のご指示だった」

カドミエルはまるで他人のことを話すように落ち着きはらっていた。その声は、葉の落ちた森のなかに音楽のように響き渡った。

カドミエルは胸に手を当てた。再び見慣れない宝石がキラリと光った。「そして、わたしは用意しておいた薬を城の共同井戸に放りこんだ。いいや、たいした毒ではない。医者というのは知れば知るほど、かえっていろいろなことができなくなるものなのだ。そんな大胆なことをするのは、愚か者だけだ。わたしの入れた薬は、肌にできものができたり、かゆい発疹ができるだけで、十五日もすれば消える。人の命にまで手を伸ばすようなまねはしない。だが、城の人々は疫病だと思いこみ、犬まで連れて逃げ出していった。

キリスト教徒の医者は、わたしがユダヤ人でよそ者だと知ると、この男がロンドンから病をもたらしたにちがいないと言った。キリスト教徒の医者が正しい診断を下すのをきいたのは、あれが初めてだったな。人々はわたしを打ったが、ひとりの女が哀れに思ったのか、言った。『今、この人を殺すのはやめましょう。自分がもたらした疫病とともに、城に閉じこめればいい。もし彼が言うように、本当に十五日目に病が消えれば、それから殺しても遅くはないわ』そこでわたしは跳ね橋を渡らされ、村人たちは自分たちの小屋に逃げ帰っていった。こうしてわたしは城にひとり、残されたわけだ。宝とともにな」

「だけど、そうなるってわかっていたの？」ユーナはきいた。

「予言では、わたしは見知らぬ国の、難しい言葉を話す人々の立法者になるはずだった。だから、自分が死ぬはずはないとわかっていたのだ。わたしは傷を洗い、壁の中にある井戸を見つけた。そして安息日から安息日まで、キリスト教徒のにおいのぷんぷんする空になった砦の井戸を掘り続けた。そして、ついに敵のものを奪いとったのだ！[33] ああ！ 彼らがそれを知っていたら！ 金は大量にあった。わたしはそれをぜんぶ井戸から引きあげ、夜のうちに舟に積みこんだ。砂金もあったようだが、ほとんど潮に流されていた」

「だれが金を隠したか、不思議に思わなかったんですか？」ダンはそうききながら、フードをかぶったパックの落ち着き払った茶色い顔をちらりと見た。パックは首を振って、唇をすぼめた。

「ああ、何度も思った。その金は、はじめて見るものだったからな」カドミエルは答えた。「黄金のことなら、よく知っている。暗闇の中でも見分けがつくほどだ。だが、城にあった金はわれわれがふだん取引しているものより重くて、赤みがあった。おそらくあのパルワイムの金[34]だったのではないか？　黄金を湿地の上まで運んだときもそのことは気にかかったが、この邪悪な宝が残っていたら、いや、宝が見つかるかもしれないという可能性だけでも残っていたら、ジョン王は新しい法に調印せず、この国が滅びることははっきりわかっていた」

「立派だな！」パックが落ち葉をがさがさいわせながらそっと言った。

「わたしは舟に金を積むと、七回手を洗い、つめの下まできれいにして、一粒たりとも金を手元に残さぬようにした。そして、城のごみを捨てる小さな門から外へ出た。人に見られぬよう、帆はあげなかったが、神のお力で舟は潮に運ばれ、日が昇るまえにははるか沖まできていた」

「こわくなかったの？」ユーナがきいた。

「なぜだ？　舟にキリスト教徒はいないのに。そして、日が昇ると同時に、わたしは

33　出エジプト記の言葉
34　聖書歴代誌下第三章第六節。ソロモンの神殿を飾ったといわれる黄金

祈りをささげ、金をすべて、一粒残らず、深い海の底へ投げこんだ！　王の身代金、いや、国民の身代金を！　最後の一本を海に放りこむと、神は再び潮に命じて、舟を無事に河口のある港までもどしてくださった。そしてわたしは荒れ野をわたって同胞のいるルイスまでいった。彼らが言うには、ドアを開けると、わたしは――その時点で二日なにも食べていなかった――戸口に倒れこんで叫んだそうだ。『敵軍を騎兵もろとも海の底へ沈めてやった！』[35]」

「でも、そんなことしてないでしょ」ユーナは言った。「ああ、わかったわ！　ジョン王が戦争に使ってしまうかもしれなかったからね？」

「それもある」カドミエルは言った。

すぐうしろから、銃声が響いた。高いモミの木のこずえの上を雉子たちがいっせいにバタバタと飛んでいった。新しい黄色のゲートルをつけたマイヤーさんが、列の端で興奮して騒いでいる。鳥が次々に落ちてくる音がした。

「ベリーのエリアスはどうしたんです？　王に金を貸すと約束してしまったんでしょう？」パックがきいた。

カドミエルは、冷ややかな笑みを浮かべた。「わたしはロンドンから、神はわたしに味方したという伝言を送ったのだ。だから、ペベンシーで疫病が起こり、ユダヤ人の男がそれを治すために城に閉じこめられたといううわさをきいたとき、伝言が本当だとわかったのだろう。アダとともにルイスへ駆けつけてきて、わたしに説明しろと迫った。エリアスはまだ、あの金は自分のものだと思っていた。だからわたしは、どこに金を沈めたかを話し、ほしいなら取ってきたらどうですと言ってやった……どんなに賢い者でも、愚か者の悪態と旅のほこりだけは逃れられぬというが本当だな……だが、エリアスも気の毒だった。ジョン王は金が借りられないと知って激怒した。貴族たちも、エリアスが王に金を貸すつもりだったのを知ってやはり激怒し、アダも怒り狂った。本当に鼻持ちならぬ女だ。結局、ふたりはルイスから船に乗ってスペインへいったよ。それが一番よかっただろう」

「で、あなたは？　ラニミードでのマグナカルタの調印は見たのかい？」パックはきいた。カドミエルは声を出さずに笑った。

「いいや。分不相応なことには首を突っ込まんよ。ベリーへもどって、金貸しになっ

35　出エジプト記十四章のモーゼとエジプト軍の戦いから

た。秋の収穫を担保にね。いけないか？」

上のほうでパンと音がした。撃たれてこちらへ逃げてきた雄の雉子が、ダンたちのほぼ真上に落ちてきたのだ。枯れ葉が花火のように舞いあがり、フローラとフォリーがさっそく飛びかかった。子どもたちもあわててそちらへいったが、犬たちを追い払い、鳥の羽をはたきながらもどってくると、カドミエルはいなくなっていた。

「さてと」パックは落ち着いた声で言った。「どうだった？　ウィーランドが剣を与え、その剣が宝をもたらし、宝が法律を生んだ。オークが伸びるように自然なことだ」

ダンは言った。「わからないことがあるんだ。カドミエルは、あれがリチャード卿の宝だって知らなかったの？　それにリチャード卿とヒューはどうして宝を使わなかったのかな？　それから、あと――」

「いいじゃない」ユーナが礼儀正しく言った。「また今度、パックがわたしたちを連れていってくれるわ。行って帰って、見て、知ることができる。そうよね、パック？」

「ああ、また次の機会にね」パックは答えた。「ブルルルル！　今日は寒いな。それにもう遅い。急いで送るよ」

三人は風の吹かない谷へ足早におりていった。太陽はチェリー・クラックの向こうに沈みかけている。牧草地の門のそばの踏みしだかれた地面は、はしのほうから凍りはじめていた。新しく吹きはじめた北風が丘の上から夜を運んできた。三人は足を速めると、茶色くなった牧草地を飛ぶように走っていった。ようやく白い息を吐きながら止まったときには、うしろで枯れ葉が舞っていた。一年も終わろうとしていたけれど、オークとトネリコとサンザシの葉はたっぷりあった。そう、幾千もの記憶を消しさってしまうのにじゅうぶんなほど。

ダンとユーナは芝生のへりを流れている小川へ向かって急ぎながら、フローラとフォリーはどうして石切り場の狐を見失ったんだっけと考えていた。

ホブデンじいさんはちょうど生垣の仕事を終えたところだった。白い仕事着が夕日を浴びて光っている。ホブデンさんはいらない枝を束ねていた。

「冬のやつがやってきたねえ、ダンぼっちゃん」ホブデンさんは言った。「これからはヘッフルのカッコウ祭りまで厳しいお天気が続きますよ。ええ、みんな、楽しみなんでさ。あのおばあさんがかごからカッコウを出して、イングランドに正真正銘の春がきたって教えてくれるのがね」

するとなにかがぶつかる鈍い音がして、重い足音と水が飛び散る音がした。すぐ鼻の先で、大きな牛が川を渡っていくような音だった。

ホブデンさんは怒って浅瀬に向かって走りはじめた。

「グリーソンちの雄牛がまた農場をロビンみてえに跳ね回ってやがるな！　ああ、見てくだせえ、ダンぼっちゃん——やつの足跡ときたら、溝掘り機みたいにでかい。まったくずうずうしいやつだ！　自分のことを人間だと思ってるにちがいねえ。でなかったら、〈丘の——〉」

すると、小川の向こう岸から大きな声が響いてきた。

マントをめくったのはだれだろう
パックが彼を導いていったとき
あの鬼火はどこで燃え——

それから子どもたちは声をかぎりに『さようなら、ごほうびと妖精たち』を歌いながら家の中に入っていった。パックに「お休みなさい」さえ言わなかったこともすっかり忘れて。

子どもたちの歌

生まれた土地に誓います
これからずっと、愛し、一生懸命働くことを
大きくなって、おとうさんやおかあさんになって
大人の仲間入りをしても
天にまします父よ、すべてを愛してくださる主よ、
どうか求められたときは、あなたの子どもらに手をお貸しください

そうすればこれから何世代にもわたって
けがれなき歴史を培っていけます

若き日のくびきに耐えるすべを教えてください
ゆらぐことのない、確固たる信念を持って
そうすればわたしたちの時代に、神の慈悲によって
全人類のよりどころとなる真実がもたらされるでしょう

いつでも自分を律し
夜も昼も自分を抑えるすべを教えてください
そうすれば困難に遭遇しても
けがをしたり、無駄な犠牲を払うことはないでしょう

目標を見つめる力をお与えください
裁きを与えるのは神、友人ではありません

人々の恐怖や好意にまどわされることなく
あなたとともに歩んでいけます

どうぞ強さをください
行いや考えで弱き者を傷つけるのではなく
あなたのもとで、同じ人間の悲しみを
癒すことのできる強さを

単純なことの中にある喜びを
苦い泉なき楽しみを、見出させてください
悪意を逃れ、すべてを許し
日の下にいるすべての人を愛することを教えてください

生まれた土地、信仰、誇り
それを守るために、わたしたちの先祖は命を捨てた

ああ、わたしたちの故国、あなたに誓います
この頭も心も手も永遠にあなたのものだと！

解説

金原瑞人・三辺律子

「東は東、西は西、このふたつが交わることはない」

この言葉は、東（洋）と西（洋）の相互理解の難しさを表わした名句として今もさまざまなところで引用される。

ラドヤード・キプリングは、一八六五年ボンベイ美術学校の教授である父ジョン・ロックウッド・キプリングの長男としてインドで生まれた。六歳のときに一時イギリスに帰国、パブリックスクールでの教育を受け、再びインドにもどって新聞記者として働き、世界各地を回って、その見聞をもとに多くの作品や詩を発表した。力強く華麗でリズミカルな文体、巧みな構成とみなぎる迫力、鋭い観察眼と洞察力などで高い評価を受け、桂冠詩人にも推された。また一九〇七年にはイギリス人初のノーベル文学賞を受賞。当時、四一歳、それまでで最年少の受賞者であり、いまでもその記録は破られていない。

ところが死後は一転して、その愛国的な作風や、アジアに対する偏見などが批判の対象となり、帝国主義の伝道者という烙印を押されることになる。冒頭の「東は東、西は西」は一八八九年に発表された「東と西のバラード」(The Ballad of East and West)の最初の一行だが、東洋蔑視の思想を象徴しているとして何度となく引用された。インドのノーベル文学賞作家ラビンドラナート・タゴールの「白人支配を象徴する傲慢で皮肉な言葉」という言葉などがその有名な例だ(『ナショナリズムの明暗　漱石・キプリング・タゴール』大澤吉博著　東京大学出版会　一九八二年)。

しかし、インドの山賊とイギリス軍大佐の息子の交流を詠ったこの詩をすべて読めば、キプリングの意図はむしろ逆にあったことがわかる。

Oh, East is East, and West is West, and never the twain shall meet,
Till Earth and Sky stand presently at God's great Judgment Seat;
But there is neither East nor West, Border, nor Breed, nor Birth,
When two strong men stand face to face, tho' they come from the ends of the earth!

ああ、東は東、西は西、このふたつが交わることはない
が、それも、大地と空が最後の審判の席で神の御前に立つときまでのこと
そのとき、東も西もなくなり、国境も、人種も、生まれのちがいもなくなり
地の果てからやってきたふたりの勇者は向かいあうのだ

同じ一八八九年に出版された『白人の重荷』（The White Man's Burden）も帝国主義思想を表わすものとして批判の的となったが、現在では、帝国主義思想を憂い、大英帝国の衰退を予測している詩だと評価するむきもある。

近年、日本でも何かと取り沙汰されている愛国主義だが、キプリングが英国に対して深い愛情を抱いていたことは間違いない。そしてその愛国心が時として帝国主義思想との批判を呼ぶことになったが、決して過激で頑迷な軍国主義者だったわけではない。当時のイギリス、およびキプリングが生まれ育った環境を考えれば、ごく一般的なイギリス紳士であったと考えるほうが自然だろう。

『ジャングル・ブック』にはたしかに、アジア蔑視やイギリス帝国主義的なにおいは

あるかもしれない。が、最後の最後まで人間に同化できない主人公のモウグリの悲しさ、寂しさは、そのようなものをはるかに超えて、読者に伝わってくる。また逆に、エドガー・ライス・バロウズの「ターザン」やA・A・ミルンの『クマのプーさん』にも、帝国主義的、白人優先的なにおいをかぎ取ることは可能だろう。しかしそれらは時代のにおいであって、作品の価値をそこねるものではないと思う。

もう一五年ほど前になるが、アメリカ大使館でインド人の教授と話すことがあった。そのとき話題がイギリス人の書いたインド小説のことにおよび、いろんな作品が出てきたのだが、彼は最後にこんなふうにしめくくった。

「戦後、キプリングのインド小説は植民地主義的な傾向が強いとよく批判されるが、キプリングはE・M・フォースターよりはるかによくインドを知っていた。体でインドを感じていたんだと思う」

大好きなキプリングの再評価ということで、つい熱くなってしまったが、本書『プークが丘の妖精パック』と、その続編『ごほうびと妖精』はそういった批判とは無縁の作品だ。詳しくは「訳者あとがき」を読んでほしい。

一八九九年、ニューヨークで最愛の娘を病気で失ったキプリングは、イギリスに帰国後、一九〇二年にサセックスに「ベイトマン屋敷」を購入する。その豊かな自然と歴史の重みに触発され、イギリスの子どもに正しい歴史を教える意図をもって、この二冊を著した。

日本ではあまり知られていないが、キプリングは息子を戦争でなくしている。一九一四年、第一次世界大戦が勃発すると、戦争の英雄にあこがれていたキプリングは息子のジョンを軍隊に入れようとするが、ジョンは視力が弱く、入隊を拒否される。が、キプリングはアイリッシュ近衛連隊の知り合いに頼みこみ、なんとか息子を入隊させる。ジョンはやがてフランスの最前線に送られ、一九一五年、行方不明になる。いろんな情報は入ってくるものの、結局ジョンの生死はわからないまま大戦は終わる。一九二〇年、キプリングはジョンの行方をたどってフランスを訪れ、二一年には戦場に空からチラシをまいたりするが、なんの消息もつかめないまま、三六年にこの世を去る。それから五六年後の一九九二年、ある無名兵士の遺体がジョンであることがわかり、その墓にジョン・キプリングの名が刻まれた。このエピソードをもとに、オランダの作家、Geert Spilebeen が『Kipling'S Choice』（キプリングの選択）という作品を書いている。興味のあるかたは読んでみてほしい。

『プークが丘の妖精パック』の日本初訳を機に、日本でもキプリングの作品がさらに多くの人々に読まれるようになることを祈って！

キプリング年譜

一八六五年
インド、ボンベイ市で生まれる。父ジョン・ロックウッド・キプリングはボンベイ美術学校の教授、のちラホール美術館館長。母はアリス・マクドナルド。

一八七一年　六歳
妹とともに南イングランドのサウスシーの親戚の家に送られる。

一八七八年　一三歳
北デヴォンシャーのパブリックスクール、ユナイテッド・サービス・カレッジに入学。詩も発表する。

一八八二年　一七歳
再びインドへ。ラホールのガゼット新聞社に勤める。

一八八六年　二一歳
詩集Departmental Ditties and Other Versesを発表。

一八八八年　二三歳
短編小説集Plain Tales from the Hillsを出版。

一八八九年　二四歳
ロンドンでの作家活動を目指しインド

を出国。The Pioneer 紙に記事を書きながらラングーン（ヤンゴンの旧称）、シンガポール、香港、日本を経てサンフランシスコへ。その後アメリカ各地を回り、マーク・トウェインにも会っている。

一八九〇年　二五歳
出世作となる The Light that Failed を出版。

一八九一年　二六歳
南アフリカ、オーストラリア、ニュージーランドへ旅行。Life's Handicap 出版。

一八九二年　二七歳
キャロライン・バレスティア（二九歳）と結婚。新婚旅行（アメリカ、日本）ののち、ヴァーモント州ブラットルバロの Bliss Cottage で新婚生活をスタートさせる。長女ジョセフィン誕生。

一八九四年　二九歳
The Jungle Book（『ジャングル・ブック』）を出版。

一八九五年　三〇歳
The Second Jungle Book（『続ジャングル・ブック』）出版。

一八九六年　三一歳
イギリスに帰国。

一八九九年　三四歳
アメリカに渡航、ニューヨークで肺炎になり生死の境をさ迷う。長女ジョセフィンが、同じく肺炎になり死亡。

一九〇一年　三六歳
Kim（『少年キム』）を出版。

一九〇二年　三七歳
Just So Stories（『なぜなに物語』）を出版。

一九〇六年　四一歳
Puck of Pook's Hill（『プークが丘の妖精パック』）を出版。

一九〇七年　四二歳
ノーベル文学賞受賞。イギリス人初。

一九一〇年　四五歳
Puck of Pook's Hill の続編 Rewards and Fairies（『ごほうびと妖精』）を出版。

一九一四年　四九歳
第一次世界大戦勃発。

一九一五年　五〇歳
長男が戦場で行方不明になる。

一九三五年　七〇歳
自伝 Something of Myself を出版。

一九三六年
ロンドンで死去。享年七〇。

訳者あとがき

ラドヤード・キプリングの『プークが丘の妖精パック』がイギリスで出版されたのは一九〇六年。そしてちょうど一〇〇年後、ようやく、日本で初の翻訳が出た！　なぜこんなにおもしろい作品がいままで訳されなかったのか、首をかしげる人も少なくないと思う。

それはちょっとおいておいて、『宝島』を書いたロバート・ルイス・スティーヴンソンと並び称される、イギリスの冒険小説作家・詩人キプリング。言うまでもなくイギリスの国民作家で、日本でもずいぶん昔から紹介されている。

たとえばキプリングの代表作『ジャングル・ブック』。読んだことはなくても、だれもが耳にしているタイトルだろう。インドを舞台にしたオオカミ少年モウグリと、その動物の仲間の繰り広げる冒険と探検と、勇気と思いやりの物語は世界中の人々を魅了してきた。日本でも、菊池寛の抄訳をはじめ、西村孝次、木島始などの翻訳も数多くあり、また、金原も訳している（偕成社文庫）。もちろん映画にもTVドラマにもなっている。よく指摘されることだが、エドガー・ライス・バロウズの「ターザン」シリーズもA・A・ミルンの『クマのプーさん』も、この『ジャングル・ブック』なしには生まれようがなかった。

そしてまた、キプリングのインド物で忘れてならないのは『少年キム』（一九〇一年）だろう。ヴィクトリア朝時代のインドを舞台に、一三歳の少年キムがラマ僧と旅する一方、イギリスの対ロシア（諜報）工作の手助けをする……という物語なのだが、とにかくおもしろい。スパイ小説、冒険小説、ミステリ、少年小説の魅力がぎゅうぎゅうに詰まった作品なのだ。そしてなにより、その物語のなかで成長していくキムの姿が、なんともほほえましい。

このようにキプリングのインド物は非常に評価が高いが、それと同時に、イギリス人のためのイギリスの物語もそれに負けず読み継がれ、愛されてきた。

そのうちのひとつがこの『プークが丘の妖精パック』だ。

物語は、ダンという男の子と妹のユーナが、シェイクスピアの『夏の夜の夢』のダイジェストを演じようと、近くの牧草地にでかけるところから始まる。その舞台はというと、草が一段と濃くなっている妖精の輪《フェアリー・リング》（草地に輪のようにできる濃い緑色の丸い部分）。いってみれば〈野外劇場〉。

すると、『夏の夜の夢』に登場するいたずら好きな妖精、パックがふたりの前に姿を現す。そして歴史の変わり目、切れ目に居合わせたいろいろな人々を呼び出し、ダンとユーナに、それぞれの物語を語らせる。イギリスの古い歴史が、単なる史実としてではなく、人間の生きた歴史の一場面、一情景として、ふたりの子どもの心のなかに生き生きとよみがえってくる。パックはケルト神話のプーカが原型といわれ、しばしばフォーンやサテュロスのように半人半獣の姿で描かれる（そのために、ローマの百人隊長であるパルネシウスは、パックをフォーンと呼んだのだろう）。『夏の夜の夢』のなかでは、ロビン・グッドフェローとも呼ばれ、妖精王オベロンと人間の娘のあいだに生まれた半妖精ということになっている。以来、このシェイクスピアの創ったパック像が定着し、イギリスで最も親しまれる妖精となった。キプリングが英国史を語る人物としてパックを選んだのは、故あることなのである。

多くの優れた児童文学がそうであるように、『プークが丘の妖精パック』にも実際の聞き手がいた。キプリングの息子ジョンと娘エルシーだ。一九〇四年にサセックスにあった「ベイトマン屋敷」の近くの石切り場でジョンとエルシーは、ダンとユーナのように『夏の夜の夢』の一幕を演じていて、その年の九月にキプリングは『プーク が丘の妖精パック』の執筆をはじめた。この「ベイトマン屋敷」には、作品中たびたび登場する水車もあったらしい。

さて、歴史的背景などなにひとつ知らなくても、エピソードのひとつひとつが楽しく読めるはずだ……が、やはり『プークが丘の妖精パック』で語られているイングランドの歴史について、簡単に解説しておこう。

主な舞台となっているのはペベンシー。これはイーストサセックスの南東の海岸沿いにある小さな村だが、歴史的に重要な拠点としてたびたび英国史に登場する。作品中、何度も登場するペベンシー城は、もとは、イングランドがまだローマ帝国支配下にあった紀元三〇〇年から三四〇年のあいだにローマ人によって建てられた砦だった。

当時、イングランドはジュート人とサクソン人（ともにゲルマン民族）の度重なる攻撃にさらされ、ローマ側はこれをふせぐために海岸の湿地にアンデリダと呼ばれる砦を建設した。ちなみに、作品中に登場するローマの壁、すなわちハドリアヌスの長城も同じように「蛮族」（ケルト人）の侵略を防ぐために皇帝ハドリアヌスが建設を命じたもので、こちらは一二二年からおよそ一〇年の歳月をかけて造られている。当時はまだ土塁だったが、ニューカッスル・アポン・タインからカーライルまで一一八キロもあったという。

やがて、四〇七年にコンスタンティウス三世がローマ皇帝を名乗りイングランドから撤退すると、残されたブリトン人は自分たちだけで、ピクト人を始めとする蛮族の侵略を防がなければならなくなった。ブリテンの指導者アンブロシウスがサクソン相手に戦い、アーサー王物語が生まれたといわれるのもこの時代だ。四七七年にはサセックス人がアンデリダの砦を包囲し、激しい戦闘の末、サウス・サクソン王国の樹立を宣言した。これが「サセックス」という地名の由来といわれる。

そして、それから約六〇〇年後、この戦いで焼け落ちたアンデリダの砦が再び歴史の表舞台に顔を出す。

一〇六六年九月、ノルマンディ公ウィリアムがペベンシーに上陸し、ローマの遺跡であるこの砦を拠点としていたイングランドのハロルド王を破って、イングランドを征服したのだ。これが有名なヘイスティングズの戦い。センラックの丘で行われたことから、作品中キプリングは歴史家E・A・フリーマンが使用した「サントラッチ」

の呼称を用いている。

　この戦いの後、ウィリアム公からペベンシーを賜ったモルタン伯は、砦のうえにペベンシー城を建設した。外壁にはほとんど手を加えず、東端に新しい内壁を建設し、南西に新しい城門を造った。このときの改築に含まれていたかは不明だが、数メートルもの幅のある城壁には、作品中登場する井戸が実際に存在する（この井戸が発見されたとき、キプリングは大喜びしたという）。

　キプリングがいかに勤勉に史料をあたり、また歴史感覚が優れていたかということは、この井戸の一件に象徴されるかもしれない。キプリングは、ローマン・ブリテン時代、初期サクソン時代の史料を早くから集めており、一一世紀のドームスデイ・ブック（『パックの歌』に歌われている土地台帳）などをあたって、サセックスの歴史を再構築していった。

　例えば、作品中、ブリテン生まれのローマ人パルネシウスを始め、ローマン・ブリテンではミトラ神が広く信仰されていることになっているが、作品発表当時、これは数少ない誤りのひとつと指摘されていた。ローマ帝国の国教がキリスト教であることは明白な事実だと思われていたからだ。ところが、一九五四年にロンドンでミトラ神の神殿が発掘され、改めてキプリングの歴史観の正しさが証明されたのである（「数少ない誤り」の例としては、ハドリアヌスの防壁の描写や、「翼のかぶと」のエピソードがあげられる。ハドリアヌスの壁にそって町があった記録は今のところ見つかっていない。また三十フィートと描写されている高さについても、現在では十八フィートほどだったと考えられている。また、キプリングは「翼のかぶと」でバイキングを指していると考えられるが、当時「北」から繰り返しイングランドを襲撃していたのはサクソン人である。そもそも、現在、「翼のかぶと」はバイキングのイメージとして定着しているが、実際はケルト人がかぶっていたのだ）。

こうしたキプリングの作品に子ども時代に触れ、影響を受けた作家は多い。さきにあげたバロウズやミルン以上にキプリングの作品を愛したのはローズマリー・サトクリフだろう。『プークが丘の妖精パック』のパルネシウスらの冒険に心を躍らせたサトクリフは、やがて大人になり、『第九軍団のワシ』『銀の枝』『ともしびをかかげて』のローマン・ブリテン三部作を描く。大きな歴史の流れに飲み込まれつつ、必死で生きる個人にスポットを当てる作風に、キプリング作品との共通点を感じる。

　このように本国イギリスでは『ジャングル・ブック』と同じくらい、いや人によってはそれ以上に評価が高く、時代を超えて読み継がれている『プークが丘の妖精パック』が、なぜいままで日本で紹介されなかったのか。

　おそらくその理由は簡単だと思う。まず、この作品がイギリスの子どものために書かれた歴史物語なので、日本の子どもにはなじみのない史実や地名、人名が多く登場する。ヤングアダルトや大人むけに訳せば多くの読者を得られただろうが、イギリスでは児童書として扱われているためか、今までは実現しなかった。また、日本ではキプリングがインドを舞台とした作家として認識されているために、イギリス物には目がいかなかったということもあるかもしれない。

　それが光文社古典新訳文庫の一冊として初めて、日本の人々の目に触れることになった。どうか、キプリングのおもしろさを味わってみてほしいと思う。

　最後になりましたが、この本を訳すにあたって最初から相談にのってくださり、訳し上がりを読んですぐに「しかし、なぜこの作品が未訳だったんだろう」とメールをくださった編集者の今野哲男さん、堀内健史さん、原書とのつきあわせをしてくださった野沢佳織さん、訳すうえで細々した相談につきあってくださったロジャー・プライアーさんに心からの感謝を！

二〇〇六年十一月十五日

金原瑞人・三辺律子

kobunsha classics
光文社古典新訳文庫

プークが丘《おか》の妖精《ようせい》パック

著者　キプリング
訳者　金原瑞人《かねはらみずひと》・三辺律子《さんべりつこ》

2007年1月20日　初版第1刷発行
2016年3月30日　　　第2刷発行

発行者　駒井 稔
印刷　萩原印刷
製本　ナショナル製本

発行所　株式会社光文社
〒112-8011東京都文京区音羽1-16-6
電話　03（5395）8162（編集部）
03（5395）8116（書籍販売部）
03（5395）8125（業務部）
www.kobunsha.com

落丁本・乱丁本は業務部へご連絡くだされば、お取り替えいたします。
ISBN978-4-334-75121-0 Printed in Japan

いま、息をしている言葉で、もういちど古典を

長い年月をかけて世界中で読み継がれてきたのが古典です。奥の深い味わいある作品ばかりがそろっており、この「古典の森」に分け入ることは人生のもっとも大きな喜びであることに異論のある人はいないはずです。しかしながら、こんなに豊饒で魅力に満ちた古典を、なぜわたしたちはこれほどまで疎んじてきたのでしょうか。

ひとつには古臭い教養主義からの逃走だったのかもしれません。真面目に文学や思想を論じることは、ある種の権威化であるという思いから、その呪縛から逃れるために、教養そのものを否定しすぎてしまったのではないでしょうか。

いま、時代は大きな転換期を迎えています。まれに見るスピードで歴史が動いていくのを多くの人々が実感していると思います。

こんな時わたしたちを支え、導いてくれるものが古典なのです。「いま、息をしている言葉で」――光文社の古典新訳文庫は、さまよえる現代人の心の奥底まで届くような言葉で、古典を現代に蘇らせることを意図して創刊されました。気取らず、自由に、心の赴くままに、気軽に手に取って楽しめる古典作品を、新訳という光のもとに読者に届けていくこと。それがこの文庫の使命だとわたしたちは考えています。